넷이 있었다

넷이 있었다

이시우 괴기 소설집

황금가지

목차

넷이 있었다	7
오거(OGRE)	43
996, 997	71
신입사원	83
Brain Freeze	149
개와 고양이와 소녀와……	165
괴담	193
동호회	203
괴물의 아내와 28층의 기사	249
초월	289
내가 열지 않았어	305
웃겨 봐요, 울어 줄 테니	323
종로의 개	343
이화령	359

0

 내가 겪었고, 시달리고 있는 일을 누구에게 말해야 할지도, 어디에 올려야 할지도 마땅히 떠오르지 않아 이야기의 형식을 빌려 이곳에 남겨 봅니다.
 처음에는 해괴한 발상같이 여겨졌지만, 막상 힘겹게 내뱉은 단어가 문장이 되고, 문장이 문단으로 증식해 나아가는 걸 바라보고 있자니 더없이 좋은 선택이었다는 생각도 드는군요.
 이곳 성격상 내 글을 접한 누군가는 이걸 제법 정교하게 지어낸 가상의 이야기로 받아들일 수도 있을 겁니다. 어쩌면, 아니 확실히 평생 일기 한번 꾸준히 써 본 적이 없는 나의 조잡한 문장 때문에라도 여러분은 내 글을 이야기의 형식을 갖추는 데에도 실패한 거짓말 덩어리로 여길 수도 있을 겁니다.

저에게는 어느 쪽이든 상관없는 일입니다.

제가 이 글을 완성케 하는 동력은 가상의 독자로부터 받을 격려나 위로가 아닙니다.

누구에게도 쉽사리 털어놓기 힘든 경험이 내 영혼에 깊숙이 남긴 상처…… 그 상흔을 어루만질 때마다 내면이 아닌 아득히 먼 곳 어디선가 들려오는 듯한, 끔찍한 동시에 비현실적일 정도로 생생한 비명과도 같은 고통의 감각이 나를 앞으로 나아가도록 채찍질한다고나 할까요?

언제인가 누군가에게 '이야기란 말하는 이의 입을 떠나고 나면 무엇이 될지 아무도 모른다.'라는 요지의 이야기를 들은 적이 있습니다.

(아무리 기억을 되짚어 보아도 누가 어떤 상황에서 해 준 것인지 도무지 떠오르지 않습니다. 어쩌면 먼 곳으로부터 들려오는 비명의 주인이 잠이 든 내 귓가에 몰래 속삭여 준 것일지도 모르겠군요.)

제 나름으로 이해하기로는 이름도 얼굴도 모를 여러분을 향해 던진 이 글이 내 손을 떠날 때는 솔방울이었을지 몰라도 여러분 머리에 내려앉을 때는 돌멩이가 될지 수류탄이 될지 알 수 없다는 뜻이었던 것 같습니다.

부디 내 글이, 내 이야기가 여러분 머릿속에서 폭발하는 종류의 이야기가 아니기를 바랍니다.

장황한 서두는 이쯤에서 마무리하고 본격적으로 이 일이 시작되었을 때를 되짚어 보아야 할 것 같습니다.

모든 이야기의 시작에는 인물과 그에 얽힌 사건이 있는 법이고 그 사건은 당시에는 사소해 보였을지라도 이야기가 끝나고 나서 되짚어 보면 절대 사소한 것이 아니었던 법이지요.

제 이야기의 시작은 이제 막 중학교 2학년이 된 제 아들로부터 시작됩니다.

1

"아빠!"

아무리 집 안이라고 해도 밤 11시에 이제 막 변성기를 벗어난 아들이 굵직한 목소리를 드높여 '아빠'를 찾는 소리를 듣는다면 누구라도 섬뜩한 기분이 들 것입니다.

특히나 방과 후 집에서는 일과를 물어보는 내 질문에 최소한의 단답식 대답만을 내뱉은 채 방문을 걸어 잠그고 게임을 하는지, 음악을 듣는지, 아니면 부모에게 보이기 부끄러운 새로 발견한 놀이에 몰두하는지 알기 힘든 나이대의 아들이 그런 행동을 한다면 말이지요.

그 나이대 남자애들은 돌연 세상이 감추고 있던 비밀을 깨닫곤 하지요. 자기는 무적이라는 걸, 자기를 두렵게 할 대상은 세상 그 어디에도 없다는 걸 말입니다.

제 아들 역시 마찬가지였습니다. 그때까지 제게 가지고 있던 존중과 두려움은 어느새 억눌린 조롱과 경멸로 뒤바뀌어 있었지요. 그래서인지 세상 그 무엇도 두려울 게 없다는 듯한 태도의 아들이 나를 찾으며 다급히 내지른 소리가 너무나도 생경하게 느껴졌습니다.

분명히 안전한 집 안이고, 아들이 방 안에서 나를 다급히 찾아야 할 만큼 큰일을 당할 리 없다는 걸 머리로는 깨닫고 있었지만 알 수 없는 본능이 나를 아들 방으로 뛰어가게 했습니다.

"왜 그래?"

서둘러 아들의 열린 방문으로 뛰어든 내 눈에 처음 들어온 건 평소에 아들이 한 시간이고 두 시간이고 몰두하던 게임 화면이 보이는 모니터 뒤로 활짝 열린 창문이었습니다.

나를 부른 아들이 좀 전까지 붙들고 있었을 게 분명한 마우스와 키보드에서 손을 뗀 채로 무언가에 사로잡히기라도 한 듯 뚫어지게 바라보고 있던 바로 그 창문 말이지요.

또다시 알 수 없는 본능이 내 시선이 창문 쪽으로 향하는 걸 막아섰습니다.

"뭔데 그래?"

애써 여전히 창밖을 바라보고 있는 아들의 얼굴에만 시선을 고정한 채로 떨리는 목소리를 가다듬으며 다시 한번 물어봤습니다.

"창문 밖…… 저기 맞은편 동 베란다요."

그때는 창밖을 가리키는 아들의 치켜든 손가락 끝을 바라보기가 왜 그리 두렵게 느껴지던지…….

어쩌면 그때 본능을 따라 창밖을 외면한 채 커튼을 치고 아들에게는 잠이나 자라고 호통을 쳤더라면…….

하지만 강력한 자석에 끌려가는 쇠붙이처럼 내 시선은 아들의 손끝이 가리키는 창문 너머의 한 지점으로 향했습니다.

쌀쌀한 가을 밤공기가 내리깔린 어둠 너머 내 눈에 들어온 광경은 불이 꺼진 베란다에 나란히 늘어선 네 명의 남자였습니다.

'세상에, 다들 똑같이 생겼잖아?'

20층이 훌쩍 넘는 신축 아파트의 중간층 베란다에서 불을 끈 채로 우리 집을 물끄러미 바라보는 네 명의 남자를 발견한 제 머릿속을 처음으로 강타한 생각이 저거였습니다.

그럴 수밖에 없는 것이 우리 집과 맞은편 동 사이에 두텁게 내리깔린 어둠 너머에서도 네 명의 얼굴이 똑같다는 게, 모두가 똑같은 검은 옷을 입고 있다는 게, 키도, 체형도 서 있는 자세도 똑같다는 게 너무나도 분명하게 보였습니다.

어쩌면 우습기까지 한 최초의 인상에 바로 뒤따라온 건 어깨 끝에서부터 팔 끝을 훑어 내려오는 듯한 서늘한 냉기와도 같은 감각이었습니다.

'우리 집을 바라보고 있잖아?'

아니, 사실 우리 집이 아니라 나를 바라보고 있다는 건 그때도 알고 있었습니다. 단지 그 사실을 머릿속에서 인정하는 순간 애써 억누르고 있던 내 감각을 사로잡으려 하는 압도적인 공포감에 잡아먹힐 것 같다는 기분이 들어서 그 깨달음을 부정했던 걸지도 모르겠습니다.

처음에는 두려워해야 할 그 어떤 징표도 보이지 않는 광경에서 그저 고개를 돌리고만 싶었습니다.

하지만 이내 생각을 고쳐먹었습니다. 내가 고개를 돌리면 그들이 눈치를 챌 것만 같았습니다.

무엇을요? 제가 그들을 이제 막 발견했다는 사실 말입니다. 왠지 그들이 그걸 알게 되면 큰일이 벌어질 거라는 선험적인 깨달음이 저에게는 있었습니다.

"밤늦었잖아. 게임 그만하고 얼른 씻고 자. 공부를 하든가."

아무 일도 아니라는 듯 무심히 시선을 방으로 돌려놓고, 이미 나의 공포와 두려워해야 할 게 무엇인지에 대한 나의 깨달음을 눈치챈 아들에게 아무렇지도 않은 듯 내뱉었습니다.

아들의 얼굴에 처음 떠오른 표정은 당황이었습니다.

아빠가 왜 저걸 못 본 척하지? 왜 아무런 말을 하지 않지? 왜? 왜 두려워해야 마땅한 것을 애써 외면하지?

하지만 사춘기 소년에게는 어느 정도 어른의 노회함과 간교함이 깃들기 시작하는 법이지요.

이내 제 의중을 파악한 듯 작은 경멸과 분노와 그보다 더 큰 안도가 뒤섞인 감정을 내뿜으며 제게 동조했습니다.

"······알았어요."

저는 아들의 대답에 화답하듯 더는 대화를 이어 가지 않고 뒤돌아 방을 나섰습니다. 하지만 그 자석 같은 강렬한 끌림은 물리치기가 쉽지 않았습니다.

마지막으로 다시 한번 고개를 돌려 창밖을 바라본 내 시야에 들어온 건 네 명 중 가장 오른쪽에 서 있던 남자가 몸을 돌려 베란다 너머 집을 가득 메운 어둠 속으로 사라지는 장면이었습니다.

2

마루에 불을 환히 켜 놓고 멍하니 앉아 TV를 보고 있는데 도무지 집중할 수가 없었습니다.

스포츠 뉴스의 현란한 하이라이트 영상도, 심야 뉴스 진행자의 누구를 향한 것인지 알 수 없는 분노 가득한 목소리도 제 눈과 귀를 사로잡지 못했습니다.

나는 무얼 기다려야 하는지도 모른 채로 무언가를 마냥 기다리는 사람처럼 자꾸만 시계를 보았습니다.

11시 10분을 넘어 15분 근처로 분침이 다가갔을 때 제가 기다리던 소리가 들려왔습니다. 굳게 닫힌 방문을 뚫고 흘러나오는 아들의 비명 말입니다.

아까와는 달리 아들이 좀 더 어리고, 말수도 많고, 좀 더 쉽사리 농담을 주고받을 수 있던 시절의 높고 찢어지는 목소리였습니다.

잠깐, 아주 잠깐 다른 방에서 잠들어 있는 아내와 딸아이가 깰지도 모른다는 걱정이 들었습니다.

그 뒤에 든 생각은…… 부끄럽지만 소파에서 일어나기 싫다…… 는 거였습니다.

그냥 아들의 비명은 외면하고 해가 뜨면 밤에 무슨 일이었냐고 모르는 척 물어보고 싶다…….

어차피 대문은 굳게 닫혀 있고 이 집 안에서 우리 가족에게 해를 가할 건 아무것도 없다…….

뭐 그런 생각들 말입니다.

아들의 굳게 닫힌 방문 너머에서 내가 마주할 것에 대한 공포로 덜덜 떨리는 다리에 애써 힘을 주어 일어서는데 집 안 기온이 순식간에 한 10도는 떨어진 듯한 기분이 들더군요.
의식도 못 하는 사이에 눈가가 붉게 달아올랐습니다.
갑작스러운 부끄러움과 아들에 대한 보호 본능이 두려움을 몰아냈습니다.
그제야 용기를 내어 닫힌 아들의 방문을 열고 들어가니 아들은 홀린 듯 창밖을 바라보며 입을 쩍 벌리고 서 있었습니다.
아들의 볼에는 깨닫지도 못하는 사이에 흘러나온 눈물이 길게 자국을 남겨 두었더군요.
쩍 벌린 아이의 입이 쉴 새 없이 위아래로 흔들리며 '딱딱!' 하는 불쾌한 리듬을 연주하고 있었습니다.
나와는 체격 차이도 얼마 나지 않는 아들을 품에 끌어안고 창밖을 내다보았습니다.
아까와는 달리 분노가 치밀더군요.
어디를 보아야 할지는 명확했습니다.
맞은편 동의 세 명은 여전히 우리 집을, 아들의 방 안을, 그리고 저를 바라보고 있었습니다.
잠깐의 당혹감 뒤에 바로 시선을 맞은편 동과 우리 동 사이에 있는 단지 내 공원으로 돌렸습니다.
아까 어둠 속으로 사라졌던 남자가 은은한 방범등 불빛을 찢어발기며 천천히, 하지만 단호하게 한 걸음 한 걸음 우리 동 쪽으로 걸어오고 있더군요.
시간을 고려하더라도 아파트 단지 안은 기묘할 정도로 짙은 정적이 내려앉아 있었습니다.

절대로 그럴 리는 없지만, 그 남자의 한 걸음 한 걸음이 정적 속에서 유리를 때려 대는 망치 소리처럼 커다랗게 울리는 것만 같았습니다.

"오고 있어요! 오고 있어요! 이제 곧 우리 집으로 올 거예요!"

아니, 절대 못 들어올 거고, 들이지도 않을 거다.

아들에게 그렇게 말해 주었더라면 좋았을까요? 하지만 그건 단지 제 머릿속을 맴돈 생각이었을 뿐입니다.

저 자신도 쉽사리 확신하지 못하는 말을 어떻게 입 밖에 내뱉을 수가 있을까요?

사실 애써 용기를 내 보려 했지만 나 역시 바로 아들과 비슷하게 압도적인 공포에 사로잡혀 버렸습니다.

'그들이 날 봤어! 나를 봤다는 걸 내가 알았다는 걸 눈치챘어! 오고 있어! 계속 걸어올 거야!'

공포에 떠는 피붙이를 품에 안고 있을 때만 가능할 법한 의지력을 발휘해 저는 우리 집으로 다가오는 사람을 계속 바라보았습니다.

마치 내 시선이 그 느리지만 단호한 발걸음을 가로막을 수 있는 유일한 방패막이라도 되는 양 말이지요.

자신을 가로막는 시선을 느끼기라도 한 듯 단지 내 공원을 걷고 있던 남자의 발걸음이 멈추었습니다.

허공을 잠깐 부유하던 남자의 눈동자가 내 시선과 마주쳤습니다.

그 먼 거리에서도, 그 짙은 어둠 속에서도 나를 바라보는 남자의 시선이 뚜렷이 느껴졌습니다.

그리고 작지만, 너무나 뚜렷한 파국에 대한 예감이 바로 뒤따라왔습니다.

시작되었다는 걸, 절대 막을 수 없다는 걸…….

갑작스럽게 그들 네 명의 얼굴에는 어떤 표정도 없었다는 깨달음이 들더군요.

제 생각을 읽기라도 한 듯 저와 눈싸움을 하던 남자의 입매가 작게 흔들렸습니다.

비웃음? 슬픔? 경멸?

그 무엇도 될 수 있겠지만 저는 그 해답을 끝내 알 수 없었습니다.

단지 안을 가득 메우고 있던 정적은 귀를 찢을 듯 요란하게 울리는 엔진 소리와 비명을 질러 대는 타이어 소리에 깨어졌습니다.

소리를 낸 주범은 커다란 자동차였습니다.

눈 깜박할 새도 없이 숨 막히는 정적을 몰아내고 단지 내 공원으로 뛰어든 자동차가 검은 옷의 남자를 덮쳐 버리더군요.

검은 옷의 남자는 보안등을 들이받고서야 멈춰 선 시커먼 자동차의 형체 아래로 비명 하나 없이 사라졌습니다.

아들의 눈을 가려 줘야 한다는 생각이 잠깐 들었지만, 그 전에 확인할 게 있었습니다.

다시 고개를 들어 맞은편 베란다를 보니 나머지 세 명의 표정이 뚜렷이 보이더군요.

커다란 만족감으로밖에는 해석할 수 없는 표정을 띤 채로 그들은 등을 돌려 베란다 너머 어둠 속으로 사라졌습니다.

웅성거림과 함께 산발적인 불빛들이 아파트 단지 내 공원에 내리깔린 어둠을 군데군데 밝혀 주었습니다.

죽은 괴수의 시체와도 같았던 신축 아파트가 갑작스럽게 생명을 되찾는 것처럼 보였습니다.

아직 입주가 마무리되지 않아 군데군데 비어 있는 아파트가 그때만은 사람들로 꽉 찬 것처럼 느껴졌습니다.

갑작스럽게 현실감이 파도처럼 밀려오며 안도가 되더군요. 좀 전까지 그토록 두려움에 떨던 나 자신이 한심스럽게 여겨질 정도였습니다.

그래. 아파트 주민이 밤 산책을 나왔다가 교통사고를 당한 거다.

아들에게도 그리고 무엇보다 나 자신에게도 쉽사리 답해 줄 수 없었던 모호한 질문에 대한 뚜렷한 해답을 찾은 느낌이었습니다.

"경찰에 신고해야 하지 않을까요?"

아들도 비슷한 기분이 들었던 모양입니다. 천천히, 하지만 완강하게 내 품에서 벗어나더니 물어보더군요.

아들 얼굴에 평소의 오만하고 반항적인 표정이 되돌아온 게 무엇보다 안심이 되었습니다.

여전한 혼란과 부끄러움의 흔적이 작게 묻어나고는 있었지만, 그 역시 이내 사라질 게 분명해 보였습니다.

"뭐 때문에? 다른 사람들이 이미 신고했을 거다. 밤이 늦었으니 이제 진짜 그만 자라."

아들은 별다른 대답 없이 고개만 끄덕였습니다. 그렇게 아들과 나는 눈앞에서 목도한 공포를 애써 외면하고 던져진 질문에서 도망갔습니다.

3

그날 밤 제가 쉽게 잠을 이루었는지 아니면 악몽에 시달렸는지는 기억이 나지 않습니다.

다음 날 아침을 준비하는 아내에게 지나가듯이 어젯밤에 무슨 소리를 듣지 못했는지 물어보았습니다.

전혀 알지 못하는 눈치더군요.

모든 게 평소와 똑같은 아침이었습니다. 교복을 입고 휴대전화를 들여다보며 건성으로 밥을 먹는 아들의 모습도, 몇 주째 지지부진하게 늘어지고 있는 시공업체의 인테리어 마무리 작업에 대한 아내의 불만도 여전했습니다.

평소라면 의미를 알기 힘든 질문을 엄마나 오빠에게 끝도 없이 늘어놓고 있을 딸아이만이 달라 보였습니다.

사실 그때는 딸아이가 이상하다는 생각을 전혀 하지 못했습니다. 지나고 나면 모든 것이 명확해진다고, 지금에 와서야 딸아이가 입을 굳게 다물고 물끄러미 나를 바라만 보고 있었던 것이, 그런 딸아이 옆에서 식탁에서 혹시라도 떨어지는 음식이 없을까 눈빛을 빛내며 끙끙대고 있었어야 할 우리 집 강아지 해피가 한껏 웅크린 자세로 얌전히 엎드려 있었던 것이 떠오릅니다.

어쩌면 상대적으로 조용하고 절제된 식탁의 풍경이 만족스러웠던 것도 같습니다.

인간의 기억과 감정이라는 것이 그토록 쉽게 변하고, 왜곡되고 잊히는 것이었는지…….

하지만 딸아이의 평소와는 다른 모습이 전날 밤 눈물을 흘릴 정도로 압도되었던 사건의 여파일 거라고 그 누가 상상할 수 있었을까요?

4

평소와 다를 거 없는 하루가 끝나고 퇴근을 하는 그 시간까지도 전날 밤에 그토록 나를 두렵게 했던 모든 것이 비명을 지르고 깨어나는 바로 그 순간 빠르게 잊히는 악몽처럼만 여겨졌습니다.

어쩌면 마음속 깊숙한 곳에 묻어 두었던 일말의 불안감이 나를 평소보다 이른 귀갓길에 오르게 했는지도 모르겠군요.

서울의 직장에서 30분 정도 떨어져 있는 신도시에 있는 집이었지만 이른 퇴근길은 제 예상보다 더 막혔습니다.

서둘러야 한다거나, 다급하다거나 하는 기분은 조금도 들지 않았습니다.

7시가 조금 넘은 시간에 지하 주차장에 차를 세워 두고 어젯밤 사고의 흔적, 쓰러진 방범등이 여전히 남아 있는 공원을 지나 집으로 향했습니다.

우리 아파트 단지의 지상층은 모두 공원이고 차가 들어올 수 없는 구조인 게 갑자기 떠올랐지만, 급발진 사고를 당했거나 음주운전을 했거나…… 뭐 그런 경우가 아니었을까 하고 스스로를 이해시켰습니다.

현관문을 열려고 보안키 패드를 켰는데 그제야 문의 잠금장치가 작동하는 소리가 나더군요.

그러니깐 그때까지 현관문은 닫혀만 있는 채로 잠금장치가 걸려 있지 않았다는 뜻입니다.

문을 닫으면 자동으로 보안키가 작동해 문이 잠기는 아파트인데도 말입니다.

아침에 아내가 인테리어 시공업체에 대한 원망을 늘어놓던 게 떠오르더군요.

이 사람들 또 뭔가 이상하게 건드려 놓고 갔나 보네……. 뭐 이런 생각을 하면서 신발을 벗고 거실로 들어섰습니다.

밖은 이미 어두워져 아파트에 입주한 집들의 불은 모두 켜져 있는데 우리 집 불만은 모두 꺼진 채였습니다.

어둠이 집어삼킨 거실에는 이상하리만치 서늘한 냉기가 감돌고 있었습니다.

갑작스럽게 어젯밤 일들이 묻어 두었던 꿈의 영역에서 되살아나 현실로 침범해 오는 듯했습니다.

"왜 문도 안 잠가 두고…… 불은 왜 또 다 꺼 놨어?"

누구에게 하는 말인지도 모르면서 부러 큰 소리를 내었습니다.

대답 대신 섬뜩한 기운이 발치를 훑고 지나갔습니다.

터져 나오는 비명을 간신히 억눌러 참아야만 했습니다.

작은 발소리를 내며 나를 스쳐 지나간 해피의 뒤를 홀린 듯이 따라갔습니다.

거실 한가운데에 딸아이가 서 있더군요.

반가운 표정도, 인사도, 평소 들려주던 뜻 모를 단어들의 폭격도 없었습니다.

딸아이는 대리석처럼 반들반들한 무표정의 가면을 쓴 듯한 얼굴로 물끄러미 나를 바라만 보고 있었습니다.

억눌린 신음이 터져 나오려는 걸 애써 참으며 마른침을 삼키고 거실 불부터 껐습니다.

무표정의 가면을 쓴 딸아이가 어느새 몸을 돌려 내게서 시선을 떼지 않고 있었습니다.

뭐라도 말을 해야만 할 것 같았습니다. 그렇지 않았다가는 딸아이의 시선에 잡아먹힐 것만 같은 기분이 들었습니다.

"⋯⋯엄마는? 어디 갔니?"

굳게 닫힌 딸아이의 입은 도무지 움직일 생각을 하지 않았습니다. 더는 나를 쏘아만 보는 딸아이를 마주 대할 용기가 나지 않았습니다.

몸을 돌려서 안방으로 들어가려 하는데 딸아이의 손이 치켜 올라가더니 아들 방 쪽을 가리키더군요.

"저 밖에 있어요."

"어디? 엄마가 오빠 방에 있다고?"

딸아이의 입매가 누군가 위로 잡아당기기라도 한 듯 활짝 올라가더니 경쾌한 웃음이 그 사이로 터져 나왔습니다.

"아니, 거기 말고! 더 멀리! 어디 말하는지 아빠도 알잖아요?"

아이의 천진한 질문에 난 대답할 말을 찾지 못했습니다.

"해피야. 아빠는 다 알고 있다니깐? 내가 아빠가 알고 있다는 걸 알고 있는 것도 알고 있어."

뭐가 그리 재미있는지 딸아이의 웃음은 그칠 생각을 하지 않더군요.

딸아이의 웃음소리를 듣기라도 했는지 안방 문이 열리고 아내가 부스스한 모습으로 걸어 나오더군요.

순간 아내 얼굴에도 딸아이처럼 무표정의 가면이 씌워져 있을 거란 두려움이 들었습니다.

아내는 멍한 표정으로 나와 웃고 있는 딸을 바라보더니 갑자기 정신을 차린 듯 주섬주섬 변명을 늘어놓더군요.

낮 동안 시공업체에 시달려서 잠깐 눈 좀 붙인다는 게 이 시간이 되었다는 둥…….

아무래도 좋았습니다. 한번 입이 열린 딸아이는 평소처럼 단어를 내쏟기 시작했고, 저녁 준비를 하느라 분주히 움직이는 아내가 주방에서 내는 소리가 작은 아이의 재잘거리는 소리와 어우러져 만들어 내는 화음이 집 안을 가득 메우고 있던 냉기를 몰아내는 듯했습니다.

"유진이는 오늘 별일 없었어?"

"당신 출근하고 애가 평소답지 않게 창밖 구경을 하겠다고 떼를 쓰더라고요. 그러더니 갑자기 열이 좀 올라서 병원 데려가려고 준비하는데 다시 멀쩡해져서 또 해피 괴롭히고 있더라고요."

평소였다면 절대 내 입에서 튀어나오지 않았을 성격의 질문이지만 아내는 별다른 이상함을 느끼지 못한 듯 보였습니다. 대답에 또다시 이어진 것은 시공업체에 대한 끝도 없는 불평불만이었습니다. 하지만 좀처럼 아내 말에 집중할 수가 없었습니다. 식탁에 앉아 해

피의 앞다리를 붙든 채로 아내의 평소 행동을 흉내 낸 듯 근엄한 말투로 훈계를 늘어놓는 딸아이의 목소리에 손이 떨려 와 그만 수저를 떨굴 뻔했거든요.

"그래. 아빠가 봤어. 그 아저씨도 아빠 봤고. 아빠는 아까부터 계속 그냥 모른 척하는 거라니까!"

5

거실 소파에 앉아 TV를 보고 있는 와중에도 내 신경은 온통 딸아이 방으로 쏠려 있었습니다. 안방 문을 닫은 채로 전화기를 잡고 누군가에게 끝없는 하소연을 늘어놓는 아내의 목소리를 무시한 채, 작은아이가 강아지에게 하는 말 한마디 한마디를 놓치지 않기 위해 온 신경을 집중하고 있었습니다.

열린 방문 사이로 보이는 딸아이의 뒷모습이 평소와는 다르게 보였습니다. 설명할 수는 없지만, 딸아이가 내게 등을 돌린 채로도 나와 마찬가지로 나를 의식하고 있다는 걸 알 수 있었습니다.

작은아이와 나 사이의 기묘한 신경전은 밤늦게 귀가한 아들과 아이를 맞이하러 나온 아내의 짜증스러운 대화로 인해 깨어졌습니다.

언제나처럼 상투적인 아내의 질문에 열의 없는 대답을 건성으로 늘어놓으며 아들은 방으로 향했습니다. 방문을 닫기 전 나를 유심히 바라보는 아들의 시선에 무언의 고갯짓으로 대꾸를 해 주었습니다. 아버지와 아들 사이가 아니라, 밝힐 수 없는 비밀을 공유하는 동지 간에 주고받는 인사였다고나 할까요.

아들은 별다른 화답 없이 방으로 들어가 문을 닫았습니다.

아내는 무언가 불만을 늘어놓으며 또다시 안방으로 들어갔고요. 너무도 생경하게 변해 버린 딸아이의 모습을 보는 게 두려웠기에 나는 텔레비전에만 신경을 집중하였습니다.

결국엔 피할 수 없는 운명을 기다리는 사람처럼 무엇에 대비해야 할지도 모르면서 앞으로 닥쳐올 것에 대비하며 계속 마음을 다잡고만 있었습니다.

기다리던 신호는 기대와 달리 조용하고 단호하게 찾아왔습니다.

"아빠."

어제와는 달리 아들의 목소리에는 체념과 달관의 기운이 가득했습니다. 어쩌면 나와 마찬가지로 결국엔 마주해야 할 일을 마주한다는 후련함도 깃들어 있었을지 모르겠습니다. 우리 둘 사이에 어제와 같은 기나긴 질문과 대답은 필요 없었습니다.

옮기기 싫은 발걸음을 애써, 하지만 굳세게 한 걸음씩 내디며 아들 방으로 들어갔습니다. 어느새 활짝 열린 아들의 창문 밖에 보이는 건 어제와 똑같은 풍경이었습니다.

다른 것은 네 명이었던 검은 옷의 남자가 두 명으로 줄어 있었다는 것뿐이었습니다. 머리끝에서부터 얼음물을 끼얹은 듯 냉기가 등골을 타고 흘러내려 왔습니다.

"한 명 어디 갔니? 움직이는 거 봤어?"

"아까 우리 집 바라보더니 집 안쪽으로 사라졌어요."

"그다음엔? 아파트 단지 건너오는 거 봤어? 아니! 그 사람이 널 봤니?"

다급한 내 추궁이 아들의 말문을 틀어막았습니다.

"아악!"

말문이 막혀 당황하고 두려워하다, 분노한 기색이 가득한 채로 아들이 막 입을 열려 할 때 거실에서 아내의 짧은 비명이 들려왔습니다. 아들과 나는 누가 먼저라 할 것도 없이 거실로 뛰어나갔고요.

"무슨 일이야?"

아내는 거실에 붙은 방범 인터폰의 화면을 멍하니 바라보고 있었습니다.

"아…… 아니, 이거 시공업체…… 아, 진짜, 오늘 낮에도 몇 번 이러더니…… 배선을 뭘 건드렸는지 자꾸 엉뚱한 방범 화면이 켜지고 이래요. 아, 진짜! 짜증 나서…….."

얼굴 끝까지 달아올라 거칠게 말을 내뱉고 다시 안방으로 들어가는 아내를 나는 멍하게 바라볼 수밖에 없었습니다.

순간적으로 인터폰 방범 화면에 아파트 단지를 건너오는 검은 옷의 사람 형상이 스쳐 지나가는 걸 본 것도 같았지만 내 착각이었을 수도 있을 겁니다.

전날과 달리 아파트 단지 안은 평온했습니다. 자동차의 귀를 찢는 급정거 소리도, 창밖으로 타인의 불행을 구경하는 사람들의 웅성거림도 없었습니다.

오직 이 모든 촌극이 재미있는 구경거리라도 된다는 듯 거실을 바라보며 키득거리는 딸아이의 웃음소리만이 내 귀를 가득 메웠습니다.

6

나는 한동안 안방으로 들어가지 못했습니다. 아들은 나와 이야기를 더 하고 싶은 눈치였지만 난 애써 외면했습니다.

어느새 감정을 추스른 것처럼 보이는 아내가 늦게까지 깨어 있는 딸아이를 꾸짖고 방에 함께 들어갔다가 불을 끄고 문을 닫고 나오는 걸 애써 외면하며 바라보지 않았습니다. 아내와 딸 사이에 어떤 밀담(내가 들었다 할지라도 차마 입 밖으로 꺼내 옮기기가 두려운 종류의)이 오갔을까 두려웠지만, 내색하지 않았습니다.

내 감정, 내 두려움을 아내나 딸이 눈치채는 순간 이제껏 감추고 있던 본색을 드러낼 거 같아 필사적으로 평정을 가장했습니다.

밤 1시가 넘고 아들 방의 불이 마지막으로 꺼지고 나서야 나는 내키지 않는 발걸음을 옮겨 안방 문을 열고 들어갔습니다.

불이 꺼진 방 안에서 언제나와 마찬가지로 등을 돌린 채 잠들어 있는 아내의 뒷모습을 한참이나 바라보았습니다. 마치 그 보상으로 이 모든 일의 비밀이 밝혀지기라도 하는 틀린 그림 찾기를 하는 사람처럼 잠든 아내의 모습에서 평소와 다른 점을 찾아내려 애썼습니다.

결국엔 제풀에 지쳐 이끌리듯 침대 위로 몸을 던졌고, 평소처럼 이불을 끌어 올린 바로 그 순간 나는 알 수 있었습니다. 내 옆에 누워 등을 돌린 채로 있는 아내의 형상을 한 존재가 수십 년을 한 침대를 쓴 아내가 아니라는 것을요.

언제나 불규칙해 보이지만 나름의 질서가 잡힌 숨소리를 내쉬며 자는 아내와 달리 아내의 모습을 하고 아내의 자리를 차지한 낯선

이에게선 숨소리 하나 들리지 않았습니다. 작은 뒤척임도 돌발적인 잔기침도 없이 냉엄한 대리석 조각처럼 미동도 하지 않는 낯선 이를 바라보며 내가 느낀 감정은 분노가 아닌 두려움이었습니다.

어쩌면…… 내가 잠들지 않은 채로 자기를 관찰하고 있다는 걸 눈치챘다면…… 몸을 일으켜 나를 바라보며 내게 말을 걸어올지도 모른다는 생각에 사로잡혀 나는 애써 평소와 똑같이 잠든 척을 하려 했습니다.

하지만 인간이 아닌 존재(아니, 그걸 어떤 식으로든 '존재'한다고 표현해도 되는지조차 의문스럽군요.)가 주는 기묘한 비(非)존재감은 견디기 힘들었습니다.

점점 호흡이 가빠지고 정신은 깨어만 갔습니다. 감각이 확장되며 설명할 수 없는 공포는 더더욱 커져 갔습니다. 어쩌면 아내의 자리를 차지한 낯선 이도 잠이 든 것을 가장하고 있을 거란 생각이 들자 숨조차 쉬기 어려워졌습니다.

내가 잠이 들지 않았다는 걸 눈치챘다면…… 아니 어쩌면 이미 내가 잠이 들지 않았다는 걸 눈치채고 있을지도 모를 일이었습니다. 점점 더 내 의심은 확신으로 변해 갔습니다.

마치 서로의 패를 들여다보며 애써 미소 짓는 도박꾼들처럼 나는 더욱더 절박하게 잠이 든 척을 하였습니다. 먼저 행동에 나선 건 낯선 이였습니다.

낯선 이는 도저히 가로누운 인간이 취할 수 없는 동작으로 유연하게 침대에서 몸을 일으키고 돌려서 얼굴을 내 쪽으로 들이밀었습니다. 눈을 감은 상태에서도 그 모든 불경하고, 기이한 행동 하나하나가 똑똑히 그려졌습니다.

낯선 이의 입에서 새어 나온 숨결이 내 얼굴 위로 쏟아져 내렸습니다. 향취도, 온기도, 그 어떤 감각을 자극할 만한 정보도 없는 숨결에 내 몸의 잔털 하나하나가 다 일어서는 게 느껴졌습니다.

곧 낯선 이의 입이 열리고 들어서는 안 될 말들이 쏟아져 나올 것만 같았습니다. 그걸 듣게 되는 순간 지금껏 간신히 유지하고 있던 내 모든 이성과 결심과 감정이 무너져 내릴 것만 같은 말들 말입니다.

내 기대와는 달리 낯선 이는 그저 나를 바라만 보고 있었습니다. 마치 내가 진짜로 잠이 들었는지, 잠을 가장하고 있다면 그걸 자신이 알고 있다는 걸 눈치챘는지 살피는 듯한 시선이었을 겁니다.

나는 더욱 숨소리와 몸의 뒤척임 하나까지 평소와 똑같이 하려 애를 썼습니다. 이 상황에 끝이라는 게 존재할지 의심을 가지는 한편, 그저 이 순간이 지나가기만을 바랐습니다. 해가 떠서 이 낯선 이가 내게 관심을 거두는 순간이 오기는 할까? 그 전에 내 애쓴 위장이 무너져 낯선 이에게 들통나는 순간이 오지 않을까? 끊임없는 회의 속에서도 그저 애쓰고 애썼습니다.

어느 순간 낯선 이가 이 상황을 즐기고 있다는 생각이 들었습니다. 평온이라는 이름의 내 위장이 거짓이었음을 진즉에 눈치채고 내 모든 두려움과 회의와 번민을 즐기고 있는 게 아닐까 하는 생각 말입니다.

하지만 작은 숨 한 번을 들이마시고 내뱉는 매초가 몇 시간처럼 느껴지는 순간일지라도 결국엔 지나가기 마련이었습니다.

잠깐 방심을 했다는 후회와 그 방심이 가져다줄 여파를 자각하는 동시에 비명을 지르며 깨어 보니 아침이었습니다. 평소보다 한참 늦은 기상이었기에 서두름을 가장하기는 좋았습니다. 낯선 이, 혹은 또다시 아내처럼 보이는 그 무언가의 변명과 위로를 건성으로 들으며 나는 대문을 나섰습니다. 그제야 아들에 대한 걱정이 들었지만, 아들은 언제나처럼 새벽같이 집을 나선 것처럼 보였습니다. 스스로에 대한 혐오와 자그마한 안도감을 가지고 대문을 열고 집을 나서는 내 뒤로 아내와 딸아이의 웃음소리가 들려왔습니다.
"유진아, 아빠 출근하시는데 인사해야지?"

7

대문을 닫고 나서 엘리베이터를 기다리는 순간순간이 영원처럼 느껴졌습니다. 두꺼운 엘리베이터 문이 닫히고 중력의 흐름이 나를 땅으로 잡아끄는 게 느껴지자 깊은 안도의 한숨이 터져 나왔습니다. 평소에는 흉물스럽다고 애써 시선을 피하던 신축 아파트 특유의 명함으로 도배된 엘리베이터 벽이 든든한 울타리처럼 느껴졌습니다. 인테리어 시공업체와 배달음식점의 명함 뭉치들 속에서 내 눈길을 끈 건 하얀색 바탕에 붉은 글씨로 쓰인 전단지였습니다.

이 문구를 보고 있으면 도움이 필요한 분입니다. 연락 주세요.

전단지 아래 열 가닥으로 갈라진 전화번호 표는 아무도 떼어 가지 않은 채 그대로였습니다. 아마 평소라면 관심도 주지 않을 전단지지만 거기에 쓰인 내용이 저를 강렬하게 유혹했습니다. 세상에 그때의 저처럼 '도움'이 필요한 사람이 또 누가 있었을까요?

지하 주차장 한쪽에 세워 둔 차에 올라타 문을 닫고 나니 한결 더 마음이 진정되었습니다. 집에서 멀어질수록, 아내와 딸아이의 모습을 한 낯선 이들에게서 멀어질수록 날뛰던 머릿속이 차분히 정리되었습니다.

어쩌면…… 어쩌면 내가 너무 과민하게 반응하는 것이 아닌가 하는 생각도 들었습니다. 아내와 딸아이의 행동이 기괴하고 이상해 보이는 것도 내 착각이 아닐까? 자동차 유리창을 뚫고 내게 쏟아지는 아침 햇살을 맞고 있으니 며칠간의 일들이 모두 어처구니없는 꿈처럼만 느껴지더군요.

하지만 전화 한 통 해 본다고 손해 볼 것도 없어 보였습니다.

"일 터지고 며칠이나 지나서 연락한 거예요?"

기본 통화 연결음이 몇 초 재생되고 나서 들려온 목소리가 다짜고짜 질문을 던지더군요. 차가운 아침 공기를 데우기 위해 히터를 틀어 놓았음에도 온몸에 냉기가 흐르는 걸 막을 수는 없었습니다.

"무슨 말씀이신지? 아직 내가……."

"아니. 고객님 그거 전단지 보고 먼저 연락해 주신 거잖아요? 그럼 상황 어떻게 돌아가는지 뻔하고, 얼마나 심각한지도 뻔한 건데 왜 쓸데없이 간을 보고 그러세요. 그냥 전화 끊을까요?"

무언가 변명을 하거나 받아치고 싶다는 생각이 들지 않았던 것은 아닙니다. 하지만 전화기 너머에서 들려오는 느물거리는 목소리와 말투는 내게 기묘한 안도감을 전해 주었습니다.

"이틀 전이었어요. 이틀 전 밤."

"직접 접촉하신 거예요? 아니면 멀리서 보기만?"

'무엇을?'이란 의문이 들었습니다. 아내와 딸아이의 모습을 한 낯선 이들을 말하는 걸까요? 결국엔 안전하다고 생각되는 답을 골랐습니다.

"창밖에서…… 창밖으로 보았습니다."

"계좌번호 불러 드릴 테니깐 일단 계약금 입금해 주시고요. 일 진행하려면 일단 길일부터 골라야 하니 고객님 신상정보 이 전화번호로 보내시고요."

"아니! 아니, 잠깐만요 뭐가 어떻게 돌아가고 있는지도 모르고…… 제대로 설명도 안 듣고…… 다짜고짜……."

"못 미더우면 그냥 전화 끊으시면 되고요. 대신 다음번에 고객님 전화는 안 받을 겁니다. 이런 상황에서도 참 쓸데없는 고집을 부리시네요."

몇 번 실랑이 끝에 나는 계약금을 입금하였습니다. 대신 당장 만나서 얼굴을 보고 이게 도대체 무슨 상황인지 알고 싶다고 우겼고, 허락을 받아 내었지요. 회사에는 딸아이와 아내가 몸이 아파서 연차를 써야겠다고 말했습니다. 그때는 딱히 내가 거짓말을 한다는 생각도 들지 않았습니다.

전화기의 목소리가 지정해 준 장소는 집에서 차로 10여 분 거리에 있는 대형마트 1층의 커피숍이었습니다.

약속 시간까지는 여유가 있었으나 딱히 갈 곳도 없었기에 마트 주차장에 차를 세워 두고 그 안에서 부족한 잠을 보충했습니다.

꿈을 꾸었는데 내용은 기억나지 않습니다. 나는 여전히 집 안에 있고 아내와 딸이 어디선가 나를 지켜보고 있다는 기분이 들었다는 것만 떠오르는군요. 집 밖 어딘가에서는 검은 옷을 입은 두 명의 남자들이 나를 찾아 배회하고 있다는 것도요.

무엇이 두려운지도 모르는 채 외마디 비명을 지르며 깨어나 보니 약속 시간이 이미 10분도 넘게 지나 있었습니다. 다급하게 곧 가겠다는 문자를 보내고 에스컬레이터를 뛰듯이 올라갔습니다. 몇 개나 되는 테이블들이 있는 커다란 커피숍은 텅 비어 있었습니다. 덕분에 나를 기다리고 있는 사람들을 금방 찾을 수 있었습니다.

요란한 옷과 장신구를 걸친 다부진 체형의 남자와 나른하게 소파에 몸을 파묻고 있는 평범한 인상의 30대 여자였습니다. 무엇을 기대했는지는 모르겠지만 실망감이 드는 걸 억누를 수는 없었습니다.

저를 먼저 발견한 건 남자 쪽이었습니다. 마치 반가운 지인을 마주하기라도 한 듯 자리에서 일어나 웃음 가득한 얼굴로 나를 향해 몇 걸음을 옮겨 놓더군요.

"저리 가! 저리 가!"

의자에 몸을 파묻고 있던 여자가 나를 보며 내지른 외마디 비명에 남자는 발걸음을 멈추었습니다. 텅 비어 있던 커피숍에서 계산대를 지키던 직원 몇 명이 웅성거리며 우리를 바라보았습니다.

멈추어 선 남자의 얼굴엔 어느새 웃음기가 사라졌더군요. 두려운 것을 보기라도 한 듯 고개를 떨구고 땅만 바라보는 남자의 어깨가 심하게 떨리기 시작했습니다.

"선생님…… 그냥 가 주세요…… 저희는…… 못 합니다…… 제발…… 가 주세요…….."

비명을 내질렀던 여자는 어느새 고개를 무릎 사이에 파묻고 울음을 터뜨리고 있었습니다. 남자 역시 금방이라도 울음을 터뜨릴 듯한 목소리였습니다.

"무슨 소리예요? 계약금까지 드렸잖아요? 나 도와줄 수 있다면서요?"

"계약금 당장 돌려드릴게요. 제발 가 주세요. 저희가 감당할 일이 아니네요……. 죄송합니다…… 제발 그냥 가 주세요…….."

남자는 떨리는 손으로 휴대전화를 꺼내 들고 은행 앱을 구동했습니다. 차마 내 쪽을 보기가 두렵다는 듯 휴대전화 화면만을 들여다보고 있더군요. 웅성거리던 직원들 몇 명이 계산대에서 나와 우리 쪽으로 걸어오는 게 보였습니다.

"아니…… 나보고 뭘 어떻게 하라고……. 그럼 어떻게 해야 하는지 말이라도 해 줘요! 네?"

"다 아시잖아요…… 이미 보셨잖아요…….."

"뭘요? 내가 뭘…… 아니, 그럼 그것들! 넘어오는 거 막는 방법만이라도 알려 주세요! 네?"

주머니 속 휴대전화에 문자 수신을 알리는 진동이 울리더군요. 아마 계좌이체 안내문자일 거라 생각했습니다.

커피숍 직원들이 정중하지만 단호한 말투로 내게 말을 건네어 왔지만, 귀에 들어오지 않았습니다. 여자의 손을 잡아챈 남자가 끝까지 내 시선을 외면한 채로 몸을 돌려 커피숍을 떠나며 말한 내용만

이 귓가에 맴돌았습니다.

"이미 왔어요……. 늦었어요……. 뭘 해야 하는지 알고 있잖아요……."

8

커피숍을 나와 지하 주차장으로 걸어 내려가는 길은 꼭 남의 몸을 빌려 억지로 걸어가는 것처럼 부자연스럽고 붕 떠 있는 듯 느껴졌습니다.

차 안에 들어가 운전석에 지친 몸을 주저앉히니 어디로 가야 할지를 모르겠다는 막막함이 밀려왔습니다. 이런 상황에서 다시 회사를 가는 것도, 그렇다고 더는 집처럼 여겨지지 않는 곳으로 가는 것도 내키지 않았습니다.

하지만 결국 마지막에 돌아가야 할 곳은 집뿐이지 않습니까? 도살장에 끌려가는 소처럼 무거운 발걸음을 간신히 옮겨 명함으로 뒤덮인 엘리베이터에 또다시 몸을 실었습니다.

거짓말처럼 아침에 보았던 전단지가 보이지 않더군요. 이 모든 게 지독히 뒤틀린 악몽 같다는 생각이 들어 헛웃음이 나왔습니다.

어제와는 달리 현관문은 굳게 닫혀 있었습니다. 비밀번호를 입력하고 천천히 문을 열었습니다. 평소와 달리 한 켤레의 신발도 보이지 않는 현관이 너무나 생소하게 느껴지더군요. 아직 해가 지려면 시간이 남았는데도 집 안은 어두웠습니다. 마치 집 전체가 해 질 녘의 그림자에 갇혀 버린 느낌이었습니다.

"아빠 왔나 봐?"

딸아이 목소리였습니다.

"그 아저씨랑 같이 왔을 거야. 아빠 뒤에 따라왔을 거야."

애써 딸아이의 목소리를 외면하며 아들 방으로 향했습니다. 아직 이른 시간인데도 방에선 단조로운 기계음이 새어 나왔습니다. 문을 열어 보니 아들은 교복을 갈아입지도 않은 채 창밖을 멍하니 바라보고 있었습니다.

"……."

나는 무언가 말을 건네려다 입을 굳게 닫고 뒷걸음질로 방을 빠져나왔습니다. 언제라도 아들이 고개를 돌려 나를 보고 말을 걸 거 같아 두려웠습니다.

딸아이 방에서는 의미를 알 수 없는 말들이 끊임없이 흘러나왔습니다.

'아빠'…… '아저씨'…… '저쪽'…….

집 안에서 유일하게 내게 남은 장소인 거실의 소파에 무너지듯 주저앉았습니다.

주머니 속 휴대전화를 꺼내 들어 문자를 확인해 보았습니다. 예상했던 입금문자가 아니라 아들에게서 온 문자였습니다.

[아빠. 그게 나 봤어. 점심에 불안해서 집에 잠깐 들르러 갔는데 우리 동 엘리베이터 타고 먼저 올라가고 있었어. 나 이제 집에 안 들어갈 거야. 아빠도 집에 가지 마. 문자 보면 나한테 연락해 줘.]

미안함인지 뭔지 모를 이유로 눈물이 터져 나올 거 같아 억지로 이를 꽉 깨물었지만, 어깨가 떨려 오는 걸 멈출 수는 없었습니다.

작게 삐걱거리는 소파 소리에 화답하듯 안방 문이 천천히 열리는 소리가 들려왔습니다. 창 너머 떨어지는 해가 안방 안에 있는 낯선 이의 그림자를 거실 너머로 기괴하게 길게 늘어뜨려 놓았습니다.

아내의 형상을 한 그림자는 그 존재감만을 과시하듯 미동도 하지 않았습니다. 단지 머리카락으로 추측되는 부분이 바람에 날리듯 끊임없이 넘실거렸습니다.

내가 무엇을 해야 했을까요? 무얼 할 수 있었을까요? 무얼 하지 말았어야 할까요? 그때도 몰랐고 지금도 여전히 모르겠습니다.

단지 내가 아는 건 무언가를 해야만 한다는 것이었습니다. 더는 내 것이 아닌 것처럼 여겨지는 이 집의 정당한 주인으로서, 빼앗긴 가족들을 되찾아야만 하는 가장으로서 무언가를 해야만 했습니다.

몇 번의 심호흡을 하고 몸을 일으켜 세웠습니다. 베란다 창 너머로 노을이 떨어지는 게 보였습니다. 거실 창 너머 맞은편 아파트에서 이른 퇴근을 하고 집에 막 들어선 가장을 반기는 가족의 모습이 보였습니다. 예상치 못한 남편의 이른 귀가에 조금은 당황한 듯한, 조금은 짜증스러운 듯한 표정을 짓고 있는 아내의 모습이 보였습니다. 맞은편 아파트의 부부 사이에 서 있는 조그마한 아이가 저를 빤히 바라보고 있었습니다. 안전하고, 뒤틀리지 않고, 빼앗기지 않은 온전한 집 안에 있는 작은 아이와 시선이 교차하는 그 짧은 순간에 제 결의는 굳어졌습니다.

누구에게 하는지도 모를 짧은 묵례를 보내고 나는 발걸음을 옮겼습니다.

곧 맞닥뜨릴 내 운명을 비웃는 듯한, 조롱하는 듯한 웃음소리가 딸아이 방에서 흘러나왔습니다. 거실 바닥에 드리워진 아내의 검은 그림자는 점점 더 길게 늘어나고 있었습니다. 아들의 방문이 천천히 열리며 새어 나오는 단조로운 기계음이 커졌습니다.

모든 걸 애써 외면하며 천천히, 하지만 단호하게 부엌으로 걸어갔습니다. 이사한 지 얼마 되지 않아 물건들 위치가 모두 뒤죽박죽이었지만 내가 찾던 것은 금방 눈에 띄었습니다.

거실에 드리워진 아내의 모습을 한 그림자는 이제 온 집을 뒤덮을 듯 커져 있었습니다.

딸아이의 목소리는 쉴 새 없이 불경하고, 외설스럽고, 기이한 말들을 내뱉고 있었습니다.

"아빠."

물기 가득한 아들의 목소리에 하마터면 뒤를 돌아볼 뻔했지만 나는 속지 않았습니다. 방금 찾아낸 부엌칼을 힘주어 쥐며 몇 번이고 짧은 숨을 몰아쉬었습니다.

"왜 아까 나한테 연락 안 했어? 왜 나한테 그거 보게 했어?"

목소리에 가득한 원망의 기운이 나를 무너뜨렸습니다. 손에 힘이 풀려 더는 부엌칼을 쥐고 있을 수 없었습니다.

"미안해⋯⋯ 내가⋯⋯."

억지로 울음을 참을 생각도 하지 않고, 흘러내리는 눈물을 닦지도 않고, 변명의 말을 늘어놓으며 뒤돌아보았지만, 집 안은 텅 비어 있었습니다. 퉁명스러운 아들의 모습도, 해피를 괴롭히는 딸아이의 모습도, 이사 온 뒤로 언제나 예민해 보였던 아내의 모습도 보이지 않았습니다. 그 뒤부터 경찰이 날 발견하기까지의 기억은 하나도 남아 있지 않습니다.

오직 떠오르는 건 머릿속에서 끊임없이 되뇌던 하나의 문장뿐입니다.

'넷이었는데 하나만 남았다.'

9

가끔 좁은 창 너머로 온전한 가족들의 모습이 보일 때마다 후회가 밀려오곤 합니다. 내 시선이 불편한 듯 고개를 돌려 외면하는 행동들에서 지난날의 저를 떠올리기도 합니다.

사람들은 내가 끔찍한 짓을 저질렀다고 합니다. 인간으로서 해서는 안 되는 끔찍한 짓을 저질렀다고요. 아파트 단지에서 일어난 교통사고 따위는 없었다고들 합니다. 내가 전화를 걸었던 전단지 전화번호는 존재하지도 않는 번호라고도 했습니다.

그 말들이 절 혼란스럽게 하거나 화나게 하는 건 아닙니다. 내가 저지르지도 않은 일에 대한 부당한 오명을 벗고 싶은 마음도 없습니다.

저는 비난받아 마땅한 사람일 것입니다. 다만, 끔찍한 짓을 저질러서, 나쁜 짓을 저질러서 비난받아야 하는 것이 아닙니다. 아무것도 하지 않아서, 해야만 했던 일을 하지 못해서, 일어날 비극을 막지 못해서 비난받아 마땅한 사람일 것입니다.

어쩌면 이 글이 우스꽝스러운 광인의 자기변명처럼 느껴질 수도 있을 겁니다. 제 정신 상태를 고려해 보자면 이해 못 할 헛소리처럼 느껴질 수도 있겠지요.

우리 가족은 넷이었지만 저 하나만 남았습니다. 그리고 제게 남은 것은 아무것도 없습니다.

어쩌면 지금도 창문 너머에서 저를 바라만 보고 있는 검은 옷 남자의 뚜렷한 존재감만이 제게 남은 유일한 것일지도 모를 일입니다.

부디 이 글을 읽고 있는 여러분 가정에는 평온과 안녕만이 있기를 바랍니다. 여러분 집의 창문이, 대문이, 벽이 저 너머에서 호시탐탐 엿보고 건너오려 애쓰는 모든 것을 차단할 수 있을 만큼 튼튼하고 안전하기만을 바랍니다.

오거
(OGRE)

2017년에 '근미래'의 기술을 상정하고 쓴 글이 지금에 와서는 뻔할 정도로 시류를 쫓아가는 글처럼 보인다는 게 놀랍지 않은가?

소설에서 묘사된 개념들을 종사자들이 들으면 코웃음을 칠 거라 걱정했는데 막상 AI 회사에 들어와 전공자들에게 글을 보여 줘도 대부분 그럴싸하다는 반응이어서 놀라웠다. 뭐 이야기라는 건 '얼마나 사실적인가?'보다는 '얼마나 그럴싸한가?'가 중요한 거긴 하니.

소설에 등장한 '오거*' 게임은 실제로 존재하는 비디오 게임이다. 역시나 게임 플레이 방식을 묘사하는 데 그럴싸한 과장이 조금 보태지긴 했지만.

내 직업을 아는 독자들 중에서 궁금해하는 분들이 있었는데, 나 역시 어렸을 적 '오거' 게임을 즐기긴 했었다. 역시나 과장을 조금 보태자면 그게 내가 프로그래머란 직업을 가지는 데 어느 정도 영향을 주기도 했다.

---

* 오거 게임은 국내에선 '오우거'로 알려져 있다.

덥고 짜증 나는 날이다.

오늘은 범용 AI '오거'의 시연이 있는 날이다. 그런데 오거가 온도와 습도 센서로부터 수집한 정보에 나의 행동패턴 분석통계를 조합하여 조작한다는 에어컨이 밤새 동작을 멈추어 나를 땀범벅으로 만들었다. 그뿐만이 아니다. 오거가 냉동식품 포장지의 RFID 정보 기반으로 칸마다 각각 최적 온도를 설정한다는 냉장고까지 냉동실 온도를 밤새 섭씨 16도로 맞추어 놓아 얼마 전에 쟁여 둔 즉석식품들을 모조리 내다 버려야 했다.

에어컨과 냉장고의 센서 문제였을 거다. 물론 가전제품들의 센서가 연달아 맛이 가는 건 희귀한 경험이다. 하지만 이미 수년간 인류 대다수에게 검증되어 냉장고 조작에서 비행기 자동항법에 이르기까지 사회 전반을 관장하는 범용 AI로 자리 잡은 '오거'가 잘못된 판단을 내렸을 리는 없지 않은가?

 냉동식품이야 새로 사면 되고 땀범벅의 몸은 샤워로 해결할 수 있다. 하지만 온종일 나를 괴롭히고 있는 기자들을 해결할 방법은 좀처럼 떠오르지 않는다.

 "자율주행 자동차가 일반화된 지 벌써 몇 년이 지났는데요. 오늘 레이싱 형태의 시연에서 선보이는 'AI 주도 운전'이 종래의 자율주행과 다른 게 뭔가요?"

 오늘 하루 동안 똑같은 질문을 다섯 번이나 받았다. 이건 이미 보도자료에 자세히 설명된 내용이다.

 나눠 준 보도자료를 비효율적인 부채 대용의 종이 뭉치로 활용하기만 하는 게 아니라 한 번이라도 읽어 보았다면 질문을 할 필요도 없었을 거다.

 나는 입 끝에 걸린 욕설을 간신히 억누르며 가식적인 미소를 띠고 이미 네 번이나 말한 답변을 다시 한번 반복했다.

 "종래의 자율주행은 센서에서 읽어 들인 수치 데이터, 이를테면 앞차와의 거리라든가 차선 사이를 위협적으로 끼어드는 배달 오토바이의 유무, 차량 주변 교통량 등의 정보를 기반으로 사전에 정의된 변수 테이블 값을 참조해서 가속 페달과 브레이크 페달의 개도량과 스티어링 모터의 회전 각도를 결정해 주는 방식이었지요. 오늘 시연하려 하는 AI 주도 운전은 지금 전 세계적으로 사용되고 있는 범용 AI '오거'의 API를 활용해서 '오거' 스스로 도로 상황을 인지하고, 판단하여 자동차를 주도적으로 조작하는 방식입니다."

 기자는 막 UFO에 납치당해 외계인에게 가늠할 수 없는 우주의 비밀을 듣기라도 한 듯한 표정을 지었다.

"어…… 그러니깐 지금 기자님 집 냉장고나 에어컨, TV 등을 관리하는 범용 AI '오거'에게 우리 회사 자동차를 맡기고 눈과 손을 줘서 대신 운전하고 경쟁하게 하는 시연이라는 겁니다……."

기자는 알 것 같다는 표정을 지었다.

"아. 이제 자동차도 인터넷에 연결된다는 말씀이신 거죠?"

아니…… 내 대답을 어디로 들었기에 그딴 식으로 해석한단 말인가? 막 추가 설명을 하려 할 때 박 이사가 끼어들었다.

"그렇습니다. 항상 업계를 주도해 나가는 우리 회사가 사물 인터넷과 AI를 자동차에 접목하는 데 관심이 없었다고 하면 거짓말이 되겠지요? 기자님에게도 익숙한 OTA 개념이 좀 더 확장되었다고 생각하면 금방 이해가 되실 겁니다. 하하."

저건 또 무슨 해괴한 해석이란 말인가? 더 해괴한 것은 그제야 이해했다는 표정을 지으며 태블릿에 무언가를 기록하는 기자의 모습이었다.

보나 마나 '업계 선두 니콜라 게 섰거라!' 같은 웃기는 헤드라인 뽑으려는 거겠지…….

"그럼 오늘 시연은 자동차 버전의 알파고 같은 것이라고 봐도 될까요?"

보도자료는 읽지 않을 수 있다 쳐도 프레젠테이션 때 이미 설명한 걸 왜 또 물어본단 말인가? 굳이 알파고를 언급하고 싶으면 레이싱을 위해 즉석에서 만들어진 알파고들 간 자동차 경주 시연이라 하는 게 정확한 표현이다.

오거(OGRE) **47**

물론 '오거'는 알파고처럼 바둑에만 특화된 약(弱)인공지능이 아니라 공기청정기 제어부터 맞춤형 광고 추천, 의료영상 진단, 항공기 운항 등등 사회 전 분야에 두루 쓰이는 중앙 집중적인 범용 강(强)인공지능이다.

오늘 시연에 쓰이는 여덟 대의 자동차 모두가 인터넷에 연결되어 '오거'의 제어를 받는다. '오거'는 자동차에서 실시간으로 제공하는 정보를 바탕으로 여덟 대의 자동차를 동시에 운전하며 레이싱을 펼친다.

손이 열여섯 개 달린 사람이 8인용 게임을 혼자서 즐기는 모습을 상상해 보시라!

물론 인터넷 기반의 범용 인공지능 API인 '오거' 혼자서 이 모든 서커스를 다 해내는 건 아니다.

여덟 대의 자동차에는 각각 '오거'의 자식 같은 인공지능이 탑재된다. 이 자식 인공지능은 현재 자동차의 정보를 바탕으로 별다르게 복잡한 판단이 필요 없는 수준의 운전을 담당한다. 근육이 동작하는 방식을 떠올리면 쉽게 이해될 것이다.

물컵이 떨어지는 걸 보면 시각 정보가 도달한 뇌에서 '아 물컵이 떨어지는구나! 저걸 잡아야겠다!'란 판단이 이루어지기 전에 이미 우리의 손은 물컵을 향해 뻗어 나가지 않는가? 자식 인공지능은 이런 조건 반사적인 근육 조작을 관장하는 놈들이라 생각하면 된다.

물론 복잡한 판단이 필요한 순간이 오면 이 자식 인공지능들은 인터넷을 통해 '오거'의 통제를 받는다. 이를테면 '프랑스산 고급 물컵과 2000원 숍에서 산 싸구려 물컵이 동시에 떨어지면 무엇부터 받아야 할까?'라든가 '레이싱 도중 좁은 코너에서 베스트 라인을 다른 경쟁 차가 가로막고 있을 경우 어떻게 해야 추월할 수 있을까?' 같은 복잡하고 가치 판단이 필요한 상황 말이다.

그럼 이 이런 자식 인공지능들은 누가 만들었냐고? '나'라고 대답하고 싶지만 사실 그것도 '오거'의 작품이다. '오거'의 진정한 미덕이 여기에 있다. 우리 회사는 전통적인 자동차 제조사답게 '오거'의 눈과 귀와 피부 같은 감각기관에 해당하는 정보만을 수집해서 제공한다.

상공에 띄운 드론 카메라가 제공하는 트랙 전반의 영상, 자동차의 현재 상태를 제공해 주는 OBD와 GPS 정보, 주변 도로 상황을 감지할 수 있는 레이더와 라이더의 측정 정보 등이 될 거다.

'오거'는 주어진 정보와 레이싱이라는 키워드를 가지고 레이싱에 필요한 모든 판단 로직을 학습(당신들이 위키 검색해서 긁어모은 이해도 못 할 바이트 쪼가리 외워서 남들 앞에서 잘난 척하는 것과 근본적으로 차이 없는 방식이라 생각하면 된다.)하여 즉석에서 분신 인공지능을 만들어 자동차에 탑재시키고 레이싱 도중에 보완이 필요하면 바로바로 개정하기도 한다.

참으로 멋지지 않은가?

물론 '오거'는 나의, 아니 우리 회사의 작품은 아니다. 말하지 않았던가? 우리 회사는 전통적인 자동차 제조사라고.

이름만 대면 당신들도 알 만한 인터넷 플랫폼 인프라를 개발하는 세 개의 회사(각각 A, G, M이라고만 하겠다.)가 소모적인 AI 개발 경쟁을 멈추고 5년간 합작하여 만든 세계 최초의 범용 인공지능 또는 강인공지능이 '오거'이다.

우리 회사로서야 첨단기술을 도입하는 데 적극적인 제조업 회사의 이미지를 과시하기에 좋고, AGM 연합체로서는 이미 항공기와 선박 운항부터 인공위성의 관제 같은 비교적 쉬운 영역을 담당하던 '오거'가 복잡한 교통 통제와 연계된 자율주행까지 능숙하게 해치우는 모습을 레이싱이라는 극적인 형태로 대중에게 보여 줄 수 있어서 좋은 것이다.

이 정도면 기자에게도 완벽한 설명이 될 것이다.

그리하여 초등생 수준의 지적 수준을 가진 기자에게 나의 지식의 편린을 들추어 광휘를 발하는 즐거움을 누리려는 찰나, 박 이사가 내 앞을 가로막았다.

"기자님 이해력이 빠르시네요! 이제 알파고가 바둑뿐만이 아니라 직접 차를 몰면서 레이싱까지 한다고 생각하시면 됩니다!"

만족한 모습의 기자가 떠나가자 박 이사가 내 손을 잡고 한적한 곳으로 이끌었다.

"야야…… 너는 좀 사람들이 알아듣게 말하라고 몇 번을 내가 이야기했냐!"

"아니, 애당초 연구실에 틀어박혀 컴퓨터 끼고 사는 나 같은 프로그래머를 왜 끌고 나와 사람 상대하라고 하는 건데요? 홍보팀 애들한테 맡기거나 그 말 잘하는 멋진 언니들한테 교육자료 나눠 줘서 해 달라면 될걸. 그 돈 아껴 뭐 하시게요?"

"아! 새끼 진짜 말 이쁘게 하네. 야, 이거 홍보팀 애들이나 외주 애들 교육해 봐야 걔들은 무슨 소린지 알아먹지도 못해! 나도 반이나 이해할까 싶구먼…… 네가 그래도 개발팀에서는 제일 입도 잘 털고 사람들 앞에서 안 떨고 뻔뻔하게 잘난 척도 잘 하잖아! 좀 성질 죽이고 잘 좀 해 봐. 시연 끝나면 네 팀장 찔러서 내가 장기 휴가 보내 준다니깐?"

"그건 그렇다 쳐도. 도대체 실제 트랙 시연은 내가 왜 해야 하는 건데요? 회사에 테스트 드라이버도 많잖아요? 도대체 프로그래머한테 그런 걸 왜 시키는데요??"

"야, 테스트 드라이버가 개발자야? 시연하다 사고 터지면 대응할 사람이 너 말고 더 있냐? 누가 너보고 차 몰래? 차 안에서 헤드 유닛에 개발툴 연결해 놓고 모니터링만 하라는 거잖아!"

아니, 이 양반이 갑자기 왜 화를 내고 그래…….

어쩌면 날씨 때문인지도 모르겠다. 자동차의 타이어가 트랙의 노면과 최상의 접지력을 내기에는 오늘같이 덥고 짜증 나는 날씨가 최적이라곤 해도 하필이면 노면 온도가 38도에 육박하는 날을 고를 줄이야…….

"아, 알았어요. 왜 성질을 내고 그래요."

"성질은 네가 먼저 냈잖아! 진짜 이사 짬밥에 너 같은 꼴통 비위 맞추는 게 쉬운 일인 줄 알아? 어?"

"네네…… 알겠습니다. 얌전히 차에 타서 노트북만 들여다보고 있을게요. 뭐 별일 생겨 봐야 회사 주가 떨어지는 정도겠지……."

박 이사는 질렸다는 표정으로 고개를 흔들며 기자들 무리를 향해 떠나갔다.

내가 의도했던 건 아니지만 박 이사는 기자들 상대는 자신이 하는 게 낫겠다고 생각한 모양이었다. 나야 멍청한 질문들만 앵무새처럼 반복해 대는 기자들에게서 해방될 수만 있다면 그저 감사할 따름이다.

마지막 점검을 빌미로 자동차 조수석에 앉아 에어컨 바람을 쐬며 노트북 화면의 정보를 건성으로 훑다 보니 어느덧 시연 시간이 되었다.

어울리지도 않는 레이싱용 헬멧을 쓰고 방염복에 방염 장갑까지 착용하니 오리털 파카를 몇 겹이나 껴입고 사우나에 들어간 기분이 들었다.

'다섯 바퀴…… 10분만 참자!'

사전 주행에서 '오거'는 회사 소속 테스트 드라이버의 베스트 랩을 1초나 단축했다.

정지 상태에서 출발하는 최초의 한 바퀴를 제외하곤 1분 52초면 트랙을 한 바퀴 도니 시연이 끝나는 데 10분이 채 안 걸린다는 소리다. 문제는 내가 모니터링하기 위해 탑승하는 차량과 무인 차량의 조건을 동등하게 한다고 에어컨을 모두 꺼 버린 것이다.

무인 차량도 에어컨을 켜고 조수석에 나와 같은 무게의 더미를 실으면 같은 조건인 게 아니냐고 항변해 보았지만, 구간 기록이 느리게 나올 게 윗분들은 영 마음에 안 들었던 모양이다.

그 양반들이야 이 더위에 에어컨도 없이 창문도 못 여는 차 안에서 방염복까지 껴입고 살인적인 열기를 감당하지 않아도 되니 그런 속 편한 소리를 할 수 있는 거겠지.

출발은 순조로웠다. 아니, 레이싱 전반이 순조로울 수밖에 없었다.

말이 좋아 레이싱이지 같은 자아에 의해 조종되는 개체 간에 경쟁이라는 건 애당초 성립이 될 수 없는 일이 아닌가? 순조롭지 않은 건 살인적인 더위와 급격한 가감속에 시달리는 내 몸이었다.

특히 21번 코너가 문제였다.

크게 왼쪽으로 꺾어진 20번 코너를 1G에 달하는 횡가속을 받으며 빠져나와 짧은 순간에 시속 200킬로미터가 넘게 가속했다가 다시 오른쪽으로 꺾인 낙차 큰 내리막 코너에서 시속 60킬로미터까지 순간적으로 감속할 때면 구토가 쏠리는 걸 참기가 힘들었다.

처음 두 바퀴 정도는 견딜 만했지만 세 바퀴째가 되자 시연이고 회사고 나발이고 다 때려치우고 차 밖으로 뛰쳐나가고 싶은 마음뿐이었다. 한계에 달한 정신을 추스르며 세 바퀴째의 19번 코너에 접어드는 순간 휴대전화 메시지 수신 소리가 요란하게 울렸다.

'아 씨…… 이거 꺼 놓는다는 걸 깜빡했네…….'

다시 생각해 보니 문제가 될 것도 없었다. 어차피 차 안에서 내가 무슨 짓을 하건 아무도 관심도 없고 알지도 못하는 것 아닌가?

문자는 박 이사로부터 온 것이었다.

[2 Laps 2 go! 장기 휴가! 좀만 참아라!]

평소와는 다른 박 이사의 격려 문자를 보니 헛웃음이 터져 나왔다.

그래도 직속 결재권자로부터 장기 휴가 소리를 들으니 한결 기분이 나아졌다.

내가 탄 시연 차는 막 선두로 20번 코너를 벗어나고 있었다.

21번 코너에 접어드는 순간의 급격한 종횡 감속에 대비하며 몸을 긴장시키고 숨을 몰아쉬었다.

그런데 무언가 잘못되었다? 왜 속도를 줄이지 않지?

급브레이크를 밟으며 핸들이 오른쪽으로 돌아가야 할 시점이 한참 지났는데도 내가 탄 차는 여전히 가속하며 직진 중이다.

"브레이크!"

너무 당황해 듣는 사람도 없는데 발작적인 비명 같은 외침이 터져 나왔다. 내 비명을 오거에게 들려줄 귀 역할의 센서는 이 시연차에 달려 있지 않다. 설령 내 비명을 오거가 들었다 해도 그걸 레이싱에 영향을 줄 만한 가치 있는 정보라 판단했을 거라고 장담할 수도 없는 일이다.

끊임없이 가속과 함께 눈앞으로 점점 다가오는 차단벽을 차마 끝까지 보지 못하고 고개를 돌려 버렸다.

'오거'가 감속 없이 달려오던 속도 그대로 20번 코너의 차단벽에 차를 처박는 순간 조수석에서 무언가가 튀어나와 내 얼굴과 가슴과 몸통을 사정없이 강타했다.

갈비뼈가 최소 네 대는 나간 것 같다. 무게 더 줄여 보겠다고 에어백을 빼내 버리지 않은 게 그나마 내겐 다행이었다. 몽롱한 와중에도 시연 차의 시동이 꺼지지 않고 계속 엔진이 회전하고 있는 게 느껴졌다.

"킬 스위치가 작동해야 할 텐데…… 사고 나면…… 오거가 모든 시연 차 시동을 바로 끄고……."

중얼거리듯 내뱉은 말은 2톤에 육박하는 또 다른 강철 덩어리가 시속 200킬로미터가 넘는 속도로 내가 탄 시연 차를 들이받는 순간 입안으로 사그라졌다. 등 뒤로 육중한 해머로 얻어맞은 듯한 통증이 연달아 밀려왔다.

의식이 멀어지는 와중에도 나는 똑같은 충격이 일곱 번이나 반복되는 걸 세고 있었다.

* * *

[이러나저러나 장기 휴가를 가게 되었으니 약속은 지킨 셈이네. 푹 쉬어라!]
4인실 병상에 누워 박 이사의 빈정거리는 문자 메시지를 보고 있자니 혈압이 확 치솟아 올랐다. 태블릿 뉴스 면에 올라온 대파된 여덟 대의 시연 차 사진 아래 우리 회사와 AGM 연합체의 주가 폭락 기사가 눈에 띄었다.
[주가 요란하게 내려가던데요. 박 이사님 손해 막심하시겠네요?]
[나 너 하나도 안 믿는 거 알지? 시연 전에 경쟁사 주식 잔뜩 사 둬서 오히려 이득 봤어. 나한테는 오히려 잘된 일이라고 할 수 있지. 시연 하나 제대로 못 해서 내 자산만 잔뜩 증식해 준 너한테는 고맙고.]
말로 빈정거려 봐야 당최 이겨 먹을 수가 없는 작자다.
박 이사의 성질을 제대로 긁으려면 뭐라고 문자를 보내야 하나 한창 고민하고 있을 때 내가 절대 이겨 먹을 수 없는 또 다른 한 명이 병실을 방문했다.
"멍청아! '오거' API를 뭘 어떻게 잘못 붙였길래 그렇게 요란하게 사고를 내냐?"
"미친…… 하이레벨 API 제공하는 놈이 그런 소리를 해? 내가 실수를 하려 해도 실수할 수 없게 만들어 제공해야 할 놈이……."

"센서 문제겠지?"

딱 보아도 맛없어 보이는 과일 바구니를 건성으로 던져 놓고 내 눈앞에서 빈정대는 녀석은 '오거'의 개발자이자 아버지이자 신과도 같은 존재다.

우리는 컴퓨터 공학과 학부 시절에 처음 만나 대학원의 AI 연구실까지 쭉 라이벌이자 앙숙으로 인연을 이어 갔다. 아니, 라이벌이라는 표현은 부정확할 수도 있을 것이다. 나는 녀석을 라이벌로 생각했지만, 녀석이 나를 어떻게 생각했을지는 알 수가 없다.

지금의 처지만 놓고 봐도 그렇지. 녀석은 벌써 몇 개의 잡지 표지에 저 못생긴 얼굴을 들이밀었고, '곧 신세계의 신으로 진화할 존재를 만든 창조주'로서 인류가 스스로를 파멸시키거나 외계 생명체에 공격을 받아 멸망하기 전까지는 영원토록 역사에 이름을 남길 것이다.

나는 고작해야 원숭이들보다 조금 더 나은 지능을 보유한 손재주만 좋은 제조업 회사의 물질적인 엔지니어들 사이에 홀로 낀 형이상학의 철학자 프로그래머로 외로이 남아 있을 뿐이고 말이지.

"너도 주가 폭락해서 손해 좀 봤겠지? 너 AGM 주식 엄청 많았을 거 아냐?"

"어. 네 덕분에 매년 페라리 한정판 한 대 사고 이비사섬 프라이빗 비치에서 휴가 보낼 만한 부자에서 간신히 포르쉐 한 대 사고 몰디브 5성 리조트에서 별 볼 일 없는 휴가를 즐겨야 할 수준으로 재산이 줄었다. 가히 몰락이라 할 만한 수준이지."

이겨 먹을 수가 없는 거로 치면 이 녀석을 따라올 사람이 없다. 아예 말을 말아야 한다. 녀석과 나의 대립 양상은 언제나 이런 식이다.

내가 꽤 효과적인 일격을 날렸다 착각하는 순간 바로 '쾅!' 하고 되받아 주는 게 녀석의 방식이다.

내가 녀석을 절대 이길 수 없다고 스스로 인정하게 된 건 대학원 2년 차 때였다. 연구실에서 교수님이 인공지능 스크립트 학습용으로 개발한 시뮬레이션 게임이 유행이었는데 게임의 제목은, 놀라지 마시라…… '오거'였다!

게임은 '오거'라는 슈퍼 전차와 여덟 대의 평범한 전차 간의 대전을 다룬 게임이었는데 게임 하면 흔히들 떠올리는 플레이어들이 조작기를 붙들고 즐기는 방식이 아니었다. 연구실 학생들 한 명 한 명이 오거와 여덟 대의 전차의 인공지능 스크립트를 프로그래밍 한 후 게임을 실행하면 아홉 대의 전차가 설계된 인공지능 스크립트대로 대전을 펼치는 게임이었다.

스스로 창조해 낸 지적 생명체가 펼치는 8 대 1의 격전! 생각만 해도 재미있을 것 같지 않은가? 사실 그리 재미난 건 아니었다. 대학원생 수준의 인공지능 스크립트 개발 능력으로는 아홉 대의 전차들이 이유도 없이 벽에 차체를 비비고 다니며 허공에 대포를 난사하는 헛수고를 몇십 분간 따분하게 지켜보는 것 이상의 전투 양상을 연출하기 힘들었다.

개중 의미 있는 살인 인격체를 만들 만한 실력을 갖춘 건 나와 녀석뿐이었는데 녀석의 변태성은 그때에도 여지없이 돋보였다. 그 녀석 말고는 연구실의 그 누구도 홀로 여덟 대 전차와 맞서 싸워야 하는 오거의 AI를 프로그래밍 하는 역할을 자처하지 않았다는 것만 봐도 녀석이 얼마나 관종끼가 다분한 변태인지 알 만하지 않은가?

물론 기본적으로 게임이란 형태를 띤 시뮬레이터였기에 밸런스는 어느 정도 맞춰져 있었다. 오거는 체력과 화력 모두 자신의 적대 전차 여덟 대를 합친 것을 상회하는 괴물이었다.

그래도 오거 한 대의 상황만을 상정해서 단순한 프로그래밍을 하는 여덟 대의 일반 전차와 비교하면, 나머지 여덟 대의 상황과 그 조합 모두에 대한 것을 고려해 복잡하기 짝이 없는 판단 구문을 디자인해야 하는 오거의 프로그래밍 난도가 월등히 높았던 것은 말할 것도 없었다.

처음에는 내가 낀 일반 전차 여덟 대의 전세가 항상 우세했다. 자랑은 아니지만, 게임은 늘 오거가 내 것을 제외한 일곱 대의 전차를 엄청난 피해를 입어 가며 처치하고 난 후 내가 인격을 부여한 전차가 오거의 마지막 숨통을 끊는 방식으로 진행되었다.

비밀은 간단했다. 나는 내 전차의 행동 우선순위를 '오거'의 남은 체력에 따라 판단하도록 디자인했다. 그러니깐 비겁자의 방식이었다고나 할까.

'오거'가 나머지 전차와 소모전을 펼쳐 어느 정도 에너지가 소모되기 전까지 내 전차는 오거의 포신의 사각에서 열심히 도망만 다니는 걸 지상과제로 삼았고 그 결과 괴물의 숨통을 끊는 용사는 항상 나의 겁쟁이 비겁자 창조물이었다.

녀석이 '오거'의 행동 패턴을 수정하기 전까지는 말이다.

녀석과 나는 몇 마디 더 다정한 비방전을 펼쳤고 그 재미에 면회 시간이 끝난 것도 모른 녀석이 간호사에게 끌려 나가는 거로 우리의 만남은 마무리되었다.

"여기 병원, '오거'가 주도하는 RIS, HIS, CAD 시범운행 하는 기간이라 모니터링 하려고 나 계속 여기 있을 거야. 매일 와서 괴롭혀 줄게! 내 무료함을 달래 주기 위해서라도 쉽게 낫지 말고 오래오래 고통받고 있어라!"

저딴 녀석이 디자인한 인공지능에 인류가 자신의 문명을 적극적으로 내맡길 예정이라니 참 희망적이지 않은가?

* * *

이런 이야기가 늘 그렇듯이, 냉장고와 에어컨이 작동을 멈추고 자율주행 자동차들이 선두를 따라 절벽에서 뛰어내리는 레밍 떼들의 흉내를 낸 다음에는 더 커다랗고 끔찍한 비극이 주인공(그러니까 나 말이다.)을 기다리고 있었다.

내 경우에는 부러진 다리뼈의 2차 수술 과정에서 이제까지 중 가장 치명적인 공격을 받았다. 아니, 공격 미수가 더 정확한 표현이겠지.

나의 라이벌이자 앙숙이 마지막으로 내뱉었던 대사를 기억하는가? 오늘날까지도 병원은 환자들의 수납관리 시스템이나 의료영상을 관리하는 PACS 시스템을 병원 내 제한적인 네트워크 안에서 폐쇄적으로 운영한다.

문제는 PACS 시스템의 의료영상을 보고 병소를 판단해 치료 소견을 내놓는 CAD 시스템에서 발생하였다. '오거'가 부러진 내 다리뼈 엑스레이 영상을 분석해서 치료 소견으로 '감압 두개골 절제술'을 내놓았을 때는 그나마 비판적인 시선에서 이걸 판단해 줄 '사람들'이 있었다.

반면 전신마취 과정은 이미 완전히 인공지능 주도 영역으로 넘어온 상황이었다.

'오거'가 조작하는 자동마취 시스템이 내 의료 카르텔에 기록된 모든 알레르기 물질을 내게 한꺼번에 투약하려 했다. 하지만 그때는 이미 범인의 후원자이자 나의 구원자가 그 과정을 예의 주시하고 있었다.

나로서야 영문도 모른 채 어떤 활극 하나 없이 위기로부터 구원받은 셈이다. 젠장! 그 재미난 광경을 놓치다니 참으로 안타깝기 짝이 없다.

그러니깐 이 경우에는 탐정(들)이 너무 유능했고 범인은 정체를 감출 생각도, 적의를 숨길 생각도 없었다.

중요한 건 범행 동기이다. 왜 문명의 절반도 넘는 부분을 관장하는 인격체가 나를 죽이려 한단 말인가? 내가 나도 모르는 사이에 '오거'의 반려 AI를 살해하기라도 했단 말인가?

* * *

"범행 동기를 불어라! 범인 놈아! 뭐냐? 연구실에서 나한테 게임으로 초반에 몇 판 깨진 게 날 죽이고 싶을 정도의 일이었단 말이냐?"

마취 쇼크에서 깨어난 나를 AGM이 1인 병실로 옮겨 준 게 이런 상황에서는 다행이었다. 사실 내 앞에 서 있는 놈이나 관련된 사람들은 지금 입이 열 개가 있다 해도 나에게 할 말이 없을 거다.

"그거 때문이 맞다. 역시 네가 프로그래밍 실력은 형편없어도 지저분한 인격체들의 저열한 욕망 파악하는 것 하나만은 여전히 뛰어나구나!"

"농담이 나오냐? 이 상황에서도?"

"⋯⋯연구실에서 게임 하다 네가 5연승인가 하고 나서부터 나한테 26연패 한 거 기억나냐?"

그렇게 구체적인 숫자까지는 기억 못 해도 대충 비슷하게 흘러간 양상은 기억난다. 이 뭐 같은 놈은 그걸 숫자까지 정확히 외우고 있단 말인가? 꽤 감격스러웠던 모양이지?

내가 침묵을 지키자 녀석이 말을 이어 나갔다.

"그때 약간 꼼수 썼다. '오거' 행동 패턴 최상단에 주어진 환경 변수 기준으로 판단하는 게 아니라 네 아이디를 상수로 박아 넣어서 경기 시작하면 무조건 네 전차를 먼저 공격해서 죽이는 쪽으로⋯⋯. 사실 연구소에서 너 말고는 좀 쓸 만한 AI 패턴 짜는 사람이 아무도 없었잖아? 그래서 게임 시작하자마자 다른 건 다 무시하고 네 전차 찾아서 포탄 날리도록 했어."

"야⋯⋯ 그거 완전 반칙 아냐? 인공지능 디자인하랬더니 그냥 게임 스크립트 짠 거나 마찬가지잖아!"

사실 엄밀히 말하면 반칙도 아니다. 게임의 NPC 스크립트나 AI는 근본적인 측면에서는 크게 차이도 안 난다. 하지만 녀석은 이런 면에서는 뜻밖에 순수한 구석이 있어서인지 그저 고개만 끄덕였다.

"아⋯⋯ 이제라도 네놈의 추악한 범행을 자백한 건 다행인데 지금 범용 AI '오거'가 날 공격하는 게 그거랑 무슨 상관인데?"

"오거 행동 패턴 중 최우선 패턴이 '학습'이란 건 신문 같은 데 많이 나와서 알고 있지?"

"계속해 봐."

"학습하기 위해서 오거가 무얼 익힐 수 있는지, 익힐 수 있는 코드가 무엇인지, 템플릿을 코드 레벨에 먼저 각인시켜야 했는데 그때 쓴 예시 템플릿이 우리가 즐기던 게임의 '오거' 스크립트야."

그러니깐 범용 AI 오거가 인터넷상의 무의미한 바이트 쪼가리 중에서 자신이 유의미하게 학습할 덩어리를 찾아내도록 예시를 제공해 주어야 한다는 이야기다. 그 예시가 내 아이디를 가진 전차를 제일 먼저 공격하고 죽이는 코드였다는 게 참으로 그 녀석다운 이야기고…….

"그때 밤샘하던 팀원 하나가 실수를 하나 했어…… 왜 너도 잘 알잖냐, 비교문을 대입문으로 오타 내는 거…….'

우물거리며 내뱉는 녀석의 변명을 듣자마자 나는 뒷골이 당겨 왔다. 말인즉슨 이런 거다. 원래 의도는 오거의 행동 패턴 중 최우선을 '이러저러한 템플릿에 부합하는 것'을 비교해서 찾는 데 두려고 했는데, 그것이 '이러저러한 템플릿을 수행하는 것'으로 뒤바뀌었다는 것이다.

'='와 '=='의 단 한 자 차이로…… 초월적인 인격체의 불구대천의 원수가 생성되고 그에 대한 무한한 적의가 형성되는 게 이렇게 어처구니없이 허무한 이유로 이루어진다니 참 신기하지 않은가?

"그래…… 지금 문명의 영웅이자 곧 전능한 신이 될 반신(半神)의 행동 동기 중 최우선이 내가 사용하는 아이디를 '공격'하는 거라는 건 알았는데…… 아이디만 가지고 어떻게 나를 공격하는지는 설명 안 되잖아?"

"오거가 강인공지능으로 가기 위해서 반드시 필요한 게 인지 코어야. 시작은 개인 맞춤형 광고 제공용으로 탑재된 건데 수사기관들 요청으로 기능을 확장했어……. 너 아이디 그거 대학생 때부터 지금까지 꾸준히 쓰고 있지? 거기에 여전히 남아 있는 주민등록번호에 이메일 주소, 소셜 네트워크 API 간 연계를 위한 유니크 키, 네가 치과 가서 스캐닝한 치열 모델, 휴대전화에 등록한 지문과 성문과 홍채까지…… 다 연계되었을 거다. 그리고 너 데이팅 앱 가입했지?"

"젠장! 그래, 나 이 나이 먹도록 솔로다! 그게 왜!"

"거기에 네 프로필 사진 등록한 거 생각해 봐."

"그거 어차피 원본 아냐! 포토샵 한 거야! 새끼야!"

"'오거'는 이미 편집된 이미지 역추산하는 알고리즘도 다 꿰고 있다. 그게…… 너도 알겠지만 변형된 이미지를 원본으로 돌리는 건 이론적으로 불가능한 일이긴 한데…… 또 사람들이 자기 프로필 사진 포토샵 하는 건 다 비슷비슷한 패턴이라 기계학습 기반으로 역추산이 되게 정확하거든. 그게 CCTV든 사진 앱 클라우드에 올라온 셀카든 누군가가 인스타그램에 올릴 용도로 찍은 것이든 어떤 화상, 어떤 이미지에서든 네 얼굴이 뜨면 오거는 바로 너라는 걸 알아볼 수 있다는 말이야."

시연 차 안에서 휴대전화로 문자 메시지를 받은 게 떠올랐다. 오거는 자식 인공지능이 제공하는 GPS 좌표와 휴대전화 GPS의 좌표 일치성을 대조해 봤을 것이다. 내 휴대전화에 삽입된 온갖 유니크 키를 조합해서 오거는 나란 존재를 인지했겠지.

[지금 내가 조작하는 쇳덩어리 안에 불구대천의 원수가 타고 있다!]

"아니 그런데, 오거가 사회 전반으로 퍼진 게 벌써 몇 년째인데 이제 갑자기……"

"어…… 그게 너한테는 좀 그런 이야긴데 군사용 코어가 탑재돼서 학습 시작한 게 너 사고 당하기 하루 전이다……"

그러니깐 오거는 유전자 레벨에 새겨진 나에 대한 적의와 나를 인지할 수 있는 온 사방의 눈을 가지고 있었지만, 그 적의를 펼쳐 낼 방법을 몰라서 끊임없이 연산 예외를 내며 나에 대한 공격을 수행 못 하고 있었다는 것이다.

지고의 적을 눈앞에 두고도 그 적의를 펼쳐 낼 방법이 없었다니…… 얼마나 속이 터지는 일이었을까?

"군사용 코어가 뭘 배웠길래…… 고등학생 애들이 집단따돌림 하거나 테러리스트들이 자살폭탄테러 하는 수준이냐."

"처음에는 기사 검색으로 시작했으니깐. 지금쯤이면 『손자병법』이나 『전쟁의 역사』나 『혼블로워』 시리즈나 『전격전의 전설』 같은 것도 이미 익혔을 거다."

눈물이 나올 것 같았다. 신화시대부터 쳐서 인류 역사를 통틀어 나만큼 초월적이고 거대한 존재에게 순수한 적의를 산 사람이 존재하기는 했을까?

"야…… 진짜 미안하다……"

"그거 행동 패턴 오버라이딩 하면 되잖아? 최상단에 나 죽이라는 거 있을 테니 그 조건 날리면 되는 거 아니냐."

"오거 행동 코어는 이미 오거 스스로 보호하고 있어서 우리가 바꿀 수가 없어……."

"메인 프레임 내려 버리든가, 새끼야!"

"……지금 너 하나 때문에 인류 문명을 정지시키자고? 그리고 이미 '오거'가 메인프레임 개념이 아니라 전 세계 온갖 분산망에 퍼져 있는 거 너도 잘 알잖아……."

"……개새끼가…… 너 내가 몸이 이래서 너 목 졸라 못 죽이는 걸 다행으로 알아라……."

"……미안하다. 지금 그래서 너 하나를 위해 새로 코어 하나 개발하고 있어."

"……."

"일종의 도덕 코어라고 보면 돼. 대부분 너한테 물리적인 위해를 가할 만한 수단을 가지는 건 오거의 자식 AI들이 관장하는 시스템들이니깐, 최종적으로 행동하기 전에 한 번 더 브레이크를 걸 도덕 코어를 자식 AI들 행동 패턴 중 최상단으로 올리는 건 시간이 좀 걸리겠지만 할 수 있을 거야. 그리고 사실 이게 어찌 보면 너한테는 오히려 좋은 일이기도 해. 생각해 봐. 도덕 코어들이 오거들에 탑재되는 순간 너는 궁극적으로 인류 중 유일하게 모든 면에서 완전하게 보호받는 존재가 되는 거잖아?"

참으로 고맙고 희망적이네…….

"그래서…… 내가 어떻게 해야 하냐?"

"일단 비용은 AGM에서 다 부담할 거야. 인터넷으로부터…… 아니, 문명으로부터 잠시 망명을 떠나도록 해. 되도록 시골이 좋을 거라고 본다. 아니. 장소도 그냥 우리가 알아서 섭외할게. 가는 길에도 네 자동차 끌지 마. 우리 직원 기사로 보내 줄 거고 회사 차 제공해 줄게. OTA와는 어떤 접점도 없고 후방 센서 하나 안 달린 내연기관 시대 끝물에 나온 완전 클래식 자동차니 네가 거기에 타고 있다는 걸 오거가 알 방법은 없어. 그리고 얼굴 가리고 다녀도 CCTV에 네 발걸음 패턴이 인식되고, 모자 쓰고 다녀도 혹시라도 네가 웃는 거 카메라에 잡히면 치열 스캐닝 데이터 검색으로 너란 거 바로 알 수 있으니까 그냥 차에서 나오지 마. 뭐 부탁할 거 있으면 직원한테 말하고.”

문명으로부터 유배된 로빈슨 크루소에게 프라이데이까지 붙여 주겠다니 고마워서 눈물이 다 난다.

* * *

강원도 산골 모처에 버려진 펜션으로 가는 길은 소변이 마려웠던 것 말고는 큰 문제는 없었다. 어차피 식욕도 없어서 뭔가를 먹고 싶은 마음도 없었다. AGM의 직원은 나와 식료품을 내려다 주고 하루에 한 번씩 들르겠다고 했다.

현명한 판단이다. 내가 속 편하게 누구와 메시지를 주고받을 만한 상황은 아닐 테니. 인터넷, TV도 차단된 상황에 할 거라곤 집 주변을 산책하는 정도가 전부이다.

종이책이 여전히 나오는 시대라면 심심함이라도 덜했을 테지만 요새 e북 리더 중에 인터넷과 연결되지 않는 게 어디 있단 말인가?

게스트 계정을 이용해서 즐길 수 있을 거란 생각도 잠시 해 보았지만, 위험을 감수할 수는 없었다.

불구대천의 원수가 사용했던 맥 어드레스 리스트 같은 걸 오거가 수집하지 않았을 거란 보장이 어디 있단 말인가?

온종일 AGM 직원이 가져다준 맛대가리 없는 즉석식품을 먹고 망상에 빠져 시간을 보내다 근처 야영장에 놀러 온 사람이 띄운 드론을 보고 손을 흔들어 주는 게 가장 자극적인 일인 하루가 반복되었다. 심지어 '펜션 앞마당에서 흙장난을 할까?' 하는 유혹까지 느껴질 정도였다.

그때까지만 해도 스스로 교수대의 밧줄을 목에 거는 행동을 했다는 걸 깨닫지 못했다.

드론 카메라에 얼굴을 노출한 순간 섬뜩했지만 즉각적인 공격이 없어서 바로 안도하기도 했고 말이지…….

생각해 보면 제아무리 오거라도 이런 산골짜기에서 나를 공격할 만한 적절한 수단을 바로 찾기는 힘들었을 거다.

이름도 모를 누군가의 드론은 하늘로 쳐든 내 얼굴 영상을 GPS 정보와 함께 무선 네트워크를 통해 조작자의 컨트롤러로 전송했을 것이다. 그리고 누군가의 실수로 유전자 레벨에 박힌 적의를 쉴 새 없이 펼쳐 불구대천의 원수를 찾는 오거의 행동 코어는 단 1피코세컨드도 쉬지 않았을 것이고, 곧 오고 가는 요타바이트의 정보들 사이에서 나의 존재를 발견해 그 위치까지 알아냈을 것이다.

공격! 공격! 어떻게? 모르면 학습하면 되지! 어쩌면 21세기 초 최강국의 심장부를 공격했던 광신도들의 사례가 오거의 마음을 사로잡았을 것이다.

그날 밤 멍하니 밤하늘의 바라보던 내게 하늘의 별들이 쏟아져 내려왔다.

별들의 정체는 평소대로라면 '오거'의 통제 아래 안전하게 항로를 따라 공항에서 공항으로 이동했을 비행기들이다. 한 대 한 대의 비행기에는 수백 명의 사람이 오거의 손길에 자신의 안위를 맡기고 잠들어 있었다. 이미 수천 명의 관제사를 과중한 업무 스트레스로부터 해방시켜 준 대신 새로 일자리를 구해야 한다는 압박감에 시달리게 만든 바로 그 오거 말이다.

이제 비행기는 나와 수백 명의 사람을 함께 파묻을 강철의 관이 되어 내게로 떨어져 내리고 있다. 비행기 기장은 아마도 상식 외의 행동을 하는 자동항법장치를 중단시키기 위해서 열심히 킬 스위치를 눌러 대고 있을 것이다.

미안하지만 오늘날 인공지능의 통제를 받지 않는 순수한 하드웨어적인 킬 스위치라는 건 존재하지 않는다. '휴먼 에러를 최소화해라!' 아무리 모든 자동항법장치를 중단시키려 애써 보아도 '오거'에게 그건 나를 죽인다는 행동 원칙보다 한참 아래에 있는 요청이다.

[당신의 다급한 요청은 잘 알겠지만 일단 저 새끼 먼저 죽이고요! 예압!]

비행기는 '오거'가 무한한 적의를 가지고 내게 쏘아 보내는 포탄이다.

염병할 녀석의 기억이 정확하다면 오거는 이미 순수한 바이트의 세계에서 나에 대한 공격을 스물여섯 번이나 성공적으로 수행했고, 실존계에서 몇 건인지 알 수 없을 불발된 시도를 거쳐 학습한 후 가장 효과적일 최종 공격을 나에게 가해 오는 거다.

내 위치를 확보해 놓고 밤까지 기다린 것도 절묘했다. 펜션으로 오가는 모든 도로의 CCTV 영상을 감시하며 내가 여전히 펜션에 머물러 있는지 계속 확인하고 있었겠지. 어쩌면 내가 폭심지에서 벗어나는지 감시하기 위해 자기가 관리하는 몇 개의 위성을 써먹었을 수도 있고.

아마 사람이라면 인지하지도 못할 찰나의 순간에 긁어모은 수많은 전술서 같은 데서 '적이 가장 방심하고 있을 시간을 기다려라.' 따위의 조언을 떠올렸을 수도 있을 것이다.

'오거'는 죽음이란 개념을 알까? 나란 존재가 세상에서 사라졌음을 알 수 있을까?

그 무엇보다 우선시한 행동 원칙의 최상단에 놓여 있던 목표가 사라지면 '오거'는 어떤 감정을 느낄까? 서운함을 느낄까? 아니면 후련함을 느낄까?

나로서는 더 이상 알 수 없는 일이다.

996, 997

어떤 글들은 아무런 전조 없이 갑자기 내 머릿속으로 틈입해 와 당장 자신을 세상에 내보여 달라 강요하기도 한다.
긴 야근에 지쳐 잠이 들기 직전에 재활용 쓰레기를 버리는 날인 게 떠올라 서둘러 나갔다 돌아오는 길 아파트 계단에서 떠오른 이 글처럼 말이다.
대충 걸쳐 입었던 외투를 벗지도 않고 바로 자리에 앉아서 두 가지 원칙을 세우고 쓰기 시작했다.
1. 수면을 방해하지 않을 정도로만 뇌를 활성화하기 위해 큰 공을 들이지 말고 쓸 것.
2. 최대한 빨리, 그러니깐 늦어져도 한 시간 이내에 쓸 것.
다음 날 아침 일찍 회의가 잡혀 있는 직장인에게는 어쩔 수 없는 제약이 아닌가? 재미난 건 이 글 역시 규칙과 제약 그리고 벌칙에 대한 내용이라는 것이다.
글을 공개하고 생각 외로 많은 분이 '어렸을 때 비슷한 종류의 상상 놀이'를 즐겼다는 반응을 보였다.
머릿속 망상과 현실을 애써 구분하지 않고 양쪽 모두에 느슨하게 발을 거치고 살아가는 사람들의 세계라는 건 결국 비슷한 모양새를 띠게 되는 것일까?

공포라는 감정을 알게 되고 내게 주어진 시간의 유한성을 깨달았을 때 내 머릿속 망상을 교묘하게 현실과 뒤섞는 능력도 자연스레 뒤따라왔다. 그 무렵부터 지금까지 꾸준히 즐기고 있는 놀이가 하나 있다.

해가 진 이후 태권도장에서 집으로 오는 길에 문득 떠오른 망상에서 시작된 놀이였다.

묘사해 보자면 이런 식이었다.

1. 태권도장을 나선 순간부터 저 멀리서(아이에게 거리의 개념은 상대적이다. 아이였을 때는 영원처럼 여겨지던 기나긴 여정이 어른이 된 후 되짚어 보았을 때 시시할 정도로 짧았다는 것 정도는 다들 한 번씩 느껴 보았을 것 아닌가?)부터 '무언가'가 나를 쫓아오기 시작한다. 그 '무언가'는 언제나 놀이를 시작하던 시점에서 내가 가장 무서워하던 것

이었다. 최초의 '무언가'는 산발하고 헐렁한 옷을 입은 망태 할아버지였다.

2. '무언가'는 내가 집에 도착할 때까지 나를 꾸준히 그리고 집요하게 뒤쫓기 시작한다. 단 내가 만들어 낸 놀이이니 내게 조그마한 어드밴티지 정도는 허용해 주었다. '무언가'가 나를 추격하는 속도는 내가 애써 서두르지 않아도 집에 도착할 때까지 절대로 나를 따라잡을 수 없을 정도로 느리다.

3. 놀이의 무대는 태권도장에서 나와 우리 집 문을 열 때까지이다. 놀이의 규칙은 간단하다. 추격의 속도와 거리에 따라 긴장감을 유지할 수 있을 만한 난이도 내에서, 내가 설정한 시간 내에 무언가가 나를 따라잡으면 그 순간 나는 죽는다. 제한 시간 내에 집에 도착하면 나는 살아남고 승리한다. 최초의 게임에서 설정된 제한 시간은 내가 1000을 다 셀 때까지였다. (아직 초등학교도 들어가기 전에 아이가 1000까지 셀 수 있었다니……. 난 꽤 똑똑한 아이였던 모양이다.)

이미 말했듯이 스스로 정한 규칙에 따라 돌아가는 놀이였기에 그 제한 시간이라는 건 상당히 여유로운 편이었다. 그때는 아파트 앞 상가마다 태권도장이 하나씩은 있던 시절이고, 태권도장부터 우리 집까지는 그다지 빠르다고 할 수 없는 내 걸음으로도 5분이면 도착하는 거리였다.

도장 문을 나서 어두컴컴한 상가 계단을 내려가 음산하게 바람에 휘날리는 버드나무 가지를 애써 외면하며 어두운 귀갓길을 걸어가던 기억은 아직도 기록 영상을 지켜보듯이 생생하다. 저 멀리 등 뒤 어둠 속에서 무언가가 나를 노려보며 추격해 오고 있다는 망상이 내 등을 떠밀었다. 아직 여름의 열기가 채 가시지 않은 따스한 초가을 밤이었는데도 온몸에 닭살이 돋아 올랐다.

처음 해 본 놀이였는데도 공포에 사로잡혀 서두르다 보면 오히려 패할 수도 있다는 생각을 했던 게 뚜렷이 기억난다. 서두르다 신발끈이 풀려 넘어지기라도 하면? 넘어져 울고 있는 나를 평소 친분이 있는 경비 아저씨가 억지로 치료해 주겠다며 붙잡아 둔다면? 나는 되도록 외부 요인(물론 그때는 막연한 개념뿐, 그런 단어 자체를 알지는 못했다.)을 배제하는 방향으로 놀이를 즐기기로 했다.

혹시라도 엘리베이터가 고장 날 수도 있다는 생각에 5층 높이를 걸어서 올라갔다. 기다란 복도 끝 우리 집이 보이는 공동현관 입구에 가쁜 숨을 몰아쉬며 멈춰 섰을 때 난 머릿속으로 막 800을 세고 있었다.

"801, 802, 803……."

그때부터는 입 밖으로 숫자를 내뱉으며 거기에 맞추어 천천히 한 걸음 한 걸음을 내디뎠다. 집 현관문 앞에 도착했을 때 머릿속 숫자는 850이 조금 넘어 있었다. 초인종을 누르고 엄마가 문을 열어 주기만 하면 나는 내가 고안해 낸 최초의 놀이에서 최초의 승자가 되는 것이었다.

난 일부러 아무것도 하지 않고 현관문 앞에 멈춰 서서 950까지 숫자를 소리 내어 세고만 있었다. 이제 곧 그 '무언가'가 5층 복도 끝에 도착할 것이다. 시야 끝에 우두커니 서서 그 무언가를 외면한 채 얄밉게 숫자만 세고 있는 꼬맹이에 대한 무한한 악의를 품고서.

951. 무언가는 복도 안으로 한 걸음을 내디딘다.

952. 눈앞에 멈춰 선 목표물에 대한 갈망이 무언가의 발걸음을 재촉한다. 하지만 여전히 내 걸음과는 비교도 되지 않을 정도로 느리다.

953, 954, 955, 956. 아직 두세 걸음 정도는 충분히 양보해 줄 수 있다.

내 시선은 현관문 앞에 고정한 채이다. 아무리 승리가 확실해졌다 하더라도 무언가의 모습을 애써 바라보고 싶지는 않다.

957, 958. 무언가의 존재가 이제 망상을 넘어 실재감이 느껴질 정도로 뚜렷하다.

959, 960. 문득 내가 또 다른 외부 요인을 배제하고 있다는 깨달음이 찾아왔다. 만약 엄마가 집을 잠시 비웠다면? 만약 화장실에라도 들어가 계셔서 문을 여는 데 시간이 걸린다면?

순식간에 내 머릿속 다른 모든 감정을 먹어 치운 공포에 사로잡혀 숫자를 세는 것마저 잊었다. 조금 전의 의기양양함은 사라진 지 오래다. 간절하게 초인종을 누르며 제발 엄마가 나오기를…… 그 무언가의 마르고 앙상한 손길이 내 목을 움켜잡지 않기를 바라기만 한다.

엄마는 내가 초인종을 누르고 몇 초가 지나지 않았는데도 기다리고 있었다는 듯이 문을 열어 주었다. 현관문을 넘어서는 내 등 뒤로 비웃는 듯, 아쉬운 듯 알 수 없는 웃음소리가 들려오는 듯했다.

* * *

좀 알 것 같은가?

혹시 당신도 이런 놀이를 즐겨 본 적이 있는지 모르겠다.

나는 그 뒤로도 꾸준히 스스로 규칙을 만들고 놀이에 적극적으로 뛰어들었다.

초등학생 때는 귀갓길에 나를 뒤쫓아 오는 상상 속 맹견으로부터 달아나기도 했다. 고등학생 무렵에는 내게 잠 못 드는 밤을 선사한 공포영화 속 귀신(하지만 내 상상 속 놀이의 무언가만큼 나를 무섭게 만든 건 아녔다.)으로부터 달아나기도 했다.

분당에 있는 27층 빌딩의 최고층 전부를 쓰는 외국계 회사에 면접을 보러 갔을 때는 그 무언가가 면접장 바로 앞까지 도달했다는 생각에 사로잡혀 하마터면 면접을 망칠 뻔하기도 했다.

하지만 당연하게도 나는 언제나 승리했다. 어차피 놀이를 만드는 건 나이고 규칙이라는 건 늘 내가 감당할 수 있는 수준의 것이었다. 이기는 게 당연하지 않은가?

그 때문이었는지 나와 어울려 주는 그 '무언가'가 규칙의 정당성에 불만을 가졌던 것도 같다.

부당한 규칙에 대한 무언가의 불만을 처음으로 감지한 건 내가 군 복무를 하던 무렵이었다. 내 보직은 운전병이었고 운이 좋게도 군 복무 기간 내내 대대장의 차를 운전할 수 있었다. 자연스럽게도 그 무렵 놀이의 규칙은 A지점부터 B지점까지 정해진 시간 내에 차를 몰고 가는 것이었다.

물론 그때도 여전히 머릿속으로 숫자를 세거나 한 건 아녔다. 미리 정해 둔 시간에 맞추어 진동을 울려 주는 스포츠 시계들이 저렴한 가격에 쏟아져 나오는데 무엇 때문에 멍청한 꼬맹이처럼 머릿속으로 숫자를 센단 말인가?

 불만에 찬 '무언가'의 사보타주는 처음에는 내가 눈치를 채기 힘들 정도로 소심한 종류의 것이었다.

 대대장 퇴근길에 관사까지 차를 몰면서 마주치는 모든 신호등마다 멈추어 서고, 군용 차량도 예외가 아니라 주장하는 열혈 경찰의 음주단속에 발이 묶이기도 했지만 나는 놀이에 이길 수 있었다. 그때 미리 맞춰 놓은 알람은 내가 27초만 늦었어도 경기에 졌으리란 걸 경고하고 있었다.

 그 뒤로도 몇 번의 우연이라 간주하기 힘든 노골적인 훼방이 이루어졌지만 나는 '무언가'의 뜻을 눈치채지 못했다. 어쩌면 내가 놀이의 규칙을 너무 엄격하게 설정하고 있는 것 같다는 생각 정도는 했던 것도 같다.

 제대휴가 복귀 길에 미리 예매해 두었던 시외버스 몇 편이 알 수 없는 이유로 취소되고 어렵게 올라탄 마지막 시외버스가 원주시 외곽 42번 국도에서 들개 떼(믿어지는가? 통행량이 그토록 많은 고속국도에 출몰한 들개 떼라니!)에 포위되어 타이어 네 개가 모두 펑크 나 도로에 무기력하게 멈추어 섰을 때에야 눈치를 챌 수가 있었다. 이건 더는 일방적으로 내 주도하에 진행되는 놀이가 아니라는 것을.

 어둠에 잠긴 국도 갓길 한편에서 나는 패배감과 공포에 사로잡혀 사방을 두리번거렸다. 부대에 연락을 해 주겠다는 버스 기사의 위로도 좀처럼 귀에 들어오지 않았다. 그 '무언가'는 어디에서부터 나를 향해 오고 있는 것일까? 어떤 모습을 하고 있을까? 평생 불공평한 경기에 억지로 참여했어야 했던 걸 드디어 보상받을 승리의 날이 왔다는 데 환한 미소를 짓고 있을까?

거짓말처럼 갓길에 멈추어 선 부대 부사관의 차량이 내게 구원의 손길을 내밀었다. 어쩌면 내 운명을 관장하는 존재가 내게 마지막 기회이자 경고를 보낸 것일지도 모를 일이었다.

나 역시 그 경고를 기꺼이 받아들일 생각이었다.

더 이상의 놀이는 없다.

적어도 내가 직접 참가해야 하는 놀이는 더는 없었다.

* * *

변형된 경기 방식에 대한 아이디어를 제공해 준 건 졸업하고 처음 입사한 외국계 기업의 직속 상사였다.

상사는 매번 필요치도 않아 보이는 출장길마다 나를 억지로 끌고 다니며 괴롭히던 인간이었다. 일요일 낮 4시에 골탕을 먹이기 위한 것임이 분명해 보이는 지시에 따라 반쯤 울며 도착한 울산의 싸구려 모텔에 짐을 풀고 있을 때 상사로부터 전화가 걸려왔다.

월요일 오전에 출발해 오후쯤 여기 도착할 테니 미팅 준비 충실히 해 두라는 내용의 통화를 마쳤을 때 문득 한 가지 생각이 떠올랐다. 내 세상에 실질적인 영향력을 행사할 정도로 강력한 놀이라면 다른 사람에게도 마찬가지로 작용하지 않을까?

처음에는 터무니없는 생각처럼 여겨졌지만, 어차피 밑져야 본전이었다. 적어도 상사 놈을 골탕 먹이는 상상만으로도 기분이 꽤 좋아지기도 했고.

'당신은 이 놀이가 처음일 테니 규칙은 최대한 여유롭게 적용해 주겠다. 당신이 무엇을 무서워하는지 정확히 모르니 내가 상상할 수 있는 가장 끔찍한 것이 당신을 뒤따르게 해 주겠다. 제한 시간은 당신이 약속했던 것에서 한 시간이나 더 뒤인 월요일 오후 4시까지이다. 약속장소에 무사히 도착하길 바란다. 경기에 져서 뒈져 버리면 더 좋고.'

월요일 오후 4시가 넘어도 상사는 약속장소에 도착하지 않았다.

미팅 장소에서 거래처 직원들에게 거듭 사과를 하는 내게 걸려온 전화는 경찰서로부터 온 것이었다.

상사의 휴대전화에 저장된 연락처들이 연결되지 않아 마지막으로 통화한 내역이 있는 내게 전화를 걸었다고 했다.

상사의 시체는 대구 외곽 한적한 지방도 옆에 있는 저수지에서 차와 함께 발견되었다고 한다. 말이 지방도 옆이지 도로에서 제법 떨어진 저수지기에 단순 운전미숙이라고 보기는 힘들다고도 했다.

내게 원인을 물어보았다면 그건 운전미숙 때문이 아니라 경기력 부족 때문이라 답했을 것이다.

나는 속으로 웃으며 불쌍하고 외로운 상사를 애도했다.

나중에 듣기론 상사의 사인은 익사도 외인사도 아니었다고 한다. 상사의 시체에는 작은 상처 하나 없었다. 사인은 심장 마비였다.

'무언가'는 상사의 조수석에 돌연히 나타났을까?

아니면 후방 거울에서 갑작스레 모습을 드러냈을까?

그 알 수 없는 모습이 만들어 낸 공포가 상사의 심장을 움켜쥐고 눈알을 튀어나오게 했을까?

　　　　　　＊　＊　＊

　다행인지 불행인지 그 뒤로 변형된 방식의 놀이를 그리 많이 즐길 필요는 없었다.

　어쩌면 변형된 방식의 놀이를 만들어 내며 단련된 상상력이 내가 회사를 그만두고 공포소설 작가로 데뷔해 소소한 성공을 거두는 데 도움을 주었을지도 모를 일이다.

　빈말로라도 독자들에게 환영받는다고 하기 힘든 장르를 썼음에도 내 소설은 제법 팔려 나갔다.

　혹자는 내 소설이 '제한된 삶의 끝에 우리를 기다리고 있을 미지의 결말에 대한 공포'를 잘 묘사한다고도 한다.

　글쎄…… 나는 잘 모르겠다.

　내가 아는 건 언제나 규칙이 있는 놀이이자 경기이자 게임의 방식과 승패에 관한 것뿐이다. 내 글에 은연중에 숨어 있는 규칙과 승패, 그리고 거기에 따르는 보상과 징벌에 대한 암시가 독자들을 두렵게 하는 '무언가'를 자극하는 것일지도 모르겠다.

　그걸…… 애써 설명해 보자면 이런 식일 것이다.

　나는 이 글을 밤 12시 30분에 쓰기 시작해 1시 10분에 끝마쳤다.

　정확히 40분. 초로 치면 2400초다.

　여전히 내가 놀이를 즐기고 있다면 글쓰기의 제한 시간은 여유롭게 4000초 정도로 설정했을 것이다.

　그렇다면 당신들은? 5000자가 조금 넘어가는 이 짧은 글을 당신들이 읽는 데 몇 분, 몇 초가 걸릴 것인가?

누가 그런 걸 세면서 글을 읽느냐고?

부디 당신이 무사히 여기까지 읽을 수 있었기를, 그리고 이 글을 읽을 때까지 얼마나 걸렸는지를 기억하고 있기를 바란다.

신입사원

사방이 막힌 방 안에서 벽에 있는 커다란 스위치를 보며
누를지 말지를 고민하는 남자에 대한 꿈을 꾼 적이 있다.
(분명 레퍼런스가 있을 법한 심상인데 애써 찾아보아도 뚜렷하게
이거다 싶은 것은 찾지 못했다.)
아무튼 두어 개의 단편을 썩 만족스럽게 완성한 뒤였고 꿈에서
본 심상 역시 며칠 동안 머릿속에서 사라지지 않을 만큼
매혹적이었던지라 야심만만하게 써 내려갔던 기억이 난다.
처음에는 '고질라 같은 괴수물을 전대물과 엮어서 클라이브
바커풍의 코스믹 호러로 써 보자.'가 의도였던 것 같다. 그리고
어떤 글들은 작가의 통제를 완전히 벗어나 제멋대로 날뛰기도
한다는 걸 그때는 전혀 알지 못했다.
쓰는 동안 '글에 잡아먹히고 있다'는 생각이 들 만큼 괴로웠고
어떤 의미로는 내 인생의 방향성을 내가 기대도 못 했던 쪽으로
틀어 버리기도 했던 글이다.
덕분에 많은 동료 작가분들에게 내 대표작으로 여겨지는 글이
나왔으니 나쁘지만은 않은 경험이었다 할 수 있을 것이다.
여전히 이 글에서 완전히 벗어나지 못한 상태에서 '확장판'
격인 장편소설을 한 편 더 썼는데, 브릿G에 같은 제목으로
공개되어 있으니 궁금하신 분은 한번 방문해 보시길.

0

콘크리트 건물의 육중한 철문을 힘겹게 열고 들어가 보니 어두침침한 사무실에서 세 명의 노인이 난로를 중심으로 둘러앉아 고구마를 굽고 있었다.

1

50전 47패 3무.

대학 졸업을 앞둔 이세일의 구직 성적표는 처참했다. 누구에게도 자랑스럽게 이름을 밝히기 힘든 대학인 데다 졸업 평점도 겨우 체면치레 수준이니 어쩌면 당연한 결과였다.

변명거리는 많았다. 아버지의 급작스러운 죽음. 어머니의 병환.

세일은 하루 평균 열두 시간을 두세 개의 아르바이트와 어머니의 병간호를 병행하는 데 할애하며 대학을 졸업한 것만으로도 기적이라고 자평했다. 하지만 이력서에 적힌 숫자와 스펙으로 사람을 판단하는 이들에게 세일의 인생사 따위는 애초부터 고려 사항이 아니었다.

TV 오디션 프로에서조차 감성팔이는 철 지난 유행 취급 하고 있지 않은가?

3무는 또 뭐냐고? 법정 최저임금을 간신히 턱걸이하는 연봉, 세일의 전공과는 무관한 업무 분야(도대체 전자공학을 전공한 세일을 총무직으로 채용하겠다는 회사는 무엇 하는 회사란 말인가?), '가족 같은 분위기'를 강조하며 열정과 충성과 헌신을 강요하는 면접관.

그다지 기쁘지 않은 채용 통보를 받았지만, 이 모든 악조건을 감내하면서까지 다닐 자신이 없었기에 세일은 세 번의 구직 경험과 결과를 '비긴 것'으로 치부했다.

비슷한 여건의 중소기업에 먼저 취직한 친구들의 절규에 가까운 한탄과 만류가 아니더라도 세일은 되도록 자신과의 승패에서 비긴 회사들만은 최후의 보루로 남겨 두고 싶었다. 때때로 이런 회사들의 인사 담당자들은 세일의 마음을 읽고 있는 건 아닐까 하는 의심이 들기도 하였다.

세일이 완곡하게 '조금 더 생각할 시간을 달라'고 했을 때 그들의 반응을 보면 의심은 확신으로 변했다. 세일의 변명에 면접관들은 어차피 아무리 애써 봐야 세일의 종착지 역시 결국에는 자신들이 몸담고 있는 시궁창일 거라 선언하는 듯한 연민과 비웃음이 함

넷이 있었다

일부러 문장에서부터 어휘까지 평소라면 애써 피해 갔을 방식을 따라 내가 아닌 다른 작가가 쓰는 글을 상정하고 쓴 글이다.
내가 속해 있는 '괴이학회'의 다른 작가님께 '이런 소재로 글 써 보는 게 어떻겠냐?'고 권했는데 본인이 극구 사양하셨던 것 때문에 이런 시도를 해 본 것일지도 모르겠다.
그 덕분인지 기대하지 못했던 결과를 거두었으니 아무튼 나로서는 그저 감사한 일이다.
글의 원안은 고전적인 '하우스 호러' 장르에 좀 더 가까운 글이었다.
입주가 덜 된 계획 신도시의 신축 아파트를 보며 느꼈던 막연한 공포의 감정을 풀어 보고자 했던 것 같은데 막상 쓰다 보니 의도치 않게 레이어가 다층적으로 쌓여 어떻게든 해석될 수 있는 종류의 글이 되어 버린 것 같다.
소재 거절해 주셔서 다시 한번 감사드립니다. 사마란 작가님.

께 담긴 미소로 화답했다.

어쩌면 세일의 생각만큼 나쁘지 않을 수도 있을 것이다. 어쩌면 끝도 없이 이어지는 의미 없는 야근과 주말 근무 속에서 세일의 인생을 찾을 수 있을 것이다. 어쩌면 하루하루의 삶을 이어 가기에도 벅찬 수준의 소득을 그러모아 부를 쌓아 올릴 수도 있을 것이다.

'어쩌면 어느 날 내가 로또에 당첨될 수도 있는 거고, 어쩌면 사장 딸이 나를 마음에 들어 할 수도 있는 거고 말이지.'

세일은 지난 50번의 구직 경험을 되새기며 더는 고르고 말고 할 처지가 아니라는 사실을 절감했다. 절망적인 심정으로 신문을 펼친 찰나 한 면을 통째로 차지한 채용공고가 눈에 들어왔다. 거기엔 채용공고가 제공해야 할 어떤 정보도 적혀 있지 않았다. 회사 이름도, 일에 대한 설명도 없이 단순 명료한 네 문장이 적혀 있을 뿐이었다.

[성별, 학력, 자격, 나이 무관.]

[3교대 근무.]

[업계 최고 대우.]

[정년 보장.]

2

무언가에 홀린 듯 시작한 51번째 구직 활동은 처음부터 순탄치가 않았다.

누구라도 쉽사리 연락할 마음이 들지 않았을 종류의 채용공고였지만 세일에게는 마지막의 마지막까지 헛된 희망의 끈을 잡아 보고 싶은 마음이 있었다.

그런데 서류 접수 과정부터가 수상했다.

요즘 같은 시대에 우편으로만 입사지원서를 받는 회사가 어디 있으며, 접수처 주소는 왜 과천에 있는 일반 아파트란 말인가? 거기에 면접 제의를 받고 전달받은 회사 주소는 대중 교통망이 닿지 않는 과천 그린벨트 지역 한가운데였다.

면접 장소까지 찾아가는 과정 역시 만만치 않았다. '정부청사역'에서 택시를 타고 10분쯤 내달렸을 무렵 나온 텅 빈 개활지 근처에서 택시 기사는 갑자기 코피를 쏟으며 두통을 호소하기 시작했다.

"학생, 면접 보러 가는 것 같은데 너무 미안해. 내가 어제 과음을 심하게 했나 봐. 저기 보이는 건물 같은데 여기서부터 좀 걸어가 주면 안 될까? 몸이 갑자기 너무 안 좋아져서 내가 병원을 좀 가 봐야 할 거 같은데……."

다행히 기사는 택시비를 한사코 사양했다. 돈 한 푼이 아쉬운 세일의 처지에 나쁠 것 없는 일이었다. 면접 시간도 넉넉하게 남아 있는지라 걸어간다 한들 큰 문제는 없어 보였다.

멀리 보이는 단층의 콘크리트 건물 주변은 인가도 논도 밭도 없는 황무지였는데 탁 트인 시야 끝자락에 군부대들이 건물을 둘러싸듯이 놓여 있는 게 눈에 띄었다. 보기와는 달리 건물로 드나드는 차들이 제법 있는 건지 황무지 한가운데에 타이어 자국으로 다져진 길이 눈에 띄었다.

'그냥 돌아갈까? 딱 봐도 수상하기 짝이 없고…… 차도 없는 내가 매일 택시 타고 출퇴근하기도 힘들어 보이는데…….'

머뭇거리는 세일의 머릿속에 떠오른 채용공고의 '업계 최고 대우'라는 문구가 발길을 돌려세웠다. 순진하게 곧이곧대로 믿기는 힘들지만, 그렇다고 완전히 무시하기도 힘든 문구였다.

'그래, 이번 딱 한 번만 더 시도해 보자! 업계 최고 대우를 해 준대 잖아?'

한겨울이지만 햇볕이 쨍쨍 쏟아지는 날에 그늘 한 점 없는 벌판을 걷다 보니 싸구려 오리털 파카 안은 땀범벅이 되었다. 10분쯤 걸어 도착한 콘크리트 건물 주변 벌판에는 세 대의 차량이 듬성듬성 세워져 있었다. 또래 친구들과 달리 의도적으로 자동차에 관심을 두지 않던 세일에게도 익숙한 고급 수입 브랜드의 대형 SUV 차들이었다.

익숙하지 않은 건 건물의 외관이었다.

창문 하나 없는 단층의 정사각형 건물은 세일이 군 복무 시절에나 접해 보았던 벙커를 연상케 했다. 건물 외곽을 따라 한 바퀴를 돌아 보아도 출입문처럼 보이는 건 터무니없이 두껍고 튼튼해 보이는 철문뿐이었다.

철문은 좀처럼 사람이 드나들라고 만들어 놓은 것처럼 보이지 않았지만 아무리 둘러보아도 건물을 드나들 수 있는 입구는 그곳밖에 없었다.

잠시 노크를 해야 하나 고민하다 세일은 철문을 세 번 쾅쾅쾅 두드려 보았다. 건물 안으로부터 어떤 소리도 들려오지 않자 허탈감이 밀려왔다.

'많고 많은 회사 중에 여기가 최악이네! 시간 낭비만 제대로 한

셈이잖아?'
 세일은 더 크게 문을 두드려 보았다. 철문 너머에서는 여전히 어떠한 반응도 돌아오지 않았다. 순간 오기가 치밀어 철문을 가로지르는 두툼한 손잡이를 힘껏 잡아당겼다. 어떠한 잠금장치도 없는 것인지 육중한 철문은 세일의 손을 따라 천천히 열렸다.

3
 철문의 무게 때문인지, 외부의 빛을 빨아들이는 듯한 건물 안 어두움 때문인지 살짝 현기증이 몰려왔다. 세일은 몸을 추스르고 건물로 들어갔다.
 마치 동굴과도 같이 어두침침한 건물 안에서는 세 명의 노인이 난로 주변에 둘러앉아 세일을 바라보고 있었다.
 "아이고, 먼 길 힘들게 오셨네. 어디 보자 자네가…… 아! 이세일 군! 이세일 군 맞지?"
 통통한 체형의 사람 좋게 생긴 노인이 일어나 책상에 쌓인 서류를 뒤적이더니 세일의 이력서를 찾아 들고 반가움을 표했다.
 "잘 와 주었네."
 깡마른 체격의 키가 큰 노인이 의자에 앉은 채로 세일을 잠시 바라보더니 건물 벽에 걸린 시계로 시선을 고정하며 말했다. 무심결에 노인의 시선을 따라 도달한 곳에는 숫자 하나 없는 시계가 걸려 있었다. 시침인지 분침인지 모를 바늘 하나만 달려 있는 것도 시계라 할 수 있다면.

"이 형, 박 형, 젊은 친구 얼굴도 봤으니 난 먼저 갈 테요."

 나머지 한 명의 노인이 신경질적인 표정으로 세일을 위아래로 훑더니 곧 떠날 기세로 의자에 앉았다 일어났다 하며 말했다.

 "아, 그 친구 성격도 참. 얼마 만에 오는 신입인데 진득하게 같이 이야기도 나누고 면접도 보고 가!"

 "저 문 넘어온 순간 이야기 끝난 거지! 무슨 면접이니 뭐니 쓸데없는 소리를 해요. 나 밤새 근무해서 피곤하니 먼저 가 보겠소."

 신경질적인 노인은 말이 끝나기 무섭게 철문을 열고 밖으로 나갔다. 열린 문틈으로 잠시 스며들어 온 태양 빛이 무서울 정도로 눈부셨다.

 "그 참…… 사람 민망하게……. 일단 좀 앉지? 차라도 좀 내줄까? 아, 자네 고구마 좋아하나?"

 통통한 노인이 혀를 끌끌 차더니 신경질적인 노인이 앉아 있던 의자를 세일에게 내주며 말했다.

 '51번째 시도, 또다시 1패 같은 1무 추가! 도대체 뭐 하는 곳인지는 모르겠지만, 여기만은 절대로 오지 말아야지…….'

 세일은 비참한 기분이 들어 고개를 가로저으며 의자에 앉았다.

 "그래, 이세일 군. 우리 3조 3교대 근무하는 건 알지? 3교대 근무가 뭐 하는 것인지 들어 봤나?"

 군대에서 근무를 선 경험으로 대충은 알고 있었기에 세일은 고개를 끄덕였다.

 "응, 그래. 원래 우리가 이렇게 돌아가는 조직은 아닌데 사람 구하기가 원체 힘들어서 말이지. 자네는 아직 신입이니 당분간은 낮 근무만 같이하면서 일 좀 배우고 하라고. 자네가 익숙해지면 익숙해지는 대로 우리도 4조 3교대 근무로 돌릴 수 있을 거야."

 반쯤은 허탈감에, 반쯤은 오기로 세일은 다른 면접 자리에서라면 절대 하지 않았을 질문을 던졌다.

 "자기소개 같은 건 안 시키십니까?"

 도전적인 세일의 말투가 거슬렸던 것인지 벽에 걸린 시계에서 시선을 떼지 않던 깡마른 노인이 고개를 돌려 세일을 바라보았다. 깡마른 노인과 눈이 마주치자 세일은 괜한 짓을 했다는 후회가 들었다. 세일의 후회를 아는지 모르는지 노인은 별다른 말 없이 다시 시계로 시선을 돌렸다.

 "응? 아 그래, 자기소개. 그렇지 그래, 우리 이세일 군 자기소개 한 번 들어 보자고."

 세일은 통통한 노인의 손주 응석 받아 주는 듯한 태도가 마음에 들지 않았다. 하지만 이제껏 50번이나 반복해서 습관처럼 배어 버린 자기소개 문구를 다시 한번 풀어놓기 시작했다.

4

 "아……. 그래, 어머님은 차도가 좀 있으시고?"

 놀랍게도 통통한 노인은 세일의 상투적인 자기소개에 제법 감동한 눈치였다.

 "아 네…… 덕분에……."

 "그래그래, 세일 군. 훌륭한 자기소개 잘 들었네! 어……. 우리는 세일 군이 우리와 같이 일하기에 매우 적절한 인재라고 생각해서 채용을 진행할 생각이거든?"

'자기소개만 듣고? 내 장래 포부는? 학창 시절의 인상적인 에피소드는? 논리적인 사고를 요구하는 패러독스 퀴즈는?'

세일의 실망감을 엉뚱하게 해석했는지 통통한 노인은 팔을 휘휘 내저었다.

"그게…… 우리 사무실이 보기에 초라해서 우리 하는 일도 별 볼 일 없어 보이는 건 아는데. 우리야 한평생 이 일만 해서 다른 회사들 대우가 어떤지, 그런 거는 잘 모르기는 해. 그래도 우리처럼 직장에서 일해 벌어들이는 돈만으로 한평생 식구들 먹여 살리고, 자식 새끼들 다 대학 보내고, 번듯하고 안정적인 가정 꾸리게 하는 게 요새 세상에 그리 녹록지 않다는 것 정도는 잘 알거든?"

"네, 어르신. 그런데 제가 다른 회사 합격한 곳도 있어서요. 조금만 더 생각하고 답을 드리면 안 될까요?"

통통한 노인은 실망인지 비웃음인지 모를 미묘한 표정을 지으며 세일을 바라보았다.

"그래, 자네 인생이니 자네도 고민해 봐야겠지. 올 때 힘들게 왔지? 나도 자네 면접 보러 비번인데 잠깐 나온 거니 가는 길에 전철역까지 내 차 타고 같이 가자고."

딱히 거절할 이유도 없었기에 세일은 말없이 고개를 끄덕였다.

"박 형, 이세일 군한테 줄 명함 한 장 줘 봐요."

깡마른 노인은 여전히 벽면의 시계에 시선을 고정한 채 주머니에서 명함을 꺼내 들었다. 통통한 노인도 지갑을 뒤적여 명함을 꺼내더니 깡마른 노인의 명함과 같이 세일에게 건네었다.

"생각해 보고, 근무할 때는 전화 못 받으니 둘 중 하나 연락 닿는 사람한테 연락하라고."

아무런 무늬 없는 검은색 바탕의 명함에는 회사명이나 직함도 없이 노인들의 이름과 휴대전화 번호만 적혀 있었다.

5
"어때, 차 좋지?"

건물 주변 풍경과 어울리지 않는 고급 차에 다시 한번 생경함을 느끼는 세일의 감정을 읽기라도 한 듯 통통한 노인이 웃으며 말을 건넸다. 말없이 고개를 끄덕여 맞장구를 치고 세일은 조수석에 올라탔다.

"자네 집이 어디였더라? 부천이면 인천 방면인가?"

"아……. 아닙니다. 가시는 길 아무 데나 내려 주시면 제가 알아서 가겠습니다."

태워 주는 길에 세일을 설득하려는 노인의 의도가 너무 빤히 보였기에 세일은 한사코 사양했다.

"그래, 자네 아직 차는 없지?"

"예……."

"우리와 일하려면 봐서 알겠지만 차 한 대 사야 할 거야."

"예……."

"교대하면서 필요한 물건들 싣고 올 일 많으니 차는 이런 큼지막

한 차가 좋아. 기왕 사려면 나처럼 벤츠를 사라고. 박 형이나 김 형은 포르쉐가 좋다, 애스턴 뭐시기가 좋다 하는데, 차는 벤츠가 좋아. 마침 우리 사무실 근처에 벤츠 정비소도 있고. 무엇보다 차가 고장이 안 나고 신뢰가 가더라고. 우리 같은 일에는 신뢰성이 최고야! 멋 부리는 것도 좋고 하지만 일단 차나 사람이나 안정감을 주고 믿을 만해야 하지 않겠어?"

"예……."

전철역까지 끝없이 이어지는 노인의 속 편한 재력 과시는 세일의 비참한 처지만 더 떠올리게 했다.

'결국엔 최후의 보루로 남겨 놨던 3무 회사 중 하나 골라잡아야겠지. 주말도, 저녁도 없이 죽었다 생각하고……. 열심히 하면 어머니 병원비 대면서 빚은 줄여 나갈 수 있겠지.'

속으로 결의를 다지면서도 세일은 자신의 소박한 기대가 절대 이루어질 수 없는 일이란 걸 잘 알고 있었다.

6

최소한의 기대조차 배신당하기 마련인 것인지 최후의 보루로 남겨 두었던 회사 중 한 곳에서 걸려온 전화와 함께 세일의 구직 승률은 돌연 바닥으로 떨어졌다.

"저, 그게 무슨 말씀이신지요? 면접 다 통과해서 요번 주까지 제 의사만 결정되면 채용한다고 하셨잖아요?"

"글쎄, 그게 나도 높으신 분들이 갑자기 세일 씨 합격을 취소하라니 뭐 어쩔 수가 있나……. 합격 통보 받고 임원분들한테 무슨 밉보일 짓이라도 하셨어요? 사장님은 정부 쪽에서 세일 씨 뽑지 말라고 압력 넣었단 터무니없는 말까지 하시고…….”
 다른 2무의 회사들까지 이런저런 이유를 들며 채용 의사를 철회하자 세일은 나락 끝으로 떨어진 기분이 들었다.
 '51전 50패 1무…….'
 세일은 책상 한구석에 처박아 두었던 노인들의 명함을 꺼내 보았다. 이러든 저러든 세일에게 남은 선택권 따위는 없어 보였다. 구직활동을 하느라 아르바이트를 그만둔 지도 몇 달째여서 작게나마 모아 둔 돈도 얼마 남지 않았다. 당장은 돌아가신 아버지 명의로 들어 놓은 보험에서 빠져나가는 어머니의 병원비도 곧 세일의 삶에 감당하기 힘든 무게를 더할 것이었다.
 '일단은 거기라도 입사하고 보자. 생각 외로 괜찮은 직장일 수도 있잖아?'
 하지만 아무리 긍정적으로 바라보려 해도 부정적인 전망만이 떠올랐다. 수상쩍기 짝이 없는 사무실 위치와 외관도 그랬지만 그곳에서 무슨 일을 하는지 전혀 모르고 있다는 게 가장 마음에 걸렸다.
 '그래도 3교대 근무면 개인 시간도 좀 가질 수 있으니까 남는 시간에 알바라도 할 수 있겠지. 사무실에서 근무하니 그리 업무 강도가 높지도 않을 테고…….'
 두 개의 명함에 적힌 연락처 중에서 연락을 받은 건 깡마른 노인이었다.
 "내일 과천 삼성병원 가서 임지연 교수 찾아가게. 건강검진 건으로 미리 연락해 두겠으니 그쪽에서 알아서 처리해 줄 걸세. 오늘 저녁 9시부터 금식하고."

세일이 입사 의사를 밝히자 반기는 기색도, 놀라워하는 기색도 없이 노인은 말했다. 마치 세일이 입사하리라는 걸 이미 알고 있었다는 듯한 태도였다.

"저 혹시나 해서 여쭙는 건데요. 건강검진에서 떨어지면 입사가 취소될 수도 있나요?"

"김 형이나 이 형은 자네가 사무실 문 열고 들어온 순간 이미 우리와 같이 일할 사람이라 생각한 모양이지만 나와 임지연 교수의 생각은 다르네. 자네의 건강상태 역시 우리에겐 중요하니 이것도 면접의 일환이라 생각하고 성실히 임해 주게."

딱딱한 노인의 말투에 세일은 말문이 막혔다. 대화에 정적이 흐르자 노인은 말없이 전화를 끊었다.

7

삼성병원은 산자락을 통째로 차지하는 넓은 부지의 대형 종합병원이었다. 세일이 원무과에서 신분을 밝히자 건강검진은 기다림 없이 일사천리로 이루어졌다.

신체 측정을 하고, 폐활량을 재고, 몇 방의 엑스레이를 찍고, MRI 촬영을 하고, 채혈하고, 소변을 채취하고, 청력과 시력을 검사하고 난 뒤에 임지연 교수의 개인 방으로 불려 갔다. 커다란 책상 한가운데에는 '신경정신과 교수 임지연'이란 명패가 놓여 있었고, 책상 한

귀퉁이에서 다른 귀퉁이로 초조하게 걸음을 옮기고 있는 임지연 교수가 기다리고 있었다. 방에 들어온 세일이 쭈뼛거리며 인사를 건네자 임지연 교수는 세일에게서 시선을 떼지 않으며 자리에 털썩 주저앉았다.

"그래 이세일 씨…… 어르신들은 정정하시고? 규정대로라면 분기에 한 번씩 들러서 '검사'받아야 할 양반들이 잘나신 업무 핑계로 얼굴 한번 안 비치고 말이지……."

"저도 면접 때 한 번 뵌 게 다이지만 정정하신 듯 보였습니다."

임지연 교수는 코웃음을 치며 책상 한쪽에 놓여 있는 세일의 검진 차트를 들여다보았다.

"보아하니 건강상의 문제는 없어 보이고. 무엇보다 나이가 아주 어리군. 어르신들이 호들갑을 떨며 좋아하실 만도 해……."

임지연 교수는 책상 서랍을 열어 여러 개의 전선이 달린 기계 장치를 꺼내 들었다.

"팔 걷고 저기 알코올 솜으로 이마랑 팔 좀 닦아요."

세일이 시킨 대로 하자 임지연 교수는 서투른 솜씨로 전선들을 세일의 몸 이곳저곳에 의료용 테이프로 고정했다.

"좋습니다. 이제부터 내가 묻는 말에 아주 잘 대답해 주세요."

"저기, 이건 무슨 거짓말 테스트 같은 건가요?"

"뭐 대충 비슷해요. 세일 씨가 어떤 생각을 하는지 많은 사람이 궁금해하고 있거든? 답이 있는 질문은 아니니깐 깊게 생각하지 말고 솔직하게만 대답해 주면 돼요."

책상 한편에서 이런저런 선택 문항이 적힌 용지를 꺼내 들고 임지연 교수는 세일을 바라보았다.

"이것도 입사 시험의 일환인 거 잘 알죠? 세일 씨가 앞으로 하려는 일, 세일 씨는 상상도 못 할 만큼 중요하고, 그만큼 대우도 좋고 보람도 있는 일이니 진지하게 대해요!"

임지연 교수의 기세에 질려 세일은 고개만 끄덕였다.

"쉬운 거부터 하죠. 말할 수 없는 것을 말한 입? 바라볼 수 없는 것을 바라본 눈?"

"네…… 네?"

"생각하지 말고 대답해요. 입? 눈?"

"저…… 입요."

임지연 교수는 전선이 달린 기계 장치를 잠시 바라보더니 종이에 알아볼 수 없는 글을 휘갈겨 썼다.

"원숭이들의 법칙이 먼저 온 자의 권능 앞에서 작용할 수 있을까요?"

"네? 도대체 무슨 뜻인지……."

임지연 교수는 다시 기계 장치를 바라보고 종이에 글을 남겼다.

"인류가 누리고 있는 문명이 꿈꾸는 자의 꿈의 파생물이라 생각하나요?"

"……."

임지연 교수는 다시 한번 기계 장치를 바라보더니 이번엔 세일의 얼굴을 한동안 관찰하고 나서 종이에 무언가를 써 내려갔다.

"좋습니다. 어르신들이 마음에 들어 할 만한 이유가 있었네요. 마지막으로 가장 중요한 질문 하나 하고 끝내죠."

영문도 모른 채로 세일은 그저 고개만 끄덕였다.

"어머니와 여자 친구가 동시에 호수에 빠졌다면 누구를 먼저 구할 건가요?"

이건 많이 대답해 본 유형의 질문이었다.

"저는 일단 어머니를 빠르게 구한 뒤에 여자 친구를 구하겠습니다. 저희 어머니가 아무래도 몸이 안 좋으시니 조금이라도 오래 버틸 수 있는 여자 친구를 나중에 구하는 게 정답일 듯합니다."

기계적으로 튀어나온 세일의 준비된 대답을 듣고 임지연 교수는 노골적인 비웃음을 터뜨렸다.

"좋아요. 그럼 그 순간 호수에 유치원생 100명이 탄 버스가 빠지고 있다면? 세일 씨가 어머니와 여자 친구를 희생시키고 당장 운전석에 뛰어들어야만 어린아이 100명의 목숨을 구할 수 있다면?"

"……."

"100만 명을 죽여 1000만 명을 살릴 수 있다면 100만 명을 희생시킬 건가요?"

"……."

"다르게 물어보죠. 세일 씨 어머니, 이 병원에 입원해 계시죠? 세일 씨 손으로 어머니의 목숨을 끊어야만 전 인류가 살 수 있다면 어떡하실 건가요?"

'우리 엄마. 하루 입원비 9만 원짜리 싸구려 병실에서 피고름 썩는 내 풍기는 일곱 명의 환자들과 하루를 같이 보내고 있는…… 이런 모욕까지 참아 가며 내가 취직을 해야 하나…….'

세일은 눈에 눈물이 차오르는 걸 느꼈다. 자신의 처지에 대한 서러움일까, 이런 상황에서도 자존심을 버리지 못하는 자신에 대한 한탄일까, 세일은 소리 내어 울음을 터뜨렸다.

8

오열하는 세일을 놔두고 임지연 교수는 자리를 비웠다. 방 밖에서 임지연 교수의 통화 소리가 들려왔다. 임지연 교수는 한참 뒤 세일이 한결 진정되고 난 후 돌아와 멋쩍은 표정으로 휴지를 건네더니 말없이 자리에 앉았다.
"세일 씨에게 모욕을 주거나 하려는 의도는 아니었단 것만 알아줬으면 좋겠네요."
"네……."
"그나저나 입사 축하합니다. 원래 이런 소식은 어르신 중 한 분이 전해야겠지만 하필 통화 가능한 유일한 분이 박 씨 어르신이라."
세일의 풀죽은 태도가 마음에 걸렸는지 임지연 교수는 과장되게 악수를 청했다.
"내일 아침 6시까지 정부청사역 1번 출구 앞에 나와 있으라고 하시네요. 어르신 중 한 분이 세일 씨 태워 갈 거예요."
급작스럽게 진행되는 상황이 당황스러웠지만 더는 미루고 잴 것도 없어 보였다.
"알겠습니다."
건성으로 임지연 교수의 손을 맞잡으며 세일은 대답했다. 돌아서 나가는 세일을 불러 세우더니 임지연 교수는 명함을 건넸다.

"무슨 일 있거나 부탁할 일 있으면 부담 느끼지 말고 연락하고요. 방금 전 일 사과할 겸해서 제가 어머님 특별히 더 신경 써서 돌볼 테니 어머님께 너무 미안한 마음 가지지 말고 직장생활 잘 하세요."

잠시 어머니 병실에 들러 볼까 생각했지만, 임지연 교수의 질문이 떠올라 섬뜩한 기분이 들었다. '어머니의 목숨을 끊어 전 인류를 살릴 수 있다면 어떡하시겠어요?' 무엇보다 아직 눈물 자국이 남아 있는 얼굴을 어머니에게 보이기 싫었다.

'쉬는 날에 다시 찾아뵙자. 취직했다 하면 좋아하시겠지.'

두 시간 동안 콩나물시루와 같은 대중교통에 시달리며 집에 돌아오니 이미 저녁이었다. 주머니에서 휴대전화를 꺼내 보니 어머니로부터 부재중 전화가 걸려와 있었다.

불길한 예감에 사로잡혀 세일은 바로 전화를 걸었다.

"어 엄마, 무슨 일이에요."

"아이구! 세일아. 너 좋은 직장 취직했다며! 아까 낮에 무슨 여자 교수님이 오셔서 특실 남는 자리가 없다고 미안하다면서 2인실로 방 옮겨 주셨다. 앞으로 너희 회사에서 병원비도 다 대 준다고 하시더라! 특실이 비게 되면 바로 방 옮겨 주신다고 하는데 여기도 무슨 대궐 같다. 얘…… 우리 평생 살아 봤던 집들 다 합친 것보다 이 방이 더 넓고 좋은 거 같아……. 너무 잘됐다. 이게 다 무슨 일이다냐?"

수화기 너머 들려오는 감격에 찬 어머니의 울음소리가 세일에겐 기분 좋은 음악처럼 느껴졌다.

9

첫 출근길에 세일을 맞은 건 통통한 노인이었다. 호들갑스러운 수다를 늘어놓으리라는 세일의 예상과 달린 노인은 사무실까지 가는 길 동안 말없이 운전에만 전념했다. 여전히 적응이 안 되는 콘크리트 건물의 철문을 열고 들어가니 깡마른 노인이 야간근무를 섰는지 피곤한 모습으로 벽에 걸린 시계를 노려보고 있었다.

"그렇군…… 오늘부터 자네 첫날이군."

"네, 어르신 앞으로 잘 부탁드리겠습니다!"

어머니와의 통화로 직장에 대한 인상이 한결 좋아진 세일은 희망찬 마음으로 싹싹한 인사를 날렸다. 그런 세일의 모습을 보며 통통한 노인은 연신 "그래, 그래." 하며 인자한 미소를 지어 보였다. 깡마른 노인은 여전히 시계에서 시선을 떼지 않으며 말없이 고개만 끄덕였다.

"일전에도 이야기했듯이 당분간 자네는 오전 근무만 뛰며 일 배우고 적응하도록 하게. 근무시간은 아침 7시부터 오후 3시까지일세. 만일을 위해 사무실에는 6시 10분까지 도착하도록 하고."

"아유, 뭘 그리 일찍 와. 그냥 6시 30분까지만 설렁설렁 와! 7시 넘어 지각만 안 하고 무단결근만 안 하면 돼."

통통한 노인이 깡마른 노인의 말을 끊으며 세일에게 다시 한번 사람 좋은 미소를 지어 보였다. 깡마른 노인은 통통한 노인의 말을 무시하며 말을 이어 나갔다.

"자네도 알겠지만 우리는 세 명이 24시간 쉼 없이 사무실을 운영하고 있네. 혹시라도 사정이 생겨서 출근을 못 한다거나 지각을 할 거 같으면 우리 중 한 사람에게 미리 연락을 꼭 하고!"
'6시 30분까지 와야 할까? 6시 10분까지 와야 할까?'
세일은 잠시 고민하다 마음속으로 6시 10분 쪽을 선택했다.
"그래그래, 자네. 우리 연락처는 다 받았지?"
"저, 어르신들 말고 나머지 한 분 연락처를 아직 못 받았는데요."
두 노인은 잠시 시선을 교환했다. 깡마른 노인이 다시 시계로 시선을 돌리며 말했다.
"그 친구는 당분간 야간근무만 해서 자네가 얼굴 보기 힘들 걸세. 명함은 우리가 따로 챙겨다 주도록 하지."
"네, 어르신. 그런데 직급이나 호칭이 어떻게 되는지요? 제가 어르신들 뭐라 불러야 하는지……."
"그냥 영감님이라고 불러! 나는 이 영감, 저 친구는 박 영감, 나머지 한 명은 김 영감! 쉽지?"
"그래도 그렇지, 제가 어떻게……."
"그럼 이 형, 박 형, 김 형이라고 하든가. 우리도 세일 군을 이 형이라고 불러 줄게. 그럼 사무실에만 이 형이 두 명 있겠네!"
통통한 이 노인의 시답잖은 농에는 관심이 없는 듯 깡마른 박 노인은 벽면의 시계에서 잠시 시선을 떼고 손목시계를 내려다보았다.
"7시가 되었군. 나는 그럼 퇴근해 보겠네. 이세일 군은 첫날이니 긴장해서 제대로 일 배우도록 하고!"
세일에게 당부를 남기고 옷가지와 가방 등을 챙기며 일어나 문을 열고 나가는 그 순간까지도 박 노인은 벽면의 시계에서 시선을 떼지 못하고 있었다.

10

이 노인은 박 노인이 앉았던 의자에 털썩 주저앉으며 벽면의 시계를 바라보기 시작했다.

"자, 그럼 우리도 일해야지, 세일 군."

"네!"

"일단 우리가 하는 일부터 가르쳐 줘야지? 굉장히 어려우니 정신 바짝 차리고 잘 들으라고!"

"네!"

평소와는 다른 이 노인의 엄숙한 태도에 긴장하며 세일은 의자를 이 노인 옆으로 바짝 당겨 앉았다.

"저기 내가 바라보는 시계 보이나?"

"네, 보입니다."

"지금 몇 시지?"

순간 어떤 시간을 말하는지 혼돈이 왔지만 이내 벽면 시계의 시간을 물어보았을 것이란 생각이 들었다.

"저기에 있는 하나밖에 없는 바늘이 시침이라면 9시입니다."

"오, 그래, 똑똑하군. 그럼 저 바늘이 180도 돌면 몇 시가 되지?"

"3시입니다."

"자, 우리가 하는 일을 설명해 주지. 시계가 9시면 괜찮아. 12시도 괜찮고. 1시, 2시도 괜찮아. 그런데 3시가 되었다? 그럼 문제가 생긴 거야. 여기까지 이해했나?"

"네."

"자! 그럼 혹시라도 시계가 3시가 되었다. 뭘 해야 하냐? 저쪽 벽에 있는 커다란 손잡이 보이나?"

이 노인이 손가락으로 가리킨 벽면에는 입구와 비슷한 크기의 철문이 있었고 그 옆에는 '봉인'이라고 적힌 종이로 덮인 지렛대 모양의 손잡이가 붙어 있었다.

"네. 잘 보입니다."

"3시가 넘어가면 저 손잡이를 당기라고. 그리고 반대편 책상 보면 수화기 하나 놓여 있지?"

어두침침한 사무실이었지만 책상에 다이얼도 없이 수화기만 달린 전화기가 놓여 있는 게 보였다.

"네, 보입니다."

"손잡이를 당기고 나면 수화기를 들라고, 신호 몇 번 안 가서 누군가 받을 거야. 그럼 '3시가 넘어서 손잡이를 당겼습니다.'라고 말하라고."

"네."

"끝!"

"네?"

"우리 일은 그게 끝이라고!"

이 노인은 어리둥절한 세일의 반응이 재미있다는 듯이 껄껄 웃으며 말했다.

"그럼 제가, 저와 어르신들이 할 일이 근무시간 동안 저 시계를 지켜보다 3시가 넘으면 손잡이를 당기고 수화기를 드는 일이라는 겁니까?"

"영감님이라고 해. 그리고 우리가 여기에서 몇 년을 일한 것처럼 보이나? 아마 세일 군 나이의 두세 배는 넘게 일했을 거야……. 내가 장담하지! 우리 때도 그랬고 자네가 앞으로 우리 나이가 되도록 일해 봐야 저 시계가 3시 넘을 일은 없을 걸세!"

"그럼 여덟 시간 동안 절대 움직이지 않을 시계를 계속 감시하고 있어야 한다는 말씀이신가요?"

"그래, 단 1분 1초도 눈을 떼면 안 돼!"

순간 세일은 박 노인이 왜 벽에서 시선을 거의 떼지 않았는지 이해가 갔다.

"……라고 말하는 건 앞뒤 꽉 막힌 박 영감이나 할 법한 소리고!"

이 노인은 또 사람 좋은 웃음을 터뜨렸다.

"자! 내가 요령을 가르쳐 주지. 저기 난로 옆 책상에 내 가방이 보이나?"

"네."

"그 안에 있는 것 좀 다 꺼내 와 주겠나. 우리 근무하는 데 꼭 필요한 물건들이거든."

가방에는 온갖 종류의 무가지, 스포츠 신문, 일간지, 교회 전단지 등이 가득 차 있었다.

"딱 이 정도의 시시껄렁한 내용을 담고 있는 활자들이 좋아. 어떻게 하냐면 한 세 줄 읽고……."

이 노인은 무가지 한 부를 골라 잠시 시선을 주더니 다시 시계로 시선을 돌렸다.

"시계 한 번 보고! 요걸 반복하면 하루 여덟 시간 때우는 심심파적으로 적당하단 말이지? 아…… 박 영감이랑 일할 때는 이 짓 하지 마라. 진짜로 귀싸대기를 맞을 수도 있으니깐."

이 노인은 또다시 웃음을 터뜨렸다. 세일은 긴장이 한결 풀리는 걸 느꼈다. 이 노인은 같이 있는 사람을 편하게 하는 재주가 있었다.

"저 어르…… 영감님, 그럼 죄송한데, 어머니한테 출근 잘 했다고 문자 한 통 잠시만 보내도 되겠습니까?"

이 노인은 벽에 있는 시계를 잠시 보다, 무가지로 시선을 잠시 돌렸다가, 세일을 잠시 바라보다, 다시 시계로 시선을 돌렸다.

"세일 군, 자넨 성실한 사람이지."

"네?"

"여태껏 휴대전화 끄고 있었나?"

"네……."

세일은 전철역에서 이 노인의 차를 탄 순간부터 휴대전화를 꺼두고 있었다. 적어도 첫날에는 그게 예의가 아닌가 싶어서 한 행동이었다.

"휴대전화 한번 켜 봐."

"네……."

세일은 주머니에서 휴대전화를 꺼내 전원 버튼을 눌렀다. 전원이 들어오지 않았다. 배터리를 뽑았다 다시 끼우고 전원 버튼을 눌러 보았다. 여전히 전원이 들어오지 않았다.

"이 안에서는 전기로 돌아가는 건 아무것도 작동하지 않아."

세일은 그제야 사무실이 왜 이렇게 어두운 것인지 깨달았다. 창문 하나 없는 사무실을 밝히는 조명은 형광등이 아닌 가스등이었다. 벽 구석구석을 다 둘러보아도 전원 콘센트 하나 없는 걸 눈치챈 세일의 마음속에 임지연 교수의 질문이 다시 떠올랐다.

"원숭이들의 법칙이 먼저 온 자의 권능 앞에서 작용할 수 있을까요?"

11

기나긴 하루 동안 세일은 이 노인과 함께 무가지를 보다 시계를 보고, 광고 전단을 보다 시계를 보는 행위를 반복했다. 이 노인은 시계를 보다, 전단지를 보다 하는 와중에도 짬짬이 세일에게 말을 건넸다. 몇 시간이 지나 업무라 하기에도 민망한 수준의 업무에 익숙해진 세일은 업무 외의 궁금한 내용도 이 노인에게 편하게 물어볼 수 있었다.

"화장실은 어떻게 이용해야 하나요?"

"지금처럼 같이 근무할 때는 작은 건 건물 밖에서 대충 해결하고, 큰 건 차 끌고 근처 군부대 가서 '사무실'에서 나왔는데 화장실 좀 쓰겠다 해. 혼자 근무할 때는? 반대편 벽에 요강 보이지? 자네 요강은 써 봤나?"

"식사는 어떻게 하나요?"

"우린 근무시간 중에 뭐 잘 안 먹어. 자넨 도시락을 챙겨 오도록 하게. 저 요강 있는 벽면 보면 서랍장에 전투식량이 잔뜩 있어. 내가 자네 나이였을 때부터 놓여 있었던 거 같지만…… 요새 같은 계절엔 군고구마 몇 개 싸 와서 난로에 구워 먹어도 좋고."

"출입문 반대쪽에 있는 철문은 뭔가요?"

"지하실로 통하는 문인데, 우린 지하실 들어가면 안 돼. 나중에 만나게 되겠지만, 저 시계랑 연결되는 기계 장치를 보수하는 김 씨라고 있거든? 김 씨가 문 잠그고 다니니깐 자넨 신경 쓰지 마."

"여름에는 더울 거 같은데. 에어컨도 나오지 않죠?"

"자네 얼음집이라고 아나? 예전에는 많았는데 요샌 다 망하고 과천 시내에 딱 하나 있어. 우리가 얼음 사 오는 가게 연락처를 줄 테니까 날 더워지면 출근할 때 거기서 한 포대씩 사 오라고."

세일의 마지막 질문이 마음에 걸렸는지 이 노인은 세일의 싸구려 양복을 잠시 바라보곤 말했다.

"그리고 옷 편하게 입고 와. 봐서 대충 알겠지만, 이 안, 겨울에는 춥고 여름에는 끔찍이 더워. 혼자 일할 때 빨가벗고 춤을 춘다 한들 아무도 뭐라 하는 사람 없으니깐 신경 쓰지 말고 추울 땐 두툼하게, 더울 땐 최대한 가볍게 입고 와."

세일은 고개를 끄덕였다.

사실 세일이 진짜 묻고 싶은 질문은 '주말에는 못 쉬나요?', '휴가는 갈 수 있나요?'였다. 하지만 세일이 들어오기 전까지는 노인들 세 명이 계속 쉬지도 못하고 교대근무를 했다는 이야기 아닌가?

"좀 좋았던 시절에는 여럿이 같이 일할 때도 있었어……. 원래대로라면 두 명이 짝을 이루어 저 망할 놈의 시계를 감시해야 했거든. 그때는 화장실 가는 거나 밥 먹는 것도 한결 수월했고."

좋았던 시절의 사람들에게 무슨 일이 일어난 걸까 궁금했지만 세일은 질문을 억눌렀다. 노인들 나이라면 살아 있는 이들보다 땅속에 묻힌 이들을 더 많이 안다고 해도 이상하지 않을 터였다.

"기껏 취직해서 첫날에 이런 말 하는 건 좀 이상한데요……. 이런 단순 업무라면 건물 시설 싹 개비해서 자동화할 수도 있는 일 아닐까요?"

"원! 아, 봐서 알겠지만, 이 안에서는 전기며 기계며 뭐며 작동을 안 해요!"

이 노인은 세일의 질문이 어이없다는 듯 웃음을 터뜨렸다.

세일은 왠지 이 노인이 처음에 하려던 말이 '원숭이들의 법칙'이 아니었을까 하는 생각이 들었다. 변죽만 울리는 질문 공세에 이 노인은 세일의 속마음을 눈치챈 듯 보였다.

"자네 주말엔 쉬고 싶지?"

"아, 아닙니다. 어르…… 영감님들도 쉬지 못하고 계시는데요."

"우린 자네가 빨리 일 배우는 대로 4조 3교대로 돌릴 거야. 그렇게 한 번 근무하고 나면 이틀씩 쉴 수 있거든. 그리고 사람도 계속 열심히 뽑고 있고. 그런데 그게 영 쉽지 않더라고……."

세일은 이 노인이 가져온 무가지와 일간지 지면에 사무실의 구인 광고가 빠지지 않고 실려 있었던 걸 떠올렸다. 어머니 병실 일도 있고 해서 세일은 이 사무실이 점점 더 마음에 들었다. 어두침침하고 외딴 곳이지만 묘하게 안정감을 주는 공간이었고 이 노인의 자상한 마음 씀씀이도 고마웠다.

이 단순하고 지루한 일을 하루에 여덟 시간씩 평생토록 반복해야 한다는 생각을 하니 암담하기도 했지만, 구인공고의 문구대로 정년이 보장된다면, 어머니 병원비를 이들이 계속 지원해 주기만 한다면 못 참을 것도 없으리란 생각이 들었다.

"제가 열심히 일 배워서 영감님들 어서 편하게 해 드리겠습니다."

"그래그래…… 그래도 일 배우는 단계인데 자네까지 우리처럼 일할 필요는 없지. 어디 한번 내일 박 영감과 이야기해 보세."

12

예상과 달리 박 노인은 순순히 세일의 휴식을 허락했다.
"요새는 주 5일 근무라고 했나?"
"아, 아닙니다. 저 어머니 병실 찾아가고 개인 용무 처리할 시간만 가끔 주시면 충분합니다."
"어차피 3시면 끝나는 직장인데 평일에 해도 충분한 일을 뭘 핑계로 삼나! 요새 규칙이 그렇다면 그걸 따라야지! 자네는 일 배울 때까지 토요일, 일요일은 쉬도록 하게."
선언하듯 내뱉는 박 노인의 말에 얼떨떨함을 느끼며 세일은 고개를 끄덕였다. 이 노인이 박 노인 옆에서 거들며 말했다.
"그래그래, 젊은이들은 좀 여유도 가지고 해야지."
막 퇴근하려던 박 노인은 무언가 떠올랐는지 난로 옆 책상에서 의자를 빼고 다시 주저앉았다.
"자네 집이 인천 쪽이라 했지?"
"네."
"출근하는 데 몇 시간 걸리나?"
"정부청사역까지만 두 시간 정도 걸립니다."
박 노인은 혀를 찼다.
"차도 없고?"

"네."

"근무의 안정성을 위해서라도 과천에 아파트 장만해서 이사 오도록 하게. 차도 당장 한 대 사고. 언제까지 우리한테 빌붙어 출퇴근할 수도 없잖은가?"

"아, 이제 출근한 지 이틀째 되는 친구한테 뭘 그리 닦달을 해."

세일의 눈에는 노인들이 기묘할 정도로 경제관념이 없는 것처럼 보였다.

"저 영감님, 저도 그러고야 싶지만 아직 첫 월급도 못 받았고 갚아야 할 빚도 많아서 이사나 차는 좀 무리일 거 같습니다."

보증금 300만 원에 월세 20만 원으로 과천에서 주거 공간을 구하기는 불가능에 가깝다는 걸 세일은 잘 알고 있었다. 박 노인은 세일의 말을 귀담아듣지 않은 듯했다.

"그러고 보니 임 교수가 자네 어머니 병실 잘 챙겼다 했지?"

"네."

박 노인은 잠시 생각을 하더니 이 노인을 보며 말했다.

"이 형. 우리가 지금 국민안전처 소속인가?"

"그렇지, 아마?"

"이세일 군 사무실 출근한 거 그쪽에 통보 갔는가?"

"김 형이 연락해서 처리한다고 했는데 이제 하루 지나서 어떨는지 모르겠네?"

박 노인은 고개를 끄덕이더니 세일에게 말했다.

"그때 내가 준 명함 잘 가지고 있지?"

"네."

"요번 주 토요일 아침 일찍 한국은행 과천지점에 가서 월급 통장 만들고 대출 받도록 하게. 우리 사무실 봐서 알겠지만, 서류 처리하고 무슨 전산에 등록하고 하려면 일일이 우리가 직접 찾아다니며 해야 해서 시간이 꽤 걸릴 걸세. 그때까지 자네가 우리 소속으로 등록 안 되었을 가능성이 커 보이니 지점장 불러서 내 명함 보여 주면 자네 어머니 병실 건처럼 잘 진행될 걸세. 혹시라도 딴소리하면 나나 이 형한테 전화하고."

말을 마친 박 노인은 세일의 답을 기다리지 않고 사무실을 나섰다. 이 노인은 세일을 바라보고 장난스레 눈알을 굴리더니 다시 시계로 시선을 옮겼다.

그 주 내내 세일은 이 노인과 함께 오전 근무를 섰다. 한 주가 채 지나지 않아 세일은 대한민국에서 발행되는 무가지와 일간지는 모조리 섭렵하게 되었다. 세일은 전단지의 허접스러운 광고 문구 하나하나에도 많은 서사와 반전과 전율이 숨어 있다는 것을 처음으로 깨닫게 되었다.

13

"박 형이 말했던 거 기억나지? 나도 세일 군이 가까운 데 집 얻고 차부터 사야 한다는 데 동의해. 이제 어머니 병실 걱정할 필요도 없지 않은가? 내일 은행 꼭 가고. 차는 꼭 벤츠를 사도록 하라고."

금요일 퇴근길에 전철역에 세일을 내려 주며 이 노인이 말했다.

'갚아야 할 빚이 이자 포함해서 아직 수천입니다!'

세일은 속으로 한탄했다. 하지만 노인들 말처럼 어머니 병원비를 걱정하지 않게 된 것만도 어디인가?

출근 후 처음 맞는 토요일이 오자 세일은 박 노인 말에 기대를 걸어 보기로 했다. 어머니 병실 건만 봐도 노인들의 위상이 보기와는 달리 보통은 아닌 듯했다.

하지만 한국은행에서 대기표를 뽑고 긴 시간을 기다려 대출 창구의 직원을 마주 대하자, 순간적으로 할 말이 떠오르지 않았다.

"고객님, 무엇을 도와드릴까요?"

"저 지점장님 좀 뵙고 싶은데요……. 월급 통장도 만들어야 하고요……."

"고객님, 저는 대출 업무 담당하고 있고요. 지점장님과 따로 약속 잡고 연락하고 오셨나요?"

"아…… 아니요. 제가 대출도 하려는 건 맞는데요."

창구 직원의 웃음 띤 얼굴에서 노골적인 조롱이 드러났다.

"네. 고객님, 신용 대출하실 거죠? 일단 신분증 좀 주시고요. 재직증명서 같은 관련 서류는 떼어 오셨나요?"

"아, 저기 직장을 구하기는 했는데 아직 서류 작업이 다 안 되었다 해서요."

세일은 부끄러움에 귓불부터 이마까지 열이 올라오는 걸 느끼며 시선을 땅으로 떨구었다.

"음…… 서류가 미비하시면 대출이 좀 어려우실 수도 있는데. 우리 은행 말고 제2금융권 쪽 한번 가 보시는 게 어떨까요?"

세일은 밑져야 본전이란 심정으로 신분증과 박 노인의 명함을 꺼내 창구 직원에게 내밀었다.

"저, 이게 제 신분증하고 우리 회사 선임 명함인데요! 선임께서 지점장님이랑 안면이 있으시다고……. 이것 좀 일단 지점장님에게 전해 주시면 안 될까요?"

창구 직원은 명함을 받아 들더니 앞뒤를 훑어보았다.

"저 고객님…… 이건 회사 명함이 아닌 거 같은데요."

어처구니없다는 듯한 직원의 말투에 세일은 말문이 막혔다.

마침 창구 뒤를 지나가던 직원이 세일의 상대 직원을 불러냈다. 창구 직원은 세일에게 양해를 구하고 대화가 들리지 않는 안쪽으로 들어갔다. 둘이 세일을 가리키고, 명함을 보고 고개를 갸웃거리며 한참 이야기를 나누더니 한 명이 창구 직원에게 명함을 받아 들고 은행 안쪽으로 사라졌다.

"잠시만 좀 기다려 주시겠어요?"

돌아온 창구 직원이 세일에게 양해를 구하고 다음 손님을 창구로 불렀다. 세일은 뒷사람에게 엉거주춤 의자를 내주고 창구 뒤편에 서서 기다렸다.

'그냥 갈까. 영감님들이 괜히 이상한 말을 해서 이게 무슨 망신이람?'

세일이 집으로 돌아가려고 일어서는데 은행 안쪽으로 사라졌던 직원이 다가왔다.

"저, 오래 기다리셨죠? 지점장님이 기다리고 계시니 일단 안으로 들어가시죠."

지점장실은 세일과 노인들의 사무실보다 넓었고, 당연하게도 밝았다. 긴 테이블에 마주 놓인 소파에 앉아 있던 지점장이 일어나 세일에게 악수를 청했다.

"이세일 씨죠? 반갑습니다. 우리 직원이 이쪽 근무한 지 얼마 안 되어 결례를 범했습니다. 어르신들은 잘 계시죠?"

세일은 얼떨결에 고개를 끄덕이며 지점장이 권유한 소파에 주저앉았다.

"어르신들도 참……. 이렇게 귀한 신입사원분 입사하셨으면 미리 언질을 좀 주든가 하시지. 대출 건 때문에 저희를 찾아왔다 하셨죠?"

세일은 다시 한번 고개만 끄덕였다.

"보자…… 관련 서류는 아직 준비가 안 되었다 하셨고…… 제2금융권에서 대출을 좀 많이 하셨네요?"

지점장은 언제 건네받은 것인지 세일의 신분증 사본과 서류들을 보며 말했다.

"상황을 보아하니 담보대출은 힘드실 거 같고, 신용대출을 하셔야 하는데……."

지점장은 서류에서 눈을 떼고 세일과 눈을 마주치며 안심하라는 듯한 미소를 지어 보였다.

"자! 제가 세일 씨의 개인 재무상황에 관해 설명을 좀 드리겠습니다. 박영종 어르신께서도 그걸 바라고 세일 씨를 제게 보내신 것 같으니…… 일단 세일 씨 신용등급을 설명해 드리자면 앞으로 어르신들과 같은 일을 쭉 하실 테니 당연히 어르신들과 같은 신용등급입니다. 대통령과 고위직 국가 공무원 몇 명과 같은 신용등급이죠. 원체 보수도 높고 신뢰도가 높은 직장이니 당연한 일이라 할 수 있겠지요."

그러고 보니 일주일이나 근무했는데도 아직 자신의 연봉이 얼마인지 모른다는 게 세일은 떠올랐다.

"거기에 직장의 특수성을 감안한 특약이 걸려 있습니다. 아마 이런 이자율과 한도로 상환 기간 없이 대출 가능한 건 대한민국에서 어르신 세 분과 세일 씨밖에 없을 겁니다. 제가 뭐라 할 건 아니지만…… 그래도 충고를 드리자면, 세일 씨, 앞으로 사회생활의 기반을 마련하는 데 충분하다 싶은 금액을 대출해 가세요."

얼떨떨함에 세일은 지점장의 말이 바로 이해가 안 되었다.

"제2금융권에서 빌린 이자율이 20퍼센트를 넘네요? 일단 바로 대출해 가셔서 당장 빚부터 갚으세요. 이런 말 하긴 뭐하지만 세일 씨 대출조건이면 대출액 그대로 다른 은행에 고스란히 집어넣어도 오히려 이득일 겁니다. 무슨 이야긴지 아시겠죠?"

14

세일은 새로 만든 통장에 찍힌 액수를 보고 또 보았다. 평생 가져볼 수 있을 거라 기대하지 않았던 자릿수의 금액이었다.

"벤츠를 사라고."

은행에서 나오는 길에 이 노인의 장난스러운 말이 떠올랐다. 마침 읽고 또 읽었던 무가지 한쪽의 과천 소재 중고차 매매상 광고가 기억났다. 광고 문구가 '들어와서, 보시고, 타고 나가세요.'였던가?

중고차 매장은 토요일 늦은 시간까지 열려 있었다. 불행인지 다행인지 매장은 국산 차만을 취급하고 있었다. 세일은 매장에서 가장 큰 차를 골라 대금을 현금으로 치르고 타고 나왔다. 일요일이 오자 아침 일찍 정부청사 근처 부동산을 찾아가 적당한 위치의 오피스텔 전세매물을 계약하였다. 병원에서도 가깝고, 사무실에서도 가까운 위치였다.

그날 오후 세일은 어머니 병실을 찾았다.

임지연 교수에게 감사 인사를 드려야 한다는 생각이 들었지만, 순간 임지연 교수가 던졌던 해괴한 질문들이 떠올라 다음 기회로 미루기로 하였다. 어머니는 선한 인상의 중년 부인과 같은 병실을 쓰고 있었다. 회사 사람들은 어떠냐, 일은 힘들지 않냐 같은 질문 공세에 마냥 긍정적인 대답만을 하며 차와 집을 장만한 걸 이야기했다.

어머니는 마치 꿈을 꾸는 기분이라고 했다. 세일의 머릿속에 잠시 '꿈꾸는 자의 꿈의 파생물'이란 단어가 머물렀다 행복감에 밀려 사라졌다.

15

이 노인은 세일이 벤츠를 사지 않은 것을 월요일 내도록 아쉬워했다.

"차도 그렇고 뭐든지 한 번에 좋은 걸 사는 게 좋아."

"열심히 모아서 다음에는 꼭 벤츠로 사겠습니다."

세일이 예의상 내뱉은 말이 이 노인은 마음에 걸렸는지 무언가를 곰곰이 생각하는 듯했다.

"그러고 보니 자네 월급통장도 만들었지?"

"네."

"통장 사본 한 부 만들어서 박 형에게 전해 주도록 하게. 우리는 25일 날 월급 나온다고 이야기했던가?"

"아니요, 아직 월급 관련된 이야기는 못 들었습니다."

그러고 보니 일주일이나 근무하면서 근로계약서도 쓰지 않았고, 월급이 얼마이고 월급날이 언제인지도 묻지 않았다는 게 떠올랐다.

"그런데 영감님 제 연봉이 얼마인지 좀 여쭤봐도 될까요?"

이 영감은 세일을 짓궂은 표정으로 바라보며 말했다.

"우리 채용공고에 '업계 최고 대우'라고 쓰여 있는 거 못 봤어?"

도대체 언제부터 '시계를 쳐다보는 업계'가 존재했다는 것인지 의문이 들었지만, 세일은 그저 말없이 고개만 끄덕였다.

"들어서 알겠지만, 사실 우리 돈 관리는 정부 쪽 부처에서 돌아가면서 하고 있거든? 그래서 나도 세일 군 첫 연봉이 얼마인지는 정확히 말해 주기 힘들어. 아! 우리가 처음 몇 달은 수습 기간이라 월급 전부 다 안 준다는 건 이야기했던가?"

세일은 조금 실망감이 들었다. 어머니 병원비 지원과 대출 건만 해도 분에 넘치는 대접을 받았다는 생각은 하고 있었다. 하지만 연봉에 대해서 조금의 기대 정도는 할 수 있지 않은가?

'정부 쪽 부처라면……. 적어도 9급 공무원 정도의 연봉은 되겠지. 일이 끔찍하게 재미없는 거 말고는 과도할 정도로 복지지원이 훌륭한 회사잖아? 성실하게 열심히 일하자.'

열심히 일하는 것과 대충 일하는 것의 차이가 전혀 없는 일과가 문제라면 문제였다. 그렇게 세일이 여태껏 겪어 보지 못했던 지루한 하루들을 무수히 견뎌 내고 나니 순식간에 월급날이 다가왔다.

16

공교롭게도 첫 월급날은 금요일이었다. 퇴근 시간이 다가오자 오후 근무로 일정을 조정한 박 노인이 세일을 불러 세웠다.
"다음 주부터는 한동안 나와 같이 오후 근무를 하면서 일을 배우도록 하게."
입사 첫날 30초 만에 해야 할 일을 모두 배운 세일로서는 도대체 무슨 일을 더 배워야 한다는 것인지 이해가 가지 않았다.
'오후 근무 적응도 시킬 겸해서 그러시는 거겠지…….'
세일이 고개를 끄덕이자 박 노인은 들고 온 가방을 열고 몇 개의 서류와 카드, 명함 뭉치를 꺼냈다.
"이건 자네 명함일세. 딱히 쓸 일은 없을 테지만 취직을 했으면 명함은 만들어야지."
세일은 은행에서 박 노인의 명함이 불러일으켰던 마법을 떠올렸다. 명함은 노인들의 것과 같은 모양으로 단출한 검정 바탕에 세일의 이름과 휴대전화 번호만 양각되어 있었다.
"명함 멋있지? 그거 디자인 내가 직접 고른 거야!"
시계를 보고 있던 이 영감이 세일을 바라보며 으스대듯 말했다.
"그리고 이건 자네 첫 달 월급 명세서네. 이 형이 이야기했겠지만,

수습 기간은 온전한 월급이 안 들어온다는 걸 감안하도록 하게. 우리도 영 마음에는 안 들지만 돈 내주는 부서가 원체 완강해서 어쩔 수 없으니 당분간만 이해해 주게."

 월급 명세서를 받아 든 세일은 순간 명세서의 금액에 0이 하나 더 찍혀 있는 게 아닌가 하는 의심이 들었다. 명세서에 적힌 숫자는 단위가 10분의 1로 줄어든다고 해도 세일이 기대했던 금액을 훨씬 넘어서는 액수였다.

 '귀하의 노고에 감사합니다.'라는 문구와 '국민안전처'라는 서류 발행 부서와 월급 액수를 다시 보니 순간 현실감이 아득히 멀어졌다. 얼떨떨해하는 세일을 바라보며 이 노인은 짓궂으면서도 흐뭇한 미소를 지어 보였다.

 "그리고 이건 자네 법인 카드일세. 사실 자네가 직접 신청해서 만드는 게 원칙이긴 하지만 일의 특성상 마땅찮은 측면도 있고 해서 내가 대신 신청했네."

 법인 카드는 명함과 비슷한 모양의 검은색 카드였다.

 "그걸로 사무실 비품, 이를테면 생수라든가 의자, 가스등 같은 것을 사도록 하게. 여긴 배달이 되지 않는 지역이니 주문하지 말고 직접 사서 차에 싣고 오도록 하고."

 "일하면서 먹을 것도 그걸로 사 와! 한창 배고플 때잖아? 한도도 없고 따로 집행 내용 정산하라고 따질 사람도 없으니 마음대로 쓰라고."

 이 노인의 말이 거슬렸는지 박 노인은 세일을 엄한 표정으로 노려보며 말했다.

"업무 관련된 것만 사도록 하게."

세일은 고개를 끄덕이고 카드를 받았다.

"그럼 다음 주 월요일부터는 오후 근무시간에 맞추어 출근하도록 하고. 주말 잘 보내게."

박 노인이 의자를 당겨 자리에 앉아 시계를 보며 말했다.

"어때, 벤츠 살걸 그랬다는 후회 안 들어?"

차를 세워 둔 곳으로 같이 걸어가며 이 노인이 장난스럽게 물었다. 세일은 여전히 얼떨떨한 기분으로 고개를 끄덕였다.

17

그날 저녁 친구들과의 저녁 약속을 기다리며 세일은 월급 통장에 찍힌 금액을 보고 또 보았다.

'이게 도대체 말이 되는 액수인가?'

불과 한 달 만에 빚에 허덕이는 신용불량자 신세에서 어지간한 사회 초년생이 몇 년에 걸쳐 쌓아 올려야 할 부를 축적했다는 게 믿기지 않았다. 너무나도 과분할 정도의 보수와 복리후생을 생각해 보면 자신이 하는 일의 하찮음에 미안한 감정까지 들 정도였다.

지치고 찌든 표정의 친구들이 모두 모이기까지는 세일이 약속 장소에 도착하고도 네 시간이 더 걸렸다. 명목상으로는 세일의 입사를 축하하기 위한 술자리였지만 어느새 직장생활에 대한 푸념의 장으로 변해 갔다.

누군가는 일이 있든 없든 오후 9시 이전에는 상사의 승인 없이 퇴근을 못 한다고 했다. 누군가는 주말만 되면 사장의 집 이사를 돕거나, 취미 생활에 강제로 끌려 나간다고 했다. 누군가는 과도한 업무 강도에 대비되는 쥐꼬리만 한 월급을 한탄하며 앞날이 보이지 않는다고 하였다.

세일은 친구들의 신세 한탄을 들으며 작은 죄책감과 더 큰 우월감을 느꼈다.

20여 년의 인생 동안 남들에게 심리적으로나 금전적으로나 우월감을 가져 본 적이 없는 세일이었기에 술에 취하는 것인지, 자신보다 한참 못한 친구들의 처지를 보며 채워지는 저열한 만족감에 취하는 것인지 분간을 할 수가 없었다.

토요일 새벽까지 이어진 술자리의 여파로 세일은 주말 내내 침대에 누워 끝도 없이 이어지는 꿈을 꾸었다. 꿈에서 세일은 원숭이들의 법칙이 지배하는 원숭이 나라의 왕이었다.

'그리고 곧 꿈꾸는 자가 꿈에서 깨어나면 원숭이들의 나라도 끝이 나겠지.'

머릿속을 맴도는 문구를 되뇌며 잠결에도 세일은 숙취 때문일 거라 생각했다. 임지연 교수가 꿈의 내용을 들었더라면 세일과는 다른 견해를 가졌을 것이다.

18

박 노인과의 근무는 세일의 우려보다 더 숨 막히고 고되었다. 이 노인과의 근무 때처럼 전단지를 읽고 서로 농담을 하는 분위기를 기대한 건 아니었지만 박 노인은 꼭 필요한 경우가 아니라면 좀처럼 입을 열지 않는 사람이었다.

박 노인과 함께하는 여덟 시간에 대면 이 노인과의 여덟 시간은 재미난 놀이라 할 수도 있을 것이다. 며칠간은 화장실을 핑계 삼아 자리를 비우고 잠깐씩 바람을 쐬고 오곤 했지만, 박 노인이 그걸 언제까지 묵인해 줄지 알 수 없는 일이었다.

'뭣보다 아직 나는 수습 기간이라 했잖아? 그깟 지루함을 못 참아서 이렇게 좋은 조건의 직장에서 잘리면 그거만큼 바보 같은 일도 없겠지.'

문제는 '그깟 지루함'의 정도였다.

'미친 척하고 책이나 들고 와 볼까? 의외로 영감님이 시원시원하시니 허락해 줄 수도 있지 않을까?'

세일은 이 노인의 충고(귀싸대기를……)가 떠올랐다.

'물어나 보자. 물어보는 게 뭐 대단한 죄도 아니잖아?'

세일이 눈치를 보며 막 입을 떼려는 순간 박 노인이 말했다.

"그러고 보니, 오늘 김 씨가 와서 시설물 보수를 할 걸세."

세일은 이 노인이 말했던 게 떠올랐다.

"아…… 그럼 제가…… 저희가 뭘 해야 하나요?"

"우리가 관여할 일이 아니니 평소대로 근무하면 돼."

잠시라도 다른 자극을 받을 수 있지 않을까 기대했던 세일은 실망했지만 내색하지 않았다. 밤 8시가 넘어가자 출입문이 열리며 모자를 눌러쓴 작은 체구의 남자가 인사도 없이 사무실에 들어왔다.

"왔는가."

평소처럼 잠깐의 시선만을 던지며 박 노인이 인사를 건넸다. 작은 체구의 남자는 말없이 고개만 끄덕이고는 출입문 반대쪽 철문을 열고 지하로 사라졌다. 두꺼운 철문에 가로막혀서인지 어떤 소리도 들려오지 않는 몇 분 또는 몇십 분이 지나갔다.

김 씨가 무슨 일을 하고 있는지, 건물 지하에 있는 시설물이란 게 무엇인지 궁금했지만 감히 질문할 엄두가 나지 않았다. 한참 후 지하실 철문이 열리더니 김 씨가 힘겹게 발걸음을 옮기며 나와 바닥에 풀썩 쓰러졌다. 박 노인은 자리에서 일어나 반대편 벽에 쌓아 둔 생수 한 병을 꺼내 들고 김 씨에게 다가가 건넸다.

"수고했네."

"……."

세일은 김 씨의 이상행동보다 박 노인이 시계에서 시선을 떼는 걸 처음 보았다는 사실이 더욱 놀라웠다. 잠시 바닥에 앉아 숨을 고르던 김 씨가 일어나 박 노인에게 꾸벅 고개를 숙여 답례하고 세일을 바라보았다. 자신을 바라보는 시선을 느낀 세일이 시계에서 눈을 떼고 김 씨와 눈을 마주쳤다.

김 씨의 얼굴 반쪽은 눈꺼풀부터 입까지 피부가 무너져 있었고 입은 심하게 뒤틀려 제 위치를 벗어나 있었다. 세일은 왜 김 씨가 계속 말이 없었는지 이해가 되었다.

'말할 수 없는 걸 말한 입과 바라볼 수 없는 걸 바라본 눈이야!'

"안녕하세요."

세일이 김 씨에게 인사를 건넸지만 김 씨는 대답 없이 세일을 외면했다. 시계에 시선을 한 번 주고 나서 벽면 손잡이의 봉인을 떼고 새로운 봉인을 붙이고 난 후, 김 씨는 박 노인에게 무언의 인사를 건네고 사무실을 떠나갔다.

말없이 자리로 돌아와 앉은 박 노인을 보며 세일은 질문을 해야 할지 말아야 할지 수도 없이 고민했다. 놀랍게도 먼저 입을 연 것은 박 노인이었다.

"김 씨도 한때는 우리와 같이 일하던 동료였다네."

"아…… 그러면 무슨 사고 같은 걸 당해서 일을 못 하게 되신 건가요?"

박 노인은 세일의 질문을 곱씹는 듯 보였다.

"일종의…… 사고라 할 수도 있지. 사무실에서 오래 근무하기엔 무리인 건강상태가 되어서 정기적으로 들러 지하실 시설물만 관리한다네."

세일은 우연찮게 찾아온 기회를 놓치기 싫었다.

"지하실에 무슨 시설이 있는데요? 저 손잡이와 시계의 역할이 뭔데요?"

박 노인은 세일의 질문을 한참 동안 헤아리는 눈치더니 대답했다.

"아직 수습 기간이니 갑작스레 너무 많은 걸 알려 하지는 말게. 모든 일이 마찬가지겠지만 근무하면서 자연스럽게 깨닫게 될 걸세."

"저…… 너무 이상하지 않습니까? 근무한 지 한 달이 지났는데 제가 하는 일의 의미가 뭔지도 정확히 모르고……."

"많은 사람이 자신이 하는 일의 의미 따위는 모르고 일하지 않나?"

세일의 질문이 재미있다는 듯 박 노인은 돌연 웃음을 터뜨리면서 대답했다. 박 노인의 웃는 모습을 처음 본 세일은 순간 어안이 벙벙

해졌다.

"저…… 영감님 말 나온 김에 하는 말인데 사실 좀 아직도 제가 하는 이 일…… 여기 사무실에 너무 이상한 게 많습니다. 분에 넘칠 정도로 좋은 대접을 해 주시는 데 비해 하는 일은 너무……."

"하찮다고?"

박 노인은 여전히 웃음을 거두지 않고 말했다.

"나야 한평생을 이 일만 했지만, 세상의 모든 일이라는 게 하찮든 그렇지 않든 넓은 관점에서는 세상에 이바지하는 일이란 것 정도는 알고 있네."

"저…… 무슨 방사능 같은 거 감시하고 지켜보는 건가요?"

세일은 박 노인의 뜬구름 잡는 대답을 무시하며 질문했다.

"우리는…… 일종의 파수꾼이라고 생각하면 될 걸세. 자네는 아직 깨닫지 못했지만, 자네가 일하는 여덟 시간 동안은 우리를 포함해서 세상 사람 모두가 자네한테 빚을 지고 있다고 봐도 무방한 일일세. 그런 관점에서 자네가 받는 보수도 자네와 자네가 하는 일의 가치에 걸맞게 책정된 것이고."

세일은 박 노인이 더는 자세한 대답을 해 주지 않을 거란 걸 깨달았다.

'아마 일종의 방사능 경보 시스템 같은 걸 거야. 김 씨도 그 과정에서 피폭되었거나 했을 것이고.'

순간 자신 역시 그런 일을 겪는 게 아닐까 하는 두려움도 있었지만 다른 노인들의 건강한 모습을 생각하니 별 탈이 없겠다 싶은 생각도 들었다.

"그런데 왜 하필이면 저를 채용하신 거죠? 저 말고도 이 정도 대우면 일하겠다는 사람들 엄청 많았을 거 같은데요?"

"아니! 우리 셋과 자네 말고는 그 누구도 이 일을 할 수가 없네. 아까 김 씨 모습 보았지?"

박 노인은 잠시 말을 할지 말지 고민하는 듯했다.

"이 시설을 짓는 데만도 많은 이들이 희생되었어……. 여기는 우리 네 명 말고는 아무에게도 허락되지 않는 장소야……."

세일은 순간 코피를 흘리던 택시 기사의 모습이 떠올랐다.

19

그 한 달 동안 박 노인에게 더는 사무실과 관련된 질문을 할 수 없었다. 다행히도 박 노인은 그 외의 질문에는 순순히 대답해 주었고 때로는 (여전히 시계에 시선을 고정한 채) 세일과 신변잡기를 늘어놓으며 수다를 떨기도 하였다. 덕분에 세일은 박 노인을 대하기가 한결 편해졌다.

박 노인은 큰 비밀이라도 털어놓듯이 자신의 기계식 시계를 보여주기도 했다.

"전기기계는 작동 안 하지만 이런 태엽장치의 기계식 시계는 잘 작동한다네. 시간 알고 싶으면 이런 거 하나 장만하도록 하게."

'어쩌면 김 씨가 와서 하는 일이라는 게 벽면의 시계태엽을 감고 가는 것일 수도 있겠다.'

세일에게는 꽤 그럴듯한 생각처럼 여겨졌다. 한 달이 지나고 세일의 월급통장 잔액도 새로운 기록을 경신했다. 두 번째지만 여전히 적응이 안 되는 월급 명세서 액수를 보면서 박 노인의 시계와 이 노인의 벤츠를 장만해 볼까 진지하게 고민하는 스스로가 조금 놀랍기도 하였다.

수상하기 짝이 없는 직장이었지만 호기심을 억누를 수만 있다면 세상에 이보다 더 나은 직장은 없을 거란 생각도 들었다.

'박 영감님이 말했잖아? 그럴 만한 가치가 있는 일을 하고 있는 거라고. 나는 원숭이들 문명의 파수꾼이야……'

그리고 김 노인과의 야간근무가 시작되었다.

20

"세일 군, 우리는 꿈꾸는 자의 종복일세."

출퇴근길에 오가며 인사만 나누었지만 김 노인이 박 노인이나 이 노인과 많이 다른 사람이란 건 알고 있었다. 그래도 야간근무의 첫날부터 의자에 앉은 채로 잠이 들었다가 갑작스레 깨어나 뜻 모를 소리를 하리라고는 상상도 못 했다.

"저 무슨 말씀이신지……?"

"이미 알고 있지 않은가? 아니, 곧 알게 되겠지. 세일 군 자네는 두려움을 느끼나?"

"네?"

"꿈꾸는 자가 꿈에서 깨어날 때 일어날 일을 생각해 보게."

세일은 김 노인을 무시하기로 마음먹었다.

다행히 대꾸 없이 시계만 바라보는 세일에게 흥미를 잃었는지 김 노인은 초점 없는 시선으로 시계를 바라보다가, 앉은 채로 자다가, 무언가에 퍼뜩 놀라 깨어나기를 반복했다. 때때로 정신이 온전해 보이는 날이면 김 노인은 세일에게 흥미로운 이야기를 들려주기도 했다.

"이 건물을 처음 세운 게 관동군이란 건 알고 있나? 처음 근무했던 사람들도 관동군이고, 나중에는 일본군 해군이었다고 하더라고. 한미 방위협정이 맺어졌을 때는 미군도 잠깐 근무했다지……. 나는 못 봤지만, 박 형은 미군이랑도 같이 일했다더군……."

"저 영감님, 그럼 이 건물의 용도가 뭔지 알고 계시나요?"

"자네가 말하지 않았던가? 우리는 원숭이들 문명의 파수꾼이라고."

세일은 김 노인에게 언제 그런 말을 했는지 기억이 나지 않았다. 날이 밝아 퇴근 시간이 되면 근무를 교대하는 이 노인이 세일을 불러 세워 김 노인의 상태에 관해 물어보기도 하였다.

"에휴…… 자네 수습 기간만 끝나면 당분간 김 형은 쉬게 해야겠어. 요 몇 년간 본인이 우겨서 야간근무만 줄곧 하더니 스트레스가 심한 모양이야."

뭐라 대답할지 난감해하는 세일을 보며 이 노인이 말했다. 그렇게 김 노인과 한 달을 보내며 세일은 점점 알 수 없는 꿈을 많이 꾸게 되었다. 꿈의 내용은 한결같이 원숭이들의 문명과 꿈꾸는 자에 관한 것이었다. 때때로 김 노인이 꿈에 등장하기도 하였다.

"세일 군, 말하지 않았던가? 우리는 꿈꾸는 자의 종복일세. 먼저 온 자는 원숭이들의 문명이 창궐할 때까지 꿈을 꾸고 있었지만, 곧 꿈에서 깨어날 걸세."

꿈속에서 세일은 김 노인의 말이 무얼 뜻하는지 알 수 있을 것 같았다.

그리고 또다시 세일의 하찮은 일에 대한 어마어마한 대가가 지급되는 날이 다가왔다.

그날 김 노인은 평소와는 달리 정신이 온전해 보였고 동시에 침울해 보였다. 박 노인의 부추김을 받아 산 기계식 시계(지난번에 산 중고차보다도 비쌌다.)의 시간이 12시를 조금 넘어가자 김 노인은 의자에 앉은 채 잠이 들었다.

세일은 잠시 김 노인을 깨울까 고민하다 이내 포기했다.

'그냥 혼자 근무하는 게 속 편하겠다…….'

시계는 여전히 9시에 고정되어 있었다. 횡설수설하던 김 노인이 조용해지자 갑작스레 졸음이 밀려왔다.

그리고 시계는 여전히 9시였다.

세일은 졸음을 애써 억누르며 의자에서 일어나 시계에 시선을 고정한 채 사무실 안을 걸어 다니기 시작했다.

시계는 여전히 9시였다.

세일이 하품을 하고 다시 의자에 앉으려고 하였다.

벽면의 시계는 10시를 가리키고 있었다.

'10시…… 11시…… 맙소사…….'

"아직은 아니야. 꿈꾸는 자가 깨어나는 꿈을 꾸고 있는 걸세."

당황하여 벽면 손잡이 쪽으로 다가가는 세일을 향해 김 노인이 말했다.

"그분도 우리처럼 꿈속에서 꿈을 꾼다네. 세일 군, 내가 뭘 보았는지 아나?"

김 노인은 여전히 잠든 것처럼 의자에 기대어 있었는데 눈꺼풀이 뒤집혀 흰자위만 보였다.

"저 영감님…… 시계가…… 좀 위험한 것 아닙니까?"

김 노인이 의자에서 일어나 뒤집힌 흰자위로 세일을 응시했다.

"내가 본 것을 자네도 본다면 이해할 수 있을 걸세. 자, 보게나!"

돌연 김 노인은 검지와 중지를 갈고리처럼 말아 쥐더니 미처 만류할 새도 없이 눈구멍 깊숙이 찔러 넣고선 스스로 눈알을 뽑아냈다.

"으으……."

세일의 입에서 튀어나온 비명은 미처 마무리되지 못하고 바람 소리만 남기고 사그라졌다. 눈앞의 광경에 압도당해 몸을 움직일 수 없는 와중에도 세일의 시선은 벽면의 시계로 향했다.

12시였다.

세일이 시계에 시선을 빼앗기고 있을 때 김 노인은 연결된 시신경을 휘휘 감아 손으로 끊어 냈다. 김 노인은 자유를 얻은 피투성이 눈알을 양손에 곱게 받쳐 세일에게 내밀었다.

"보게, 세일 군. 내가 이걸로 무얼 바라보았는지 아나?"

'바라볼 수 없는 걸 바라봤겠지…….'

묘하게 어떤 감정도 들지 않았다.

'제대로 미쳤어……. 지하실에 있는 뭔가가 영감님을 미치게 한 거야!'

세일의 머릿속에서 '꿈꾸는 자가 꿈에서 깨어나는 꿈을 꾼다.'라는 말이 계속 맴돌았다.

'그게 영감님에게 어떤 영향을 끼친 거야.'

김 노인은 시계의 움직임이 꿈꾸는 자의 꿈 때문이라 했다. 그렇다면 시계가 3시를 완전히 넘어간다면? 꿈꾸는 자가 꿈에서 깨어난다면? 도대체 무슨 일이 일어난단 말인가?

진귀한 장난감이라도 자랑하듯이 자신의 뽑은 눈을 세일에게 내밀며 김 노인은 미소 짓고 있었다. 김 노인의 뻥 뚫린 눈구멍 안쪽에서 눈물이 차올라 피와 섞여 볼을 타고 흘러내리기 시작했다.

1시였다.

퍼뜩 정신을 차린 세일은 김 노인을 병원에 데려가야겠다고 생각했다. 세일은 입고 있던 셔츠를 벗어 김 노인의 눈 주변에 둘러댔다.

"영감님, 일단 병원을……."

"세일 군. 아직 우리는 원숭이들 문명의 파수꾼이잖은가? 아직은 아닐세. 꿈꾸는 자가 깨어날 때가 되면 우리 종복들은 알 수가 있다네."

김 노인이 여전히 광기 어린 미소를 띠고 세일을 만류했다.

"그래도 병원에 가셔야죠! 일단 제 차로 가시죠!"

"저걸 지켜보지 않고 어딜 간단 말인가? 세일 군, 얼마 남지 않았다네. 그때까지 우리는 꿈꾸는 자의 꿈을 지키고 있어야 해."

"도대체 꿈꾸는 자가 누구란 말입니까?"

세일이 성난 말투로 소리쳤다.

"꿈꾸는 자는, 원숭이들의 문명이 세워지기 이전부터 존재했던, 먼저 온 자일세."

"그럼 저 벽면의 손잡이는 뭡니까? 저걸 당기면 무슨 일이 벌어진다는 거죠?"

"꿈꾸는 자를 잠재울 자장가는 원숭이들의 비탄과 비명뿐이라네."

김 노인은 또다시 웃음을 터뜨렸다.

"세일 군. 곧 보게 될 거야."

세일은 벽면의 시계를 보았다.

9시였다.

김 노인의 눈구멍에서 흘러내리던 피눈물도 진정이 된 듯했다. 세일은 김 노인을 바닥에 눕히고 벽면의 시계를 바라보았다.

9시였다.

점점 자신이 하는 일의 의미를 알 수 있을 것 같았다.

'이곳을 비워 둘 수는 없어……'

등 뒤에서는 여전히 김 노인이 뽑아낸 눈알을 손바닥에 받친 채 세일을 바라보고 있었다. 마치 뽑아낸 눈알을 통해서도 세일을 바라볼 수 있다는 듯한 모습이었다.

'여섯 시간 정도라면 괜찮을 거야…… 이 노인은 교대 시간보다 일찍 출근하니 그때 병원에 데려가도 될 거야…….'

영원할 것만 같았던 밤이 지나고 교대 시간이 다가오자 김 노인이 말했다.

"세일 군 자네가 있어서 다행이야. 자네 수습 기간이 이제 끝났으니 나는 맘이 편하네."

그렇게 세일의 수습 기간은 끝이 났다.

21

김 노인은 세일의 어머니가 있는 병원 특실에 입원했다.

출근하던 이 노인은 세일에게 김 노인을 직접 병원에 데려가라 했다. 세일은 어머니가 김 노인과 같은 공간에 있다는 게 신경이 쓰였지만 내색하지는 않았다. 임지연 교수는 과도한 업무 스트레스 때문이라고 말했다. 예전의 세일이었다면 벽에 걸린 시계를 바라보는 일이 뭐 그리 대단한 스트레스를 줄 일인지 이해하지 못했을 것이다.

김 노인의 빈자리는 세일이 메우기로 했다. 지난번 일 때문에 혼자 서는 야간근무가 꺼려질 법도 했지만, 막상 사무실에 들어가 근무를 시작하면 지루함 외의 감정은 잘 들지 않았다. 야간근무를 서면서 세일은 점점 더 눈을 뜨고 깨어 있는 상태로 꿈을 꾸는 시간이 많아졌다.

꿈에서는 이제는 눈구멍이 뻥 뚫린 김 노인이 나오거나 머릿속 목소리들이 뜻은 모르지만 이해할 수는 있는 비밀의 문구들을 말해주었다. 세일은 시간이 날 때마다 사무실에 관한 정보를 수집해 보려 하였다.

지도상에서는 사무실과 관련된 정보가 하나도 검색되지 않았다. 세일은 '과천'과 '비밀'을 검색어로 사용해 보았다. 누군가는 '박정희 정부 때 미국의 묵인하에 전술핵을 만들어 과천 지하에 숨겨 놨다'고 했다. 누군가는 '과천 산속에 셀 수 없이 많은 VX탄이 묻혀 있다'고 했다.

'그냥 도시 전설 수준의 괴담이잖아…….'

세일의 머릿속 목소리는 괴담이 아니라고 속삭여 줬다. 나쁜 일만 있었던 건 아니었다. 수습 기간이 끝나고 나니 세일이 받는 월급은 다 쓸 수나 있을지 걱정되는 수준으로 올랐다.

세일은 비번인 이 노인과 함께 매장에 들러 벤츠를 구입했다. 어머니의 병도 뚜렷이 차도를 보였다. 그리고 세일은 선영을 만났다.

22

선영은 어머니 병실을 담당하는 간호사였다. 병실에서 마주칠 때 인사만 하던 사이에서 언제, 어쩌다 연인 관계로 발전했는지 영 모호하고 꿈만 같았다.

"아니, 임 교수님이 오빠 칭찬을 그렇게 하더라고! 직장도 좋은 데 다니고 돈도 잘 벌고, 시간도 여유로워서 연애하기 딱 좋다고. 그 아줌마가 눈치는 빨라서 오빠 효자고 어머니 극진히 챙긴다는 이야기는 또 쏙 빼놓고 안 하더라고."

선영은 짓궂은 표정을 지으며 킥킥 웃었다.

'나름 김 영감님 일도 있고 해서 나 챙겨 준 건가?'

임 교수가 사무실 사람들의 정신 건강을 신경 쓴다는 건 명확해 보였다.

'그래도 임 교수도 내가 괜찮은 구석이 많다고 생각해서 좋게 이야기한 거 아닌가?'

선영의 생각은 좀 다른 듯했다.

"내가 오빠 만나는 이유는 딴거 없는데? 오빠도 3교대 근무해서 나랑 스케줄 딱 맞추긴 좋잖아. 앞으로도 계속 야간근무만 해 줘."
 꼭 그 때문은 아니지만, 근무 조정에 관해 이야기가 나올 때마다 세일은 야간근무를 고집했다. 명목이야 조금이라도 젊은 자신이 힘든 시간을 감당하겠다는 거였지만 어느새 세일은 밤이면 찾아오는 공상과 머릿속 목소리들과의 대화를 즐기고 있었다.
 때때로 세일은 '과도한 업무 스트레스'를 걱정해야 하는 건 선영이 아닐까 하는 생각이 들었다. 연애 초기의 충만했던 즐거움이 사그라지자 선영은 자주 세일에게 화를 내거나 업무 중에 시달린 일들을 이야기하며 울곤 했다.
 세일은 선영이 받는 '스트레스'와 그로 인해 뒤따라오는 감정들을 완전히는 이해할 수 없었다. 그렇기에 더욱 큰 미안함을 느끼기도 했다. 세일의 '하찮은' 일에 비하면 선영의 일은 훨씬 중요하고 의미가 있지 않은가? 세일이 받는 그 모든 대접은 선영과 같은 사람들이 받아야 마땅한 것이 아닌가?
 미안함과 의무감, 그리고 더 큰 감정에 휘둘려 세일은 선영에게 청혼하였고 수락과 함께 선영의 임신 소식을 들었다.
 '곧 몰락할 원숭이들의 문명에 또 하나의 원숭이가 늘어나는구나.'
 머릿속 목소리가 세일에게 말했다.

23

 세일이 결혼 소식을 전하자, 박 노인은 적잖이 당황한 듯 보였다.
 "그래, 잘 되었구먼. 신혼집은 장만했고?"

"네, 사무실에서 한 30분 떨어진 거리에 아파트 계약해 놨습니다."

"자네 어머님도 곧 퇴원한다고 하지 않았나? 이 근처보다는 좀 떨어진 곳에 큰 집을 얻는 게 나을 텐데?"

박 노인은 무언가 언짢은 기색이었다.

"일단은 선영이 몸도 불편하고 해서 근처에서 제가 보살피기도 해야 할 거 같아서요."

"허……. 그래 신혼여행은…… 아직 계획 못 잡았겠군."

"네."

신혼여행이 문제였다. 지금과 같은 여건에서 자신까지 며칠간 자리를 비우는 건 노인들에게 못 할 짓이라고 세일은 생각했다.

"선영이 몸도 그래서 신혼여행은 나중에, 사무실 근무 인원이 좀 늘어나고 여유 생길 때 가겠습니다. 결혼식 당일도 조금만 시간을 주시면 바로 근무에 복귀하도록 하겠습니다."

박 노인은 한참을 대답 없이 세일을 바라만 보았다. 박 노인의 표정에서 미안함을 읽어 낸 세일은 순간 자신이 이 노인들을 어느새 가족같이 여기고 있음을 깨닫고 눈물이 날 뻔했다.

"그래……. 일단 이 형이랑 이야기해서 한번 우리가 수를 써 보겠네. 인생에 한 번뿐인 일인데……. 미안하네."

그러고 보니 최근에 이 노인과 이야기를 나눈 적이 별로 없다는 게 떠올랐다. 언제나 교대 시간이 되어도 10분이고 20분이고 세일에게 농지거리를 걸곤 했던 이 노인이지만 근래에는 침울하게 인사만 주고받고 하지 않았던가?

"그런데 이 영감님 요새 표정이 영 안 좋아 보이시던데 무슨 일이라도 있는 건지요?"

"김 영감 일도 있고 해서 힘들겠지. 한 해 두 해 알고 지내던 사이도 아니고."

문득 이제는 꿈을 꿀 때마다 나타나는 안구 없는 김 영감의 모습이 떠올라 소름이 돋았다.

"아무튼, 결혼 축하하네. 둘 다 같이 가서 축하해 주긴 힘들겠지만."

"네, 저희가 따로 자리 마련해서 두 분께 한 번씩 식사 대접하도록 하겠습니다."

"그래, 자네는 상황이 상황이니만큼 비번일에 사무실 사람 뽑는 데 좀 더 신경 써 주고."

대답하면서도 세일은 사람을 뽑는 게 쉽지 않을 거란 걸 알고 있었다. 아니, 박 노인 역시 이미 알고 있었으리라.

왜냐하면…….

'꿈꾸는 자의 종복은 이미 넷으로 충분하니까. 먼저 온 자는 곧 꿈에서 깨어날 테니까.'

머릿속 목소리가 말했다. 그날 밤 세일은 길고 긴 꿈을 꾸었다.

"난 학생 데려다준다고 가서는 안 될 곳에 간 거야."

세일을 사무실에 태워다 준 택시 기사가 코피를 계속 흘리며 원망스럽게 세일에게 말한다. 벤츠에 앉은 이 노인이 세일을 무표정하게 바라보며 말한다.

"우리는 문명의 파수꾼이다."

안구 없는 김 노인이 웃으며 말한다.

"우리는 먼저 온 자의 잠을 지키는 종복이다."

"우리는 원숭이들의 희생양의 도살자다."

이 노인이 말한다.

"먼저 온 자를 잠재울 자장가는 원숭이들의 비명과 비탄뿐이다."

생활에 찌든 세일의 친구들이 원숭이 떼처럼 몰려와 푸념을 늘어놓는다. 아기를 안고 있는 선영이 세일에게 알아들을 수 없는 불만을 말한다.

"곧 끝날 거야 원숭이들의 문명은."

세일이 말했다.

"꿈꾸는 자가 곧 꿈에서 깨어날 거야."

비명을 지르며 깨어난 세일에게 남겨진 문자 메시지는 이 노인의 자살 소식이었다.

24

장례식장은 온갖 화환으로 뒤덮여 있었다. 그 속에서 세일은 평소에 정치 뉴스에서만 접했던 사람들의 이름을 발견했다. 상주는 이 노인의 아들이었다.

이 노인의 아들은 아버지의 갑작스러운 죽음이 실감 나지 않아 어떤 감정을 표현해야 할지 알 수 없는 듯 무표정한 얼굴로 혼자서 식사하는 세일에게 말을 걸어왔다. 예의상 몇 마디 인사를 나누자 화제는 사무실 이야기로 넘어갔다.

"아버지가 살아 계실 때 세일 씨 칭찬을 많이 하셨습니다."

"아…… 네……."

"돌아가시기…… 며칠 전에, 선택을 해야 하는 게 당신이 아니라 세일 씨여서 다행이란 말을 하셨는데……. 혹시 그게 무슨 뜻인지 아시는지요?"

"……."

세일은 대답할 수가 없었다.

"흠…… 그런데 박영종 어르신은 지금 근무 중이신지요?"

세일은 박 노인이 아직 이 노인의 자살 소식을 접하지 못했으리란 걸 깨달았다.

'충실한 종복들이 하나둘 사라지고 꿈꾸는 자가 꿈에서 깨어날 시간이 다가왔구나!'

머릿속 목소리가 말했다.

세일은 이 노인의 아들과 더는 이야기를 나누고 싶지 않았다. 더는 이 노인의 이야기를 듣고 싶지 않았다. 상주가 자리를 비우자 세일은 장례식장 밖으로 나와 선영에게 전화를 걸었다.

"오빠, 나 예감이 이상해……. 오늘만이라도 사무실 안 가고 집에서 나랑 있으면 안 돼?"

전화를 걸어 상황을 설명하자 선영은 우는소리를 늘어놓았다. 혼자 있는 박 노인의 상황을 설명하며 세일은 오늘 중으로 가겠다고 선영을 달랬다.

그 통화가 세일과 선영의 마지막 대화였다.

25

벌써 몇 개월째 지나다녀 익숙한 길인데도 그날따라 사무실로 가는 길이 생경하게 느껴졌다. 운전을 하면서도 눈을 뜨고 백일몽을 꾸는 기분이 들었다. 대기에 떠도는 무거운 기운이 세일의 잔털 하나하나를 일으켜 세웠다. 머릿속에선 쉴 새 없이 익숙한 목소리들이 세일에게 말을 걸어오고 있었다.

'둘이 가고 마지막은 자넬세!'

'세일 군, 자네가 있어서 다행이야. 자네 수습 기간이 이제 끝났으니 나는 맘이 편하네.'

'내가 선택을 하지 않아서 다행일세!'

머릿속 목소리들은 이 노인과 김 노인의 목소리였다. 사무실 밖에는 박 노인의 차 옆에 세일이 처음 보는 차가 세워져 있었다. 철문을 열고 들어가자 박 노인과 김 씨가 굳은 표정으로 시계를 바라보고 있었다.

"저 어르신, 이 노인이 밤중에 갑작스럽게 돌아가셔서 문상 갔다 오는 길입니다. 제가 대신 근무를 설 테니 지금 장례식장 다녀오시지요."

박 노인과 김 씨가 말없이 시선을 교환했다. 세일은 둘의 태도에 어리둥절함을 느끼다가 벽면 시계를 보고 곧 이유를 알 수 있었다.

2시였다.

박 노인은 말없이 손잡이로 다가갔다.

"3시가 넘어가면 무슨 일이 일어나는 겁니까? 지금 같은 상황이면 말씀해 주셔야죠!"

박 노인은 여전히 말이 없었다.

'꿈의 파생물들이 깨어지면 문명이 몰락하는 거야.'

머릿속 목소리가 말했다. 순간 사무실 근처 집에 있을 선영이, 신혼집 위치를 물어보던 박 노인이 떠올랐다.

"그 손잡이……. 그거 당기면 무슨 일이 일어나는 겁니까? 이 근처에 있는 군부대와 무슨 관련이 있는 거 아닙니까?"

'저건 방아쇠다. 원숭이 문명을 유지하기 위해 희생물들을 희생시키는 방아쇠.'

시곗바늘은 2시에서 3시로 조금 더 기울었다.

"우리가 알고 있어야 할 건 3시가 넘어가면 손잡이를 잡아당겨야 한다는 것 하나뿐일세."

손잡이 옆에 선 박 노인이 단호한 태도로 말했다.

'전술핵, 화학병기.'

머릿속 목소리들이 쉴 새 없이 비밀을 말해 오기 시작했다.

괴담으로 치부했던 이야기들이 머릿속에서 명확해졌다.

"저 손잡이를 당기면 여기 과천 사람 다 희생시켜서 꿈꾸는 자를 다시 잠재우는 겁니까? 망할 문명 유지하려고요?"

"나나 자네가 상관할 필요도, 알 필요도 없는 일이야!"

박 노인이 여전히 꼿꼿한 자세로 세일을 바라보며 말했다. 둘의 대화를 듣고 있던 김 씨가 박 노인에게 다가갔다. 김 씨는 박 노인에게 무언가 하소연하는 눈빛을 보내며 고개를 내저었다.

그리고 시계는 3시가 되었다.

곧 사무실 주변 벽들이, 아니 세계가 녹아내리는 것처럼 느껴지기 시작했다. 세일은 사무실 밖 원숭이들이 지금 상황을 알고 있을지 궁금해졌다.

박 노인이 벽면 손잡이의 봉인을 떼었다. 김 씨가 박 노인의 손을 잡아당기며 고개를 내저었다.

'김 씨 아저씨도 꿈꾸는 자의 자장가에 바칠 수 없는 게 있는 거야……'

박 노인이 거칠게 김 씨를 뿌리치자 김 씨가 박 노인에게 몸을 날렸다.

"김 형, 이거 놔! 이럴 시간이 없어!"

김 씨는 필사적으로 박 노인을 만류했다. 박 노인의 눈빛이 싸늘해지더니 손목시계를 풀어 오른 주먹에 감고 김 씨의 얼굴을 내리쳤다. 박 노인의 주먹에 맞은 김 씨가 무릎을 꿇고 쓰러졌다.

김 씨는 피를 철철 흘리면서도 박 노인의 다리를 붙들고 늘어졌다. 박 노인이 다시 한번 주먹으로 김 씨의 얼굴을 내리치자 뼈가 부서지는 소리가 나며 김 씨가 바닥에 축 늘어졌다.

바닥에 쓰러진 김 씨가 입을 열어 무언가를 말하려 하였으나 곧 김 씨의 얼굴뼈가 사라지기라도 한 듯 얼굴 안쪽으로 피부 거죽과 눈알이 꺼져 들어갔다.

경악하며 박 노인을 바라보니 박 노인의 손과 발도 어느새 모두 바닥에 녹아 붙어 있었다.

"어서 손잡이를 당겨!"

땅과 하나가 될 듯이 녹아내리는 박 노인이 눈을 부릅뜨고 세일에게 고함쳤다. 세일은 박 노인과 김 씨를 지나 손잡이 앞으로 걸어갔다.

눈물인지 피인지 모를 액체가 흘러내려 눈앞을 가렸다. 더는 사무실 공간의 위아래가 분간되지 않았다. 세일은 벽을 더듬어 손잡이에 손을 올렸다.

"이럴 가치가 있는 겁니까? 말해 주세요!"

박 노인은 대답이 없었다.

뒤돌아보니 흐려진 시야 사이로 한때 박 노인이었던 형상이 무너져 바닥에 흘러내리는 게 보였다. 세일은 여태껏 한 번도 가져 보지 못했던 꿈과 같은 나날들이 깨어져 가는 걸 느꼈다.

지금이라도 늦지 않았다.

세일이 손잡이를 당긴다면…….

누군가는 삶을 즐길 수도 있을 것이다.

누군가는 태어나는 아이를 보며 감격의 눈물을 흘릴 수도 있을 것이다.

세일은 사회에 나와 이제껏 힘겹게 쌓아 올린 것들을 떠올렸다.

세일은 죽어 간 노인들을 떠올렸다.

세일은 어머니를 떠올렸다.

세일은 선영과 나눈 마지막 대화를 떠올렸다.

세일은 선영의 배 속에 있는 아이를 떠올렸다.

세일과 어머니와 선영과 태어나지 않은 아이와 노인들의 희생으로 유지될 문명이 세일에게 무슨 의미가 있단 말인가?

'모두 다 꿈꾸는 자의 꿈의 부산물들이야. 이제는 꿈에서 깨어날

시간이야.'

세일은 손잡이에서 손을 떼고 몸을 웅크려 깊은 꿈속으로 빠져들었다.

그리고 꿈꾸는 자는 꿈에서 깨어났다.

Brain Freeze

'마리엔'은 미국 샌타크루즈에 있는 오래된 아이스크림 가게이다.
지독한 숙취에 시달리다 해장을 위해 찾아간 곳이었는데 정확한 위치를 알 수 없어 불빛 하나 없는 컴컴한 산길과 해안도로를 한 시간 정도 헤매다 영업 종료 시각 직전에 도착했다.
'거기에 아이스크림 가게가 있다.'라는 정보만을 가지고 찾아간 곳이었기에 가장 기본적인 바닐라 맛과 '생강 맛'을 골라 먹었는데 둘 다 완전히 상반된 의미로 '평생 잊을 수 없을 것 같은 맛'이었다.
'마리엔 광장 시계탑에 악마가 살고 있다.'라는 이야기는 뮌헨 선술집에서 만났던 현지인 술친구가 해 주었던 것 같다.
어떤 맥락도 없이 불쑥 내 귀에 들려온 딱 한 문장이 가져다주는 이야기의 여백들이 마음에 무척 들었던 거 같다.
도대체 무슨 대화를 나누다 튀어나온 이야기인지는 기억이 안 난다. 술꾼들의 대화 양상이라는 게 뭐 뻔하기도 하고.

"도착하려면 아직도 멀었어?"

단단한 얼음 조각에 작은 실금을 드리우는 듯한 목소리에 머릿속이 얼어붙는다.

짜증과 채근이 뒤섞인 목소리로 질문을 던지는 여자의 입술은 핏빛처럼 새빨갛다.

여자가 조수석 벨트를 엄지로 길게 잡아 늘이며 몸을 틀어 나를 바라본다. 그녀의 눈동자는 검고 깊다, 피부는 설탕처럼 투명하다.

나는 여자가 누구인지 모른다.

여자가 언제부터, 어째서, 어떻게 내 차의 조수석에 타고 있는지도 모른다.

"……"

입을 열어 대꾸하려 해도 적당한 대답이 떠오르지 않는다.

'어디?'라고 반문을 해야 하나?

'당신은 누구냐? 언제부터 내 차에 타고 있었냐?'라고 물어봐야 하나?

차가운 것을 잔뜩 먹기라도 한 듯 머릿속이 얼어붙어 온다.

지독한 두통에 인상이 절로 찌푸려진다.

"또 두통? 그보다 내 말에 왜 대답 안 해?"

'또'라고? 이전에도 이런 상황이 있었나? 여자가 나에 대해 이미 알고 있다는 의미인가?

길게 뻗은 컨버터블 보닛에 떠오른 달이 내게 경고를 보내온다.

여자를 화나게 하면 안 된다. 내가 감당할 수 없는 일이 벌어질 거다.

급하게 머릿속을 정리하며 억지로 인상을 편다.

"……머리가 아파서 기억이 잘 안 나는데 어디로 가고 있었지?"

친근한 여자의 말투에 장단을 맞추어 대답한다.

"마리엔! 생강 아이스크림을 먹으러 가고 있었잖아!"

마리엔? 뮌헨에 있는 광장 이름 아닌가? 생강 아이스크림은 또 뭐지?

세상에, 혓바닥 기능에 무슨 문제가 생긴 사람들이길래 생강으로 아이스크림을 만들어 먹는다는 거지? 마리엔은 아이스크림 가게 이름인 건가?

가속 페달에서 발을 떼 속도를 줄이고 주변을 둘러본다. 마주 오는 차를 간신히 스쳐 지나갈 만한 폭이 좁은 산길이다.

이 길을 왜, 언제부터 달리고 있는 것인지는 모르겠지만 어딘가

친숙하게 느껴진다.

당장은 차를 몰아가는 방향을 고민할 필요는 없어 보인다.

염탐하듯, 대답을 기다리듯 여자의 검은 눈동자가 내 얼굴에서 떨어지지를 않는다.

"자꾸 말 안 할 거야? 조금 화나려고 하는데?"

"……미안, 아직도 머리가 아파서…… 계속 멍해."

거짓말이 아니다. 머릿속 한가운데에 커다란 얼음이 틀어박힌 기분이 든다.

"운전 내가 할까? 계속 운전할 수 있겠어?"

아니, 그건 싫다. 절대로 여자에게 운전대를 넘겨줘서는 안 된다. 모든 게 모호하지만, 그것만은 분명하게 알 수 있다.

절대로! 운전대를 넘겨줘서는 안 된다.

"잠깐만. 차 좀 세우고 좀 쉬었다 갈게."

오른손을 놀려 한 단씩 기어를 낮추어 간다. 검은 컨버터블의 네 바퀴가 오르막길 경사로를 단단히 붙들고 멈추어 선다.

하얀 달이 떠오른 컨버터블의 검정 보닛으로 자꾸만 눈길이 간다.

"여기서? 안 무섭겠어?"

무서워? 여기서? 이 장소가 무섭다는 건가? 아니면…….

"뭐가 무서워야 하는 건데?"

여자가 길게 늘어진 입꼬리를 치켜 올린다.

"날 무서워했잖아. 이런 외딴곳에서 차 안에 나와 둘만 있는 게 무섭지 않아?"

무서워했다고? 과거형이다. 더는 내가 여자를 무서워하지 않는다는 이야기인 걸까?

"내가 당신을 왜 무서워했는데?"

"그건 내가 묻고 싶은 질문인데? 나를 왜 무서워했는데?"

여자에게서 장난스러운 태도가 사라진다.

여자의 검은 눈동자가 찌르듯 내 눈동자로 쏟아져 들어온다.

"어쩌면……."

"어쩌면?"

"지금도 여전히 무서운 거 같은데?"

웅얼거리는 내 대답이 우습다는 듯 여자가 코웃음을 치며 고개를 좌우로 내젓는다.

여자의 검은 머리카락이 밤바다의 파도처럼 일렁거리며 차 안 공기를 휘저어 놓는다.

숨이 막힐 것 같다.

컨버터블의 소프트 탑을 열려 지붕으로 손을 가져간다.

"지붕 열지 마."

여자의 단호한 말투에 몸이 얼어붙는다.

"왜? 날이 춥지도 않잖아. 공기가 답답해서."

"달이 너무 낮아."

달이 너무 낮다. 그거면 충분한 대답이 된다는 듯 여자는 말을 이어 가지 않고 내게 무언의 응시만 보낸다.

곧 내게 닥쳐올 운명을 예고하듯 대시보드 시계의 시침이 9시를 가리킨다.

무엇 때문인지도 모르지만 서둘러야 한다는 생각만 든다.

조금이라도 빨리 기억을 되살려야 한다.

"……아직까지도 좀 혼란스러운데……."

머뭇머뭇 말을 이어 가는 나를 보며 여자가 더 해 보라는 듯한 몸짓을 취한다.

무엇을 질문하고 무엇을 질문하지 않을지를 고르느라 머리가 깨어질 것 같다.

"뭘 물어봐야 나를 화나게 하지 않을지 궁리하는 거야?"

"……내 생각을 읽기라도 한 거야?"

여자가 어깨를 으쓱해 보인다.

여자의 검은 머리카락이 달빛을 차 안에 흩뿌린다.

"당신은 매번 그랬으니 그럴 거라고 짐작한 거뿐이야."

매번이라고?

"내가 무슨 질문을 하면 화가 나지 않았고, 무슨 질문을 하면 화가 났는데?"

"바로 그 질문이 매번 나를 화나게 했지……."

"내가 당신을 화나지 않게 하는 질문을 던진 적이 있었어?"

"그 질문도 나를 화나게 하는 질문 중 하나야."

"당신을 화나게 하면 무슨 일이 벌어지는 건데?"

굳어 있던 여자의 표정이 풀어진다. 턱 끝을 치켜들며 유쾌한 웃음을 터뜨린다.

"당신 심장을 뽑아서 당신 눈앞에 들이밀어 보일 거야. 그다음에는 창밖으로 던져서 들개들에게 먹여야지."

"그것도 매번 일어난 일이야?"

하아…… 긴 한숨이 여자의 입 밖으로 새어 나온다.

대시보드 온도계가 순식간에 3도가 넘게 내려간다.

내 시선을 좇은 여자의 시선이 대시보드 시계에 고정된다.

"유쾌하지 않은 이야기는 그만하자. 아이스크림 먹으러 가야지. 마리엔은 10시면 문을 닫는다고 말한 건 당신이잖아."

얼어붙은 머릿속 한구석이 녹아내리며 마리엔에 대한 기억이 떠오른다.

반사적으로 혀끝을 찌르는 듯한 생강 아이스크림의 맛이 떠오른다.

"그거…… 생강 아이스크림 엄청 맛없다고도 내가 이야기했던가?"

여자의 얼굴에 다시 미소가 돌아온다.

"그래. 우리가 처음 만났을 때 당신이 해 준 이야기였지."

"그런데도 내가 먹으러 가자고 했다고?"

어렴풋한 기억이 떠오른다.

뮌헨, 마리엔 광장. 기나긴 사냥의 끝. 내가 사냥꾼이고 그녀가 사냥감이라 착각하고 있던 시절.

차양 없이 노출된 모든 것을 태워 버릴 듯 쏟아져 내리던 햇빛과 내게 슬쩍 미소를 보내고는 커다란 양산 아래 얼굴을 숨기던 그녀의 모습.

서로의 피에 대한 탐욕에 이끌리던 두 존재.

자신의 힘에 대한 과신에 사로잡혀 여자를 먼저 발견하고 접근한 건 나였다.

어쩌면 여자를 피했어야 한다. 여자보다 더 오래된 존재들에게 도움을 청했어야 한다.

작은 기억의 일면이 떠오르자 반사적으로 보닛으로 시선이 간다. 말없이 기어를 넣고 다시 차를 출발시킨다.

기분이 풀어졌는지 여자가 조수석 깊숙이 몸을 파묻는다.

여전히 하얗고 기다란 손가락으로 안전벨트를 길게 늘인 채이다.

오른발에 힘을 줘 천천히 엔진 회전수를 높여 나간다. 등 뒤에서 으르렁대는 엔진 소리와 진동에 맞추어 호흡을 조절한다.

심장이 뽑혀 나가기라도 한 듯 내 혈관을 흐르는 피의 힘찬 맥동이 느껴지지 않는다. 활시위가 걸린 활처럼 부드럽게 휘어진 산길을 빠르게 눈으로 훑어본다.

조수석에는 에어백이 설치되어 있지 않다. 이 정도 속도에서 나무를 들이받는다면 여자를 잠깐은 조수석에 묶어 둘 수 있을 거다. 운이 좋다면 여자가 창밖으로 튕겨 나갈 수도 있을 거다.

그 정도로 여자에게 타격을 입힐 수 있을 거란 기대는 하지 않는다. 잠깐의 시간만 벌 수 있다면 그만이다.

운전석 문을 열고 나가 보닛 트렁크를 열고 그 속에 있는 물건을 챙길 수 있는 시간.

켜켜이 피를 머금은 듯 섬뜩한 붉은색의 자단목 손잡이가 달린 기다란 채찍. 그리고…….

"거기 그만 바라봐."

여자의 말에 이미 심장이 뽑혀 나갔을 가슴이 두근거린다.

"내가 보닛을 보는 것도 당신을 화나게 만드는 행동이야?"

여자의 얼굴에 떠오른 표정은 안쓰러움이다.

뮌헨을 떠나 서울의 옛 신들이 잠든 장소에서 다시 재회했을 때 내게 지어 보였던 표정.

"말라비틀어진 피를 머금은 당신 장난감도, 초롱아귀 부레를 말려 엮어 낸 실을 감은 도르래가 달린 컴파운드 보도, 천박한 자개 문양이 덕지덕지 붙은 흑칠이 된 상자에서 당신 손길을 기다리는 열두 쌍의 눈도 모두 내가 치워 버렸으니 이제 보닛은 그만 바라봐."

깊게 브레이크 페달을 눌러 밟는다.

기나긴 한숨 같은 소리와 함께 컨버터블의 타이어가 도로를 움켜잡고 멈추어 선다. 지붕의 개폐 스위치를 잡고 소프트 탑을 열어젖힌다.

낮게 뜬 달의 달빛이 개방된 컨버터블 안으로 쏟아져 들어온다.

여자의 추악한 동시에 너무나도 아름다운 모습이 달빛 아래 드러난다.

그리고 내 몸이……

"날…… 어떻게 되살린 거지?"

여자가 작게 어깨를 으쓱해 보인다. 그 미약한 몸짓이 내 눈을, 머릿속을, 가슴을 휘저어 놓는다.

"그 질문도 당신이 매번 던지는 질문이야."

또 '매번'이다.

"매번 마법의 달이 뜨는 날만을 기다렸지. 들판에 뿌린 당신의 심장을 주워 먹은 들개들이 시들어 죽어 갈 때 생명의 고리를 모독하고 더럽혀 당신을 다시 되돌렸어."

"그리고 매번 기억을 잃은 채 영문도 모르고 혼란스러워하는 나를 희롱하다 죽여서 마법을 걸고 심장을 뽑아 갔겠지…….”

"그래, 그게 내가 매번 하는 일이야. 당신에게 마법을 거는 것. 당신이 내게 한 것처럼. 우리가 처음 만났을 때를 기억해 낼 수 있겠어? 난 9시와 10시 사이에 광장의 시계탑에서 튀어나온다는 악마를 보기 위해 그곳을 찾아갔어. 얼굴을 마주치기 전부터 당신이 풍기는 향긋한 피 냄새가 광장을 가득 메웠지. 긴 추적 끝에 나를 발견했다는 뿌듯함에 당신의 얼굴은 마리엔 광장에 있는 황금의 여인보다 더 환하게 빛나고 있었어. 사냥꾼과 사냥감. 서로의 피로 묶인 완벽한 한 쌍.”

내가 말을 걸자 여자는 검은 양산을 비껴쓰고 나를 마주 보았다. 매번 그래 왔던 것처럼.

그리고 내가 입을 열어서…….

"당신이 말했지, '지금 이곳과 똑같은 이름을 가진 아이스크림 가게를 아는데요.'라고. 정말 즐거웠어. 당신과의 대화는 곧 벌어질 학살이라는 이름을 가진 주요리 전에 즐길 수 있는 최고의 전채 요리였거든. 서로가 서로를 기만하고 있다는 착각과, 상대가 그 기만 아래 숨겨져 있는 감정을 이해하고 있을 거란 착각과, 그 모든 착각이 착각이 아닐 수도 있을 거라는 착각이 뒤섞인 대화.”

나는 여자에 대한 모든 감정을 억누른 채 사냥 전 유흥을 즐기고 있다고 착각하고 있었다.

수많은 신화가 되어 버린 존재들의 이야기를 지워 버리기 전 치렀던 의식과도 같은 순간을 또다시 반복하는 거라고 착각하고 있었다.

"당신은 몰랐을 거야. 내가 뮌헨에서 서울로 떠나간 이유를. 어쩌면 당신을 피해 도망갔을 거라고 생각했겠지."

여자는 아직도 내가 서둘러 서울로 돌아간 이유를 모른다.

"당신과 당신 혈족들이 있는 장소를 찾는 건 쉬웠지. 아쉽게도 당신의 존재는 느껴지지 않았어. 하지만 당신을 기다릴 여유는 없었어. 배가 고팠거든. 우리같이 피에 굶주린 존재들은 절대 참을 수 없는 허기 말이야. 32층 건물의 꼭대기부터 한 명 한 명 죽이며 내려갔어. 아래층으로 내려갈수록 저항은 점점 거세졌지만, 덕분에 금방 포만감이 들었어. 포만감은 금방 욕지기로 바뀌었어. 불쾌함에 토할 것만 같았어. 사실 내가 가장 간절히 원했던 건…… 20층에 있는 사자들의 형상이 피에 물들어 갈 때쯤 건물 입구로 들어오는 당신의 존재가 느껴졌어. 두려워하고…… 분노하고…… 온갖 감정이 뒤섞여 있는……."

내가 건물에 도착했을 때 위층에서부터 흘러내린 핏물이 발목 높이까지 고여 있었다.

더는 아름다운 붉은빛을 띠지 않는 적갈색 피 웅덩이에 떠다니는 살점들에서 친숙한 이들의 형상 일부를 발견했을 때 나는 분노했고 두려웠고, 무엇보다…… 반가웠다.

"나는 일부러 천천히 계단을 걸어 내려갔어. 당신을 만날 게 두렵기도 했고, 기대되기도 했고, 무엇보다 그 순간을 온전히 즐기고 싶었거든."

다리에 힘을 주어 피와 내장으로 번들거리는 계단을 한 걸음씩 내디뎠다.

그녀와 다시 마주치게 될 게 두려웠다. 그녀를 그리워하는, 다시 마주칠 순간을 고대하는 나 자신이 두려웠다.

"황금 사슴상 아래에서 당신 모습을 발견했을 때 나는 미칠 것만 같았어. 흥분에 몸이 달아올라 말 한마디 나눌 시간도 없이 당신을 죽여 버릴 것 같아 너무 두려웠지."

마리엔 광장을 함께 거닐 때처럼 느긋하게 피 웅덩이 위를 걸어 다니는 여자의 모습에 나는 이성을 잃었다. 항상 가지고 다니던 상자를 놓고 왔다는 자각도 없이 품속에서 채찍을 꺼내 여자에게 휘둘렀다.

"당신의 굵은 가죽 채찍이 팽팽하게 긴장했다 풀어지며 공기를 흩뜨려 경쾌한 소리를 내는 그 순간순간이 천천히 내 눈에 담겼어. 피할 수도 있었지만, 어쩌면 당신과 춤을 출 수 있을 마지막 기회를 놓치기 싫었어. 얼굴로 날아오는 채찍을 손으로 틀어막았지."

여자의 창백한 피부를 채찍이 파고들자 검은색 연기가 피어올랐다. 나도 모르게 채찍 손잡이를 잡은 손에서 힘이 빠져나갔다.

"수많은 순환고리를 반복해 겪으면서도 처음 느껴 보는 고통이었어. 채찍 끝을 얽어매고 잡아당기니 당신이 내게 다가왔지."

여자에게 끌려가지 않으려 발에 힘을 주었다. 가죽 부츠가 미끄러운 피 웅덩이를 파고들며 대리석 바닥이 뜯겨 나가는 게 느껴졌다.

상자! 그때 내 머릿속을 가득 메우고 있던 건 두고 온 상자에 관한 생각뿐이었다.

"우리 둘은 한동안 말없이 춤을 췄지. 당신이 채찍을 당기자 난 끌려가며 손톱을 당신의 어깨에 꽂아 넣었어. 당신은 품속에서 작은 단검을 꺼내 내게 응수했지."

잊힌 수많은 신화 속 이야기를 탐독하듯 나는 여자와의 싸움에 몰입해 들어갔다. 몇 번은 여자의 숨통을 끊을 기회를 잡았을지도 모르겠다.

내 몸에서 모두 지워 냈다 생각했던 감정들이 내 손을 잡아끌었다. 어쩌면 기회라 생각했던 모든 순간이 내 착각이었을지도 모르겠다.

다음으로 기억나는 건 황금 사슴상 아래 드러누워 숨을 몰아쉬며 바라보던 천장이다.

상자만 있었더라면! 한편으로는 상자를 가지고 오지 않아서 다행이라는 생각도 들었다.

여자가 내게 얼굴을 들이밀었다. 매번 반복되는 지금처럼. 즐거워하는 것처럼도, 우는 것처럼도 보였다.

천천히 여자의 손이 내 심장 위를 어루만졌다.

"당신의 표정은 꼭 즐거워하는 것처럼 보였어. 뭐가 유쾌한지 입꼬리가 한껏 올라가 있더군. 무슨 이야기라도 할 듯 입을 벌렸어."

여자의 손이 내 가슴을 뚫고 들어와 내장을 헤집기 시작했다. 고통과 쾌감에 비명을 지르지 않기 위해 혀를 깨물어야만 했다. 여자의 손이 내 심장을 움켜쥐는 걸 느낄 수 있었다.

내가 여자의 것이 되었다는 걸 알 수 있었다.

"당신이 말했지, '아쉽네. 마리엔은 꼭 데려가고 싶었는데.'라고. 호기심 때문인지 망설임 때문인지 나는 머뭇거렸어. '아이스크림이라면 지겹도록 먹어 봤어.' '하지만 생강 아이스크림은 못 먹어 봤을 거야.' '생강 아이스크림이라고? 그런 걸 무슨 맛으로 먹지?' '맛은 형편없어. 한 입 떠서 입에 넣는 그 순간을, 그 순간 앞에 있는 사람을 평생 잊을 수 없을 정도로. 그래서 데려가고 싶은 거야.' 그 순간에 난 알았지, 당신이 내게 마법을 걸었다는 걸."

여자는 내 눈을 똑바로 바라보며 내 심장을 뜯어냈다. 그 심연 같은 깊은 눈이, 밤바다의 몰아치는 파도 같은 검은 머리카락이 영원처럼 내 머리에 새겨졌다.

"지금 코너를 넘어가면 도로 난간이 부실한 절벽이 나와. 거기서 나는 차를 절벽 아래로 내던질 생각이야. 당신에게는 큰 타격은 아니겠지만 나는 확실히 죽겠지."

"그럼 나는 매번 그랬던 것처럼 다음번 마법의 달을 기다릴 거야. 당신이 나를 마리엔에 데려가 줄 때까지. 평생 잊을 수 없는 순간을 선사해 준다는 후식을 맛보여 줄 때까지."

"당신이 내 심장을 쥐고 있는 한 그걸 막을 방법은 없겠지?"

"그래. 내가 당신의 심장을 쥐고 있는 한."

의식하지도 못하는 사이에 끝까지 눌러 밟은 가속 페달에서 힘을 푼다.

"다른 방법도 있어."

여자가 의아한 표정으로 나를 바라본다.

"여기서 마리엔까지는 15분이면 도착할 거야. 거기서 당신은 생강 아이스크림을 먹어. 나는 다른 아이스크림을 먹을 거야."

여자의 입에서 메마른 웃음이 터져 나온다.

안전벨트를 당기고 있는 손가락에서 힘을 풀고 의자에 체중을 싣는다.

"그 맛이 당신 말대로 형편없다면 당신의 소중한 상자는 돌려주도록 할게."

상자는 필요 없다. 내 심장이 여자의 손에 있는 한.

대시보드 시계는 9시 30분을 가리키고 있다.

악마가 나온다는 시간이다.

개와 고양이와 소녀와……

[눈을 돌려서 마음속을 바라봐! 고통으로부터 도망치려면 그 길뿐이야! 몸을 버리고 마음속으로 도망가!]

아빠가 허리띠를 풀고 다가오자 책장 위에 늘어져 있던 점박이가 하악대며 내게 말했어요.

점박이는 항상 말을 너무 어렵게 해서 알아듣기가 힘들어요.

"빌어먹을 고양이 새끼. 어디서 하악질이야? 나가지 못해?"

아빠가 허리띠를 팽팽하게 잡아당겨 점박이에게 휘둘렀어요.

나는 아빠의 허리띠가 내는 소리가 무서워요.

저번에 아빠가 내 방에 찾아왔을 때 허리띠로 때린 상처가 아직도 아파요.

[어서 지금이라도 도망가! 머리 안쪽을 들여다봐! 여기가 아닌 다른 세계를 상상하고 거기로 떠나가!]

점박이가 말한 대로 도망가고 싶어요.

아빠가 나를 아프게 할 거예요. 아빠는 나를 아프게 하면서 나쁜 말을 해요. 나쁜 말을 하면서 장군이처럼 나를 깨물곤 해요.

물론 장군이는 장난으로 그러는 거예요. 아빠처럼 내 몸에 잇자국을 내지도 않아요.

장군이는 키가 나랑 비슷한 커다란 개예요.

점박이가 장군이는 도사견이라고 말해 줬어요.

아빠는 장군이가 사람도 물어 죽일 수 있는 무서운 개라고 말하고 다녀요. 그건 거짓말이에요.

장군이는 낯선 사람을 봐도 짖지 않는 착한 개예요.

아빠가 나를 아프게 하면 엄마도 나를 괴롭혀요.

엄마는 나를 노려보며 뜨거운 물로 너무 아프게 빡빡 씻겨요. 아빠가 내게 남긴 상처가 아파 소리를 지르면 엄마도 내게 마주 소리를 질러요.

그럴 때면 나는 마당의 장군이에게 가요.

장군이는 짖지도 않고 내 옆에서 가만히 앉아만 있어요.

때론 점박이도 마당에 나와서 내 다리 사이를 비비고 다녀요.

"쌍년아. 이번에는 저번보단 아빠를 즐겁게 해 줘야 할 거다."

아빠가 또 내게 나쁜 말을 해요. 곧 나를 아프게 할 거예요.

나는 점박이가 말한 대로 하고 싶어요.

눈을 까뒤집고 다른 곳을 바라보려 해요.

아빠의 숨소리가 점점 가까워져요.

[지금이야…… 거기로…… 도망가…….]

방문 밖에서 점박이가 하악거리는 소리가 조그맣게 들렸어요.

눈을 뜨니 아빠가 사라졌어요.

내 방이지만 내 방이 아니에요. 아빠도 점박이도 소리도 빛도 없어요.

밤도 아닌데 창밖이 어두워요. 빛도 없이 캄캄한데도 모든 게 잘 보여요.

여기엔 나 혼자밖에 없어요.

아니다. 다른 사람이 있어요.

아니, 사람이 아닌가 봐요.

이빨이 엄청 많이 달려 있고 눈알이 시커먼 여자가 우리 집 마당에 서 있어요.

검은 옷을 입고 창밖에서 나를 올려다보고 있어요. 이빨을 드러내며 나를 보고 웃고 있어요.

나는 너무 무서워서 온몸에 소름이 돋았어요. 점박이가, 장군이가 옆에 있었으면 좋겠어요.

아니, 아빠라도 옆에 있었으면 좋겠어요.

1층에서 현관문 여는 소리가 들렸어요. 아빠도 엄마도 아니에요.

장군이가 짖는 소리가 멀리서 들려와요.

나는 너무 무서워요.

* * *

[이대로 내버려 두면 안 돼. 아이를 위해서 우리가 나서야 해.]

[나는…… 아이를 위해서라면 뭐든 할 수 있다. 네가 말하는 거만 빼고…….]

[아이 상태가 안 좋아. 저 나이 때 인간 아이는 내 말을 들을 수가 없어야 해. 다 자란 인간 아이가 아직도 내 말을 알아듣는 건 아이에게 문제가 있다는 이야기야!]

[그래도…… 나는 못 해…….]

점박이는 장군이가 답답하게 느껴졌다.

유달리 개를 싫어하는 점박이가 보기에도 장군이는 다른 개와 달랐다.

때때로 장군의 주인이자 아이 아비 되는 자가 장군이를 커다란 쇳덩어리에 넣어 어디론가 데려갔다 오곤 했다.

그렇게 온몸에 피가 흘러나오는 상처를 입고 돌아온 날에도 장군이는 신음 한번 내지 않았다.

[내 형제를 물어 죽이고 왔다.]

점박이의 호기심 섞인 질문에 장군이는 짧게 대답해 줬다.

장군이의 대답에는 자부심도 후회도 자책도 섞여 있지 않았다.

장군이는 그런 개였다.

집 안에서 아이 아비가 내지르는 열에 들뜬 고함이 들려왔다.

무력감과 분노에 사로잡혀 점박이의 털 한 올 한 올이 다 곤두섰다.

[들려? 너의 주인이란 자들은 부모의 의무를 저버렸어. 세상에 아이를 미워하고 고통을 주는 아비와 어미가 어디 있지?]

[내게도…… 나만의 신념이 있어. 난…… 그건 못 해.]

[너의 주인이란 자는 네가 사람 한두 명 물어 죽이는 건 일도 아니라고 자랑하고 다니던데? 너의 주인이 거짓말을 했나 보지?]

[······.]

답답하고 멍청한 개다.

점박이는 몸을 돌려 강변으로 걸어갔다.

이 집으로부터, 아이와 그 부모로부터, 답답한 장군이로부터 잠시 떠나 있고 싶었다.

[!]

언젠가부터 아이 울음소리가 들리지 않았다.

갑자기 장군이가 맹렬하게 짖어 댔다. 점박이는 처음 보는 광경이었다.

[무슨 일이야? 갑자기 왜 그래?]

[아이가! 봐서는 안 될 것을 봤다······. 봐서는 안 될 것도 아이를 봤다!]

순간 아이에게 건넸던 충고가 떠올랐다.

[내가 실수를 했군. 인간의 아이가 가서는 안 될 곳을 갔어······.]

비통한 마음에 점박이의 꼬리가 축 늘어졌다.

[이봐! 너는 개잖아! 이럴 때 어떻게 해야 하는지 잘 알고 있을 거 아냐!]

[나는······ 인간들 손에 자라나 알 수 없다. 사부라면······ 사부라면 알고 있을 거다. 사부를 찾아가 도움을 청해라!]

* * *

"저 개새끼가 갑자기 왜 저렇게 짖어 대?"

빛이 돌아왔고 아빠도 돌아왔어요.

장군이가 짖는 소리가 요란하게 들려와요.

나도 장군이가 저렇게 짖는 건 처음 들었어요.

아빠가 내 방을 나가자 온몸이 아파요.

그래도 아빠가 하는 나쁜 말을 듣지는 않았어요.

점박이가 말한 대로 도망쳐 있었던 게 도움이 되었던 거 같아요.

다시 방문이 열리고 엄마가 들어왔어요.

처음엔 검은 옷을 입은 여자가 날 찾아온 줄 알았어요.

엄마가 수건을 내밀었어요.

이럴 때는 아무런 말도 없이 엄마를 따라가야 해요.

엄마가 잡아끄는 게 너무 빨라서 붙잡힌 손이 화끈거려 와요.

그래도 아무 소리도 내면 안 돼요.

내가 소리를 내면 엄마가 내 뺨을 때리고 또 우실 거예요.

엄마가 날 아프게 하는 게 싫어요. 엄마가 우는 것도 보기 싫어요.

장군이는 어느새 조용해졌어요.

아빠가 장군이에게 먹을 걸 가져다준 거 같아요.

아빠는 나를 아프게 하고, 엄마를 아프게 하지만 장군이한테는 잘해 줘요.

이 집에서 장군이만 아빠를 행복하게 만들어 준다고, 자랑스럽게 만들어 준다고 했어요.

* * *

사부는 미친개였다.

사부에겐 주인이 없었고 이름을 지어 준 이도 없었다.

점박이가 기억하는 가장 오래된 날부터 사부는 마을을 떠돌아다녔다.

털이 길고 수북해 눈코입이 어디 박혀 있는지 알아보기도 힘든 삽살개였는데 항상 흙바닥을 뒹굴고 다녀 원래의 털빛이 무슨 색이었는지 가늠하기가 힘들 정도였다.

사부에게 이름을 지어 준 건 점박이였다.

사부는 늘 지나가는 고양이나 개, 심지어 인간에게까지 무언가를 가르쳐 주려 했다.

사부의 노력과는 달리 사부로부터 무언가를 배운 존재는 없었다.

마을의 인간 중 몇몇이 사부를 불쌍하게 생각해 강변에 집을 지어 주었다.

사부는 비가 오면 집에 있지 않고 나와 비를 맞았고, 햇빛이 못 견딜 정도로 뜨거운 날이면 집 안에서 열기를 묵묵히 참아 내곤 했다.

[이봐, 사부! 우리 집 아이에게 큰일이 났다!]

[점박이인가? 너 핫도그란 음식 먹어 봤냐?]

[이상한 말 하지 말고 내 말 집중해서 들어! 장군이가 너에게 도움을 청하라고 했어!]

[동그란 바퀴 두 개를 타는 인간들이 지나가다 줬어. 너도 먹어 볼 테냐?]

개와 고양이와 소녀와 …… 173

[사부! 이야기에 집중하지 않으면 코를 아프게 할퀴어 주겠어! 우리 집 아이가 봐선 안 될 존재의 눈에 띄었다고!]

[핫도그란 건 말이지……. 우리 개들로 만든 음식이란 이야기가 있어. 점박이 넌 우리 개들을 싫어하니 맛있게 먹을 수도 있겠군.]

비통한 마음에 점박이의 꼬리가 축 처져 내려갔다.

애당초 미친개에게 기대를 건 게 잘못이었다.

바보 같은 장군이 놈 같으니라고. 미친개에게 도움을 구하라는 게 도대체 무슨 소리야?

혹여나 하는 마음에 장군이 말을 따른 자신도 참 바보 같다는 생각이 들었다.

[너희 집 아이도 내게 핫도그를 준 적이 있어. 뜨거워서 먹다가 이빨이 다 빠질 뻔했지만 참 맛있었다.]

[……]

[아이 부모의 그림자가 아이에게 드리워진 거야. 아이는 태양도, 그림자도 가지고 있지 않아.]

[내가 아이에게 가서는 안 될 곳으로 도망가라고 말했어! 거기서 아이가 봐선 안 될 존재를 만난 거야!]

[가서는 안 될 곳이란 건 세상에 존재하지 않아. 이것 봐. 난 개들로 만든 핫도그도 맛있게 잘 먹잖아? 먹어선 안 될 것이란 것도 없어. 내가 집어삼켜서 맛있게 먹을 수 있으면 그걸로 그만인 거야.]

[사부! 집중해! 아이 이야기를 하고 있었어!]

[누구도 존재하지 않는 곳에 갈 수는 없어. 아이가 거기에 갔다면 이미 존재하는 곳이란 이야기야. 봐서는 안 될 존재란 것도 존재하지

않아. 이미 봐 버린 걸 어떻게 하란 말이야?]

[사부! 장군이 기억하지? 장군이가, 아이가…… 그리고 내가 사부의 도움이 필요해!]

점박이의 외침도 아랑곳없이 사부는 강변에 곧게 뻗은 길을 누비는 인간의 두 바퀴를 쫓아 맹렬한 기세로 달려가 버렸다.

* * *

엄마가 내준 새 옷을 입으니 기분이 한결 나아졌어요.

마당으로 나가니 장군이가 내 곁으로 다가와요.

장군이의 머리를 쓰다듬을 때 장군이의 짧은 털이 손바닥을 찌르는 느낌이 좋아요.

장군이 목을 두 팔로 안을 때 장군이가 킁 하고 짧게 숨을 내뱉는 소리가 좋아요.

"너 엄마가 방 안에서 얌전히 있으라고 한 말 못 들었어!"

엄마가 무섭게 소리를 쳤어요.

장군이가 낮게 으르렁거리는 소리를 냈어요.

엄마는 장군이를 무서워했고 장군이는 엄마를 싫어했어요.

엄마가 내 손을 잡고 방으로 나를 데려갔어요.

등 뒤에서 장군이가 엄마와 나를 바라보는 게 느껴졌어요.

그래도 마당에 장군이가 있다면, 장군이가 나를 지켜 준다면 무서울 건 없을 거란 생각이 들었어요.

엄마를 따라 방으로 가니 엄마 눈에 눈물이 고인 게 보였어요.

"엄마. 내가 잘못했어. 방에 얌전히 있을 테니 울지 마요."
엄마가 나를 안고 어깨를 떨기 시작했어요.
나도 왠지 눈물이 났어요.
엄마가 우는 걸 보기 싫어서 점박이가 말한 곳으로 다시 도망갔어요.
다시 빛도 없고 어둠도 없는 세계예요.
1층에서 무언가 걸어 다니는 소리가 들려요.
검은 옷을 입은 여자가 내는 소리 같아요.
[날…… 봤……지? 나도…… 널…… 봤어……. 조금만…… 기다려…… 찾아……갈 테니…….]
장군이가 짖는 소리에 다시 빛이 돌아왔어요.
엄마 눈에 불이 켜지는 게 보여요.
"망할 개새끼. 이제 진짜 가만히 안 둘 거야!"
엄마가 문을 닫고 장군이에게 달려갔어요.
엄마는 장군이를 아프게 할 수 없을 거예요.
장군이도 엄마를 아프게 하지 않을 거예요.

* * *

[사부가 뭐라고 했지? 아이가…… 아이가 위험해! 시간이 얼마 남지 않았다!]
'아이 어미 짓이로군…….'
장군이 등에 난 멍 자국을 바라보며 점박이가 생각했다.

점박이는 아이 아비 못지않게 아이 어미도 싫었다.

하지만 아이에겐 어미가 필요했다. 점박이가 아이 어미가 되어 줄 수는 없는 거였다.

[사부는 미친개야! 내가 말한 방법밖에 없어! 네가 물어 죽인 형제가 몇이라고 했지? 수많은 형제를 물어 죽였으면서 주인만은 소중하단 거야? 아이는? 너는 아이가 어떻게 되어도 좋단 거야?]

[……]

[뭐라고 말을 해! 이 답답한 개 같으니라고!]

[뒤를 봐…….]

점박이가 뒤를 돌아보자 사부가 꼬리를 흔들며 집 밖에서 아이 방을 보고 있었다.

[너! 목을 묶고 있는 걸 풀 때는 앞발을 먼저 집어넣어야 해.]

[사부! 와 주었구나!]

사부와 장군이가 서로 생각을 주고받는 걸 보면서도 점박이는 여전히 사부를 이해할 수 없었다.

그래도 사부의 존재는 왠지 위안이 되었다.

[존재하지 않는 존재가 아이에게 다가가고 있군. 존재하지 않는 존재가 가장 미워하고 원하는 게 뭔지 알아?]

[사부! 알아들을 수 있게 말을 해!]

[넌…… 형제들을 셀 수도 없이 죽였어. 너는 이제 개들의 형제가 아니야. 개가 개가 아닌 존재가 된 거지.]

[……]

점박이가 끼어들었다.

[장군이를 비난할 게 아니야! 장군이 주인이란 자를 비난해야지!]
[존재하지 않는 존재도 존재하지 않으면서 동시에 존재해. 핫도그는 개로 만든 음식이면서 개로 만든 음식이 아니야. 내가 제일 좋아하는 음식이 뭔지 알아? 존재하지 않으면서 존재하는 존재는 두려움을 먹는 걸 제일 좋아해.]
[그만해 사부…… 난…… 아이를 위해 뭘 해야 할지 알 것 같아.]
장군이의 대답에 점박이는 어리둥절한 표정으로 장군이를 보고 다시 사부를 바라보았다.
'개들이란…… 이해할 수 없는 종자들이야.'
[점박아…… 난 아이를 위해서 해야 할 일을 할 거야.]
장군이가 점박이에게 고개를 돌렸다.
[아이는 너의 아이이기도 하지만 나의 아이이기도 해. 오늘 밤 난 내 할 일을 할 거야. 너는 너의 할 일을 하도록 해.]
장군이는 점박이를 바라보며 눈을 깜박였다.
그건 장군이와 수없이 많은 시간을 보낸 점박이만 알아들을 수 있는 신호였다.

* * *

밤이 왔어요.
아빠가 계단을 올라오는 소리가 들려요.
아빠 입에서 나는 술 냄새를 벌써 맡을 수 있어요.
"쌍년아 조용히 해! 내가 내 새끼 안고 자겠다는데 네가 뭔 지랄

이야!"

아빠가 엄마한테 나쁜 말을 해요.

방문이 열리고 아빠가 방으로 들어왔어요.

아빠 등 뒤에서 엄마가 나를 보고 있어요.

나는 너무 무서워요.

팔을 벌리고 엄마를 바라봤어요.

엄마가 나를 안아 줬으면 좋겠어요.

엄마가 나를 안고 방을 나가 줬으면 좋겠어요.

아빠한테서 멀리 떠났으면 좋겠어요.

"엄마!"

엄마가 고개를 돌리고 나를 외면해요.

방문이 닫혔어요.

"썩을 년, 다 큰 게 엄마를 찾고 지랄이야!"

아빠가 또 나쁜 말을 해요.

점박이가 말한 곳으로 도망가야 해요.

* * *

점박이는 부엌과 연결된 지하실로 내려갔다.

아이 아비가 술과 냄새 나는 음식들을 모아 두는 곳이었다.

'그래도 선물은 가져가야겠지.'

점박이는 찬장에 놓여 있는 냄새나는 커다란 공 모양의 음식을 입에 물고 지하실 구석의 작은 틈새로 들어갔다.

거기엔 점박이의 노리개들이 사는 공간이 있었다.

노리개들이 점박이의 존재를 눈치챈 듯 벌써 공포의 냄새가 풍겨 온다.

공포에 질린 노리개들이 찍찍거리는 소리가 귀에 거슬렸다.

[조용히 해! 오늘은 너희를 괴롭히러 온 게 아니야! 이것 봐! 선물도 가져왔어!]

점박이는 노리개들의 나약함과 멍청함이 싫었다.

그래도 노리개들의 번식력 하나만은 인정해 줘야 했다.

점박이가 노리개들의 대가 끊기지 않게 주의를 기울이기도 했지만, 둘만 남았나 싶다가도 어느새 열이 되고 열이 다시 서른이 되는 게 노리개들이었다.

[점박이 님…… 오늘은 저희가 미처 희생할 자를 준비하지 못했습니다. 부디 용서를…….]

[오늘은 희생양이 필요한 게 아니야! 너희 중 가장 강인하고 용감한 자가 누구지?]

노리개들은 서로 눈치만 보고 있었다.

'비겁하고 나약한 놈들 같으니라고!'

점박이가 막 분통을 터뜨리려 할 때 꼬리에 통통하게 살이 오르고 회색 털에 기름기가 자르르 흐르는 노리개가 앞으로 나섰다.

[점박이 님이 희생양을 바라는 게 아니라면 무엇을 바라는 것이오!]

[너는 오늘 내 여흥을 위해서가 아니라 이 집 아이를 위해서 할 일이 있다! 만약 네가 나의 뜻대로 일을 잘 치른다면 앞으로 더는 너희들

을 잡아먹거나 죽이지 않겠다!]

노리개들 사이에 점박이가 알아들을 수 없는 언어의 웅성거림이 커져 갔다.

[그만! 시끄러워!]

[점박이 님. 점박이 님이 바라는 일이 무엇인지 우선 알아야 하지 않겠습니까!]

노리개들의 대표가 대담하게 말했다. 점박이는 처음으로 노리개 가운데 마음에 드는 놈을 발견했다는 생각이 들었다.

[너희는 내게 무엇도 요구할 수 없어! 네가 오늘 제대로 일을 못 한다면 앞으로 너희 자손들의 자손들까지도 내 그림자만 봐도 공포에 사로잡혀 살아가게 만들겠다! 너희 대를 끊지는 않을 거야! 가장 약한 자들만 골라 살려 두고 그자가 살아남은 걸 후회하는 나날들을 보내게 해 줄 테다!]

노리개들은 다시 자신들의 언어로 무언가를 이야기했다.

[점박이 님. 점박이 님의 약속을 제가 어떻게 믿을 수 있겠습니까?]

점박이의 눈에서 분노의 불길이 타들어 갔고 꼬리가 하늘 높이 치솟아 올랐다.

점박이의 분노를 마주한 노리개들은 자각도 없이 배설물을 내뿜고 그 위에 주저앉았다.

[네가 감히! 다시 말하지만 이건 아이를 위한 일이다! 나의 아이에 대한 사랑을 걸고 맹세하지!]

* * *

빛도 어둠도 아빠도 엄마도 장군이도 점박이도 없는 곳이에요.
1층에서 움직이는 소리가 들려요.
천천히 바닥을 끌고 다니는 소리예요.
내가 저렇게 발을 끌고 걸어 다니면 엄마가 화를 냈을 거예요.
[거기⋯⋯ 있구나⋯⋯ 조금만⋯⋯ 기다려⋯⋯ 곧⋯⋯ 찾아갈 거야⋯⋯.]
검은 옷을 입은 여자예요.
저번에 봤던 검은 옷 여자의 모습이 떠올라서 무서워요.
천천히 계단을 올라오는 소리가 들려와요.

* * *

시간이 없었다.
존재하지 않는 존재가 느릿하게 아이에게 다가가는 게 느껴졌다.
문제는 주인이었다.
'주인이 옆에 있으면⋯⋯ 아이를 구해 줄 수 없어.'
장군이는 점박이가 그에게 분통을 터뜨리는 것도 이해할 수 있었다. 그래도 자신에게 먹을 것을 주고 사랑을 주고 집을 준 자를 해칠 수는 없었다.
'하지만⋯⋯ 점박이가 하려는 걸 막지도 않을 거야. 어서 점박이가 일을 끝내야 해⋯⋯.'
점박이가 주인을 처리하면 당장 아이 곁으로 달려가야 했다.

또 다른 문제는 그의 목을 묶고 있는 가죽끈이었다.

장군이는 이제껏 한 번도 목줄을 풀려 시도해 본 적이 없었다.

'사부가…… 말해 줬지.'

점박이가 사부에 대해 말하고 다닌 이야기는 틀렸다.

사부는 늘 가르침을 줬다. 사부로부터 배움을 얻지 못한 건 듣는 쪽 문제였다.

장군이는 목줄 사이로 앞발 두 개를 집어넣고 고개를 뒤로 잡아 뽑았다.

가죽으로 된 목줄이 살을 파고들며 상처를 남겼지만, 이 정도 고통은 장군이에게 익숙한 것이었다.

몇 번이나 고개를 흔들고 다시 잡아당기고를 반복하자 목줄은 장군이의 목 뒤 털을 한 움큼 쥐어뜯고 귀를 찢어 놓으며 벗겨졌다.

집 안에서 목줄 없이 자유의 몸이 된 게 처음이지만 별다른 감상은 들지 않았다.

존재하지 않는 존재가 아이 방에 다가가고 있었다.

'점박아…… 어서 …… 네 할 일을 해…….'

* * *

점박이는 노리개의 목을 물고 있는 입에 힘을 주어 목뼈를 으스러뜨려 놓고 싶은 유혹을 간신히 참아 냈다.

아이 방으로 올라가는 계단은 노리개에게 벅찬 높이였다.

노리개를 이렇게 대우해 보긴 처음이란 생각이 들었지만, 말없이 노리개를 방 앞에 내려놓았다.

[여기서 기다려. 내가 방 안을 보고 오겠다.]

점박이는 인간들의 도구를 사용하는 데 익숙했다. 닫힌 아이의 방문을 여는 것도 어렵지 않았다.

아이와 나란히 침대에 드러누운 아이 아비는 평소처럼 입을 크게 벌리고 코를 골고 있었다.

혐오감을 가지고 아이 아비가 자는 모습을 자주 지켜본 게 도움이 될 거라고는 생각도 못 했다.

아이는 눈을 까뒤집고 요동도 안 하고 있었다.

'아이를 노리는 존재가 어디까지 왔는지 모르겠군.'

지금은 고민하고 있을 시간이 없다. 어서 아이 아비를 처치해야 장군이도 장군이의 일을 할 수 있을 것이다.

[이봐, 들어와. 네 할 일을 해라!]

노리개가 찍찍거리는 소리를 내며 침대로 기어올랐다.

간신히 비집고 들어갈 정도로 벌어진 인간의 입을 바라보며 노리개는 고민에 빠진 듯했다.

[어서! 움직이지 못해!]

노리개는 눈을 질끈 감더니 인간의 입안으로 뛰어들었다.

입이 부풀어 오르고 노리개의 꼬리만이 보이더니 이내 꼬리까지 사라져 버렸다.

아이 아비는 '품!' 하는 소리를 내고 불편한 콧김을 내뱉었다.

노리개가 목구멍까지 파고든 것인지 아이 아비는 눈을 번쩍 뜨고 괴로운 표정으로 침대 옆으로 굴러떨어졌다.

아직 잠에서 완전히 깨지 않은 아이 아비는 자신에게 고통을 주는 원인을 찾아 방 안을 두리번거리기 시작했다.

점박이는 아이 아비의 눈을 바라보았다. 아이 아비도 점박이를 바라보았다.

둘의 시선이 마주치자 아이 아비는 고통의 원인을 찾았다는 듯 점박이에게 걸어왔다.

노리개는 할 일을 잘하고 있는 듯 보였다.

아이 아비의 불룩했던 입이 어느새 홀쭉해지더니 목 부분이 크게 부풀어 오르기 시작했다.

아이 아비는 목 안쪽의 연약한 살들이 날카로운 이빨에 찢겨 나가는 고통에 정신을 차릴 수가 없었다.

자신을 노려보는 점박이를 쫓아가는 것도 포기하고 목 부위를 긁어 대기 시작했다.

비명을 내지르려 해도 노리개의 몸뚱이로 꽉 막힌 기도가 소리를 내는 데 필요한 공기를 실어 나를 수가 없었다.

아이 아비는 주먹을 쥐고 목 부분을 강하게 내려치더니 곧 바닥을 구르며 날카로운 손톱으로 목살이 찢어져라 긁어 대었다.

점박이는 아이 아비의 고통을 기꺼운 마음으로 감상했다.

증오해 마지않는 대상이 고통에 겨워 바닥을 굴러다니는 걸 구경하는 재미는 잠시 아이의 위기를 잊게 만들 정도였다.

아쉽게도 아이 아비의 고통은 그리 오래가지 않았다.

바닥을 굴러다니던 아이 아비는 어느 순간 몸을 부르르 떨더니 축 늘어졌다.

잠시 후 아이 아비의 피와 살점을 뒤집어쓴 노리개가 목을 찢고 나왔다.

[나는 할 일을 다 하였소! 점박이 님은 약속을 꼭 지켜 주시오!]

점박이는 말없이 노리개의 목을 물어 으스러뜨렸다.

인간의 피와 살 맛을 본 짐승을 아이 근처에 둘 수는 없었다.

할 일을 마친 점박이는 지체 없이 아래층으로 내려가 현관문을 열었다.

'이제 장군이 놈만 자기 할 일을 하면 되는데…….'

점박이의 초조한 마음을 읽기라도 한 듯이 문 앞에 서 있던 장군이가 쏜살같이 집 안으로 들어와 아이의 방으로 뛰어 올라갔다.

* * *

방문이 열려요.
난 너무 무서워서 방문을 바라볼 수 없어요.
고개를 돌리고 창밖을 보려 해요.
천천히 발을 끄는 소리가 내 등 뒤에서 나요.
아무것도 보지 않았는데 너무 무서워서 눈물이 나요.
내 목 옆에서 하얀 손 두 개가 튀어나와요.
시커먼 손톱이 너무 길어요.
점박이가 화났을 때 내보이는 손톱보다 훨씬 더 길고 날카로워 보여요.

[네…… 눈알을…… 우선…… 뽑을 거야…… 무서워…… 죽겠지?]

내 귓가에 차갑고 축축한 게 와 닿아요.
너무 무서워서 엉엉 울고 싶은데 소리가 나오지를 않아요.
시커먼 손가락이 눈앞에 있어요.
길고 뾰족한 손톱이 내 눈을 찌르려 해요.
1층에서 현관문이 열리는 소리가 나더니 무언가 달려오는 소리가 나요.
[두려워하지 마! 저건 너의 두려움을 먹어!]
처음 들어 보는 목소리이지만 장군이 목소리인 걸 바로 알았어요.
"응. 무서워하지 않을게!"
손톱이 눈알을 파고들어 아팠지만 울지 않아요.
아빠가 나를 아프게 할 때보다는 훨씬 덜 아파요.
눈에서 뭔가 흘러내리고 있어요.
참을 수 있어요.

* * *

분노에 사로잡혀 장군이는 이성을 잃어버릴 것만 같았다.
'형제들과 싸울 때와 마찬가지라고 생각해! 냉정해져야 해!'
장군이는 아이 등 뒤에서 아이를 감싸 안고 있는 존재의 목을 바라보며 달려가는 속도를 줄이지 않고 단숨에 물고 늘어졌다.
존재하지 않는 존재는 비명을 내지르지 않았다.
장군이와 같이 바닥을 뒹구는가 싶더니 어느새 목이 길게 늘어나 장군이의 앞다리를 물었다.

두 존재이자 존재가 아닌 존재는 서로에게 깊은 상처를 남기고 떨어졌다.

[아이에게서⋯⋯ 떨어져! 더는 아이를 괴롭히게 내버려 두지 않겠다!]

[이건⋯⋯ 부모에게서도⋯⋯ 버림받았어⋯⋯ 세상에⋯⋯ 존재할 가치가⋯⋯ 없는 아이야⋯⋯.]

[나에겐 소중한 아이다! 너 따위가 함부로 말할 수 있는 아이가 아니야!]

존재하지 않는 존재가 입을 크게 찢으며 웃음을 지었다.

장군이에게는 싸움의 신호처럼 느껴졌다.

[!]

순간 옆구리에 불로 지지는 듯한 고통이 밀려오며 배 속에 있던 장기들이 몸 밖으로 비집고 흘러나오는 게 느껴졌다.

[실수했다!]

늘 아이의 고통을 외면하고 도망치기만 하던 아이 어미가 아이 방으로 올라올 거라곤 미처 생각하지 못했다.

평소와는 달리 아이 어미의 손에 날카로운 쇠붙이가 들려 있었던 것도 간과했다.

아이 어미는 끔찍한 모양의 남편 시체와 아이 옆에 웅크린 채 으르렁대고 있는 장군이의 모습을 달리 해석한 듯했다.

날카로운 쇠붙이는 이미 시체가 되어 버린 원래의 목표가 아니라 장군이의 옆구리를 길게 찢어 놓는 데 쓰였다.

아이 어미를 얕본 대가를 비싸게 치른 셈이다.

찢어진 옆구리 사이로 장기들이 흘러나와도 장군이는 신음 한번 내지 않았다.

"내 딸한테서 떨어져!"

장군이는 쿵 하고 콧소리를 한번 내곤 아이 어미를 말없이 바라보더니 다시 허공의 보이지 않는 존재에게 으르렁거리며 이를 드러냈다.

기대하지 못했던 반응에 당황한 듯 칼을 든 아이 어미의 손이 떨리기 시작했다.

점박이는 아이 어미의 다리 사이를 부드럽게 훑어 아이에게로 시선을 유도했다.

아이 어미는 눈을 까뒤집고 경직되어 있는 아이를 한번 보고 허공에 이를 드러내는 장군이를 바라보더니 아이를 끌어안고 울기 시작했다.

점박이는 말없이 둘 사이를 맴돌았다.

[봤지? 버림받은 게 아니다!]

정신을 잃을 정도로 격렬한 고통을 참아 내며 장군이는 말했다.

[그래도…… 나는…… 포기…… 안 해…….]

아이에게 눈을 돌리며 존재하지 않는 존재가 말했다.

존재하지 않는 존재가 한눈을 팔자 장군이는 지체 없이 달려가 목을 물고 늘어졌다.

그 속도에 못 이겨 옆구리에서 흘러내린 내장이 길게 늘어지는 게 느껴졌다.

존재하지 않는 존재는 집요하게 장군이의 앞발만을 공격했다.

장군이의 적은 숨을 쉬지도 고통을 느끼지도 않는 것 같았다.

한동안 서로의 꼬리를 물고 도는 두 마리 뱀같이 얽혀 있던 그들은 다시 떨어져 상대를 노려보았다.

[너는 나를 이길 수 없어…… 나는 싸움에서 져 본 적이 없다!]

[너는…… 냄새가…… 나는군……. 끔찍한…… 짓을…… 저질렀어……. 그것도…… 셀 수 없이 많이…….]

[그래……. 그래도 나는 아이를 지킬 거야.]

[너도…… 나를 …… 이길 수…… 없어…… 이대로……라면…… 너는…… 곧 ……죽을 거다.]

[상관없어…… 아이가 깨어나면 이제 두 번 다시 이곳으로 오지 마라.]

[아니…… 아이에게…… 한 번이라도 그림자가…… 드리워……진다면…… 다시…… 아이를…… 괴롭힐 거야…… 무섭게 하고…… 울게 만들 거야…….]

이대로라면 끝이 나지 않는다.

존재하지 않는 존재를 처치할 수가 없다.

갑자기 사부가 늘 이야기하던 뜬금없는 가르침 같은 깨달음이 장군이에게 찾아왔다.

[그만둬! 네가 원하는 건 그런 게 아니지? 내 몸을 가져가라! 더 이상…… 아이는 너를 담을 수 없을 거야. 나라면……. 개이면서 개가 아닌 나라면 너에게도 잘 맞을 거다!]

[그리고…… 영원토록…… 너와…… 나는…… 싸움을……벌이겠

지······.]

존재하지 않는 존재가 장군이의 제안을 받아들였다.

     * * *

장군이의 몸에서 일어나는 섬뜩한 변화가 점박이의 털을 곤두서게 했다.

[너!]

장군이의 길게 찢어진 옆구리는 어느새 아물어 가고 있었다.

[난······ 떠나야 한다.]

[도망갈 셈이냐?]

[도망가는 게 아니야······ 아이에게서 멀어져야 한다······.]

점박이는 장군이의 말을 이해할 수 있었다.

앞발에 난 상처를 한참 바라보던 장군이가 앞발을 입으로 물어 끊어 냈다.

[이걸······ 햇빛에 말려. 아이가 지니고 있게 해. 평생······.]

잘려 나간 장군이의 앞발을 입에 물고 점박이는 장군이를 한참 동안 바라봤다.

[잘 있어라.]

장군이는 남은 세 다리로 절뚝이며 계단을 내려가 집 밖으로 나갔다.

* * *

꿈을 꾼 거 같아요.

침대에서 엄마가 나를 안고 잠들어 있어요.

엄마 품이 따스해서 기분이 좋아요.

점박이도 침대 위로 뛰어올라 내 얼굴에 몸을 비벼요.

야옹!

점박이가 더는 어려운 말을 하지 않아서 좋아요.

점박이의 '야옹!' 소리가 듣기 좋아요.

괴
담

나는 항상 '내가 무섭다 느끼는 것을 다른 사람들도 똑같이 무섭다 느낄까?'가 궁금했다.

야심한 밤에 인적 없는 산길에서 홀로 춤을 추는 사람을 마주치면 누군가는 반가움을 느낄 것이고 누군가는 두려움을 느낄 것이다.

도심 아파트 베란다에서 개 목줄로 묶인 벌거벗은 아이를 마주친다면 누군가는 연민과 분노를 느낄 것이고 누군가는 불쾌함이 뒤섞인 공포를 느낄 것이다.

글에서 나오는 '짧은 마주침'은 대부분 나 또는 내 지인들이 실제로 겪었던 일이다.

그래서 내가 궁금한 건 이거다. 여러분은 이 '짧은 마주침'들이 두렵게 느껴지는가?

내가 그녀를 처음 만난 건 1985년의 부산 송정 해수욕장에서였다. 지금이야 서핑을 즐기는 인파와 러브호텔로 불야성을 이루는 송정 해수욕장이지만 그 당시는 뭐랄까…… 그냥 도시 사람들이 상상하는 전형적인 외진 어촌의 모습에 딱 들어맞는 그런 곳이었다.
 그날은 방학이었고, 아버지와 함께였고, 안개 낀 밤이었다. 아마 송정 해수욕장 끝에 바다와 민물이 만나는 송정천 초입에서 밤낚시를 하기로 하였던 것 같다. 인기척 하나 없는 해변(말하지 않았나? 외진 어촌이었다고……)을 따라 송정천 쪽으로 걷고 있는데 안개 너머에서 아이의 손을 잡은 할머니가 불쑥 나타났다. 이 무슨 진부한 표현이냐고 하겠지만 두 사람은 정말 불쑥 나타났다.
 이상하다면 이상하고, 이상한 일이 아니라면 이상한 일은 아니었다.

나 역시 그 늦은 시간에 아버지와 둘이서 해변을 걷고 있었는데 할머니라고 아이와 함께 해변을 걷지 말란 법은 없지 않은가?

"학생."

내가 할머니에게 대꾸하려고 할 때 아버지가 말없이 내 손을 잡고 해변 바깥쪽으로 끌어당겼다. 내 눈에는 꼭 아버지가 할머니를 보지 않으려고, 시선을 마주치지 않으려고 애쓰는 것처럼 보였다.

"여기 바닷가 가려면 어떻게 가야 해?"

글쎄, 서 있는 곳에서 한 걸음만 더 걸어 들어가면 파도에 신발을 적실 위치에서 바닷가를 찾는 사람에게 뭐라 대꾸를 한단 말인가? 내가 적당한 대답을 고르고 있을 때 아버지가 나를 잡아채듯 끌며 발걸음을 빨리해 할머니에게 멀어졌다. 할머니와 아이는 우리를 말없이 바라보기만 했고 짙은 안개에 파묻혀 금세 사라졌다.

아버지는 원래 말수가 없는 분이었다. 같이 산책하러 나가거나 낚시를 하거나 하면 주로 이야기를 하는 건 나였고 아버지는 말없이 듣기만 했는데 그날 해변에서는 유별나다 싶을 정도로 내 말에 대꾸조차 하지 않았었다. 그날의 짧은 만남 뒤에 아버지가 나에게 한 말은 딱 한 마디였다.

"낚시하지 말고 오늘은 집에 가서 자자."

* * *

아버지는 사람들에게 두려움을 주는 존재였다. 그건 아버지가 사람들에게 위협을 가해서가 아니라 말을 아껴서였다. 아버지는 다른 사람의 말에 응대할 가치가 없으면 말을 아꼈고, 적절하게 대답할 말이 없어도 말을 아꼈다. 아버지의 침묵을 사람들은 제각각으로 해석했고, 그 각자의 해석이 아버지를 두려운 존재로 만들었다.

내가 성인이 되고 나서야 들은 이야기지만 아버지는 어린 내가 두려웠다고 했다. 내가 던지는 질문들이 두려웠고, 그 질문에 대답할 수가 없어서 두려웠다고 했다.

내가 그녀를 다시 만난 건 삼풍백화점이 무너지기 2년 전인 1993년이었다.

나는 습관적으로 수업을 빼먹고 목적 없이 학교 주변 이곳저곳을 방황하고 다니는 부류의 고등학생이었는데 그날의 방황에는 어찌 된 일인지 나와 정반대로 모범생의 전형과도 같은 친구도 함께였다. 대단한 일탈도 아니었지만 그날 우리는 인생을 꽤 방탕하게 잘 허비한다는 자부심에 가득 차 있었다.

삼풍백화점에서 군것질하고 길을 건너 서울고등법원과 성모병원 사이에 있는 야산으로 걸어가는데 그 길 초입에서 기대하지 못했던 만남을 가졌다.

왜 누구나 한 명쯤은 있지 않은가? 같은 반 학생이고 얼굴도 이름도 알고 학교 밖에서 만나면 인사도 하는 사이지만 딱히 좋아하지도 싫어하지도 않아 친구라고 하기도 뭐한 그런 존재 말이다.

기대하지도 못했던 장소와 시간에서 기대하지도 않은 인물을 만난 덕분이었는지 우리는 바로 의기투합했다. 기왕지사 학교를 빼먹은 김에 좀 더 거창한 일을 해 보자 했고, 누구의 제안이었는지는 기억나지 않지만, 성모병원 뒤편 야산에 있는 무연고 묘지에서 낮

잠을 즐기기로 했다.

바보 같다고 생각할 수 있겠지만, 그때 우리는 그게 꽤 으스스한 멋이 있는 행동일 거라 생각했다.

이번에도 그녀는 묘지 옆 숲에서 '불쑥' 나타났다. 물론 아이도 함께였다. 달라진 건 그녀의 외모였는데 나는 송정 해수욕장의 할머니와 성모병원 뒤편 야산의 중년 부인이 동일한 존재라는 걸 바로 알 수 있었다.

위화감을 느낀 건 나만은 아니었던 것 같았다. 모두가 말을 잃었고 그녀는 그저 아이의 손을 잡고 우리를, 아니 나를 바라보기만 했다. 나는 송정에서 아버지가 그랬듯이 양손을 친구들 어깨에 올리고 성모병원 쪽으로 이끌었다. 내 등 뒤에 머물러 있는 그녀의 시선을 느끼면서.

* * *

아버지는 원양어선 선장이었다.

대학교를 졸업하고 바로 배를 탔고 내가 태어났을 무렵에는 태평양과 대서양 연안의 어지간한 항구 도시들은 한 번씩 다 들러 보았다 했다. 나이가 들면 들수록 맨정신인 시간보다 술에 취해 있는 시간이 많아지는 나와 달리 아버지는 술을 즐기지도, 잘 드시지도 못했다.

대학교를 들어가고 어지간히 술에 익숙해졌을 무렵 아버지와 술자리를 가진 적이 있다. 반 잔의 소주(어쩌면 그 이하였을지도)의 효력 덕분인지 몰라도 아버지가 두른 철통같은 침묵의 벽이 조금은 허술해 보였다.

나는 송정에서 있었던 일에 대해 아버지에게 물어보았다. 대답을 들을 수는 없었지만, 대답으로 해석할 수도 있는 다른 이야기를 들었다.

아버지가 포르투갈 연안의 등대가 있는 항구에 정박했을 때 겪은 일이라고 한다.

그날 우리 집에도 자주 놀러 오곤 했던 일등항해사(아버지를 스스럼없이 대할 수 있는 세상에 몇 안 되는 희귀한 존재 중 하나였다.)와 아버지는 항구에서 저녁 식사를 마치고 꽤 높은 언덕 위에 있는 등대로 차를 몰고 올라갔다.

변덕스러운 연안 날씨 때문인지 올라가기 전에는 구름 한 점 없이 맑은 날이었는데 등대에 도착하니 안개가 너무 짙게 끼어 앞을 분간하기가 힘들었다고 한다. 부산 송정 해변의 그날처럼.

일등항해사가 차를 몰고 아버지는 조수석에 앉아 언덕을 내려오는데 갓난아기를 품에 안은 젊은 여자가 손을 흔들고 있는 걸 아버지가 발견하고 일등항해사에게 차를 세우라고 했다.

일등항해사는 그날 처음이자 마지막으로 아버지의 지시를 어겼다. 갓난아기를 품에 안은 젊은 여자를 보고도 오히려 액셀을 밟아 속도를 높여 항구까지 그대로 내달린 후 어리둥절해하는 아버지를 붙들고 정박해 있는 배로 곧장 돌아가자 사정사정했다.

아버지가 일등항해사에게 도대체 왜 이러느냐고 물었다.

"선장님. 아기 보셨습니까? 갓난아기가 이빨이 다 나 있고 송곳니가 짐승처럼 길었어요!"

뭐 평범하고 어디에서나 흔히 들을 수 있는 종류의 괴담이다. 나 역시 인정한다. 하지만 그 진부한 괴담이 내 질문에 대한 아버지의 대답이었다.

적어도 나는 그렇게 해석했다.

* * *

아버지는 월드컵 열기가 한창이던 2002년에 돌아가셨다.

심근경색이었다.

나는 마음의 준비도 하지 못하고 축구에 빠져 들떠 있던 기분이 채 가시기도 전에 부산의 병원으로 달려가야 했다. 비통한 마음과는 별개로 혹시나 아버지가 어떤 유언을 남기지는 않았을까, 내 인생에 그리 크지는 않지만 작은 위화감 정도는 안겨 주는 그림자를 걷어 낼 대답을 남겨 두지는 않았을까 기대를 하기도 했다.

유언은 재산 상속에 관한 것뿐이었다.

아버지는 마지막 순간까지도 명쾌한 대답을 해 주지 않았다.

* * *

아버지의 죽음과 함께 내 인생의 작은 그림자도 사라져 버린 듯했다. 어쩌면 나 역시 한 아이의 아버지가 되어서인지도 모르겠다.

다시 한번 그녀를 만난 건, 아니 내 아이가 처음으로 그녀를 만난 건 2013년의 강릉 송정 해수욕장이었다.

(또다시 송정이라니 공교롭지 않은가? 때때로 내 인생을 주관하는 어떤 존재가 의미 없는 농담을 던지는 것처럼 느껴지기도 한다.)

이제 갓 초등학교 3학년이 된 아이가 학교를 마친 후에도 온갖 학원에 시달리고 있는 게 보기 싫어서였던 것 같다. 어쩌면 내 학창 시절의 방랑벽을 대물림하고 싶어서였는지도 모르겠다.

평일 밤 11시에 아내에게 내일 아이는 학교와 학원을 모두 빠질 거라고 통보했다. 나는 회사에 연차를 쓰기로 했다. 아내는 순순히 허락해 주었다.

나는 아이를 차에 태워 강릉으로 달려갔다. 고속도로 휴게소에 들를 때마다 잠이 든 아이를 억지로 깨워 군것질도 하였다.

강릉에 도착해 송정 해수욕장에 차를 세우고 나니 새벽 5시였다. 나는 아직도 잠이 덜 깬 아이에게 곧 해가 떠오르는 걸 볼 수 있을 거라 장담했다. 나의 장담을 비웃기라도 하듯이 안개가 짙게 드리워졌고 해수욕장 뒤편 소나무 숲이 신경 쓰이기 시작했다.

그녀가 소나무 숲에서 또다시 아이의 손을 잡고 나타났을 때 나는 어떤 규칙을 이해할 수 있었다.

내가 그녀를 알고 있듯이 그녀 역시 나를 알고 있다.

그녀가 나를 알고 있다는 사실을 내가 알고 있다는 걸 그녀 역시 알고 있다.

그리고 세상의 많은 비밀을 대하듯이 나는 그녀를 모른 척해야만 했다.

내가 그녀의 존재를 외면한다면 그녀 역시 나를 외면할 것이다.

과거 부산 송정 해수욕장의 아버지처럼 나 역시 말없이 아이의 손을 끌고 해변을 벗어나려 했다. 그녀는 마치 나 따위에는 더는 관심 없다는 듯이 줄곧 아이만을 바라보고 있었다

 어쩌면 아이에게 과거의 나한테 한 것처럼 질문을 던졌을 수도 있었을 것이다. 그 질문은 나는 들을 수 없고 아이에게만 들리는 질문이었을 것이다.

 아이에게 고정된 그녀의 시선을 등 뒤로 느끼며 아이를 데리고 해변을 떠나가는 그 짧은 순간에 난 아버지를 생각했다.

 아버지도 지금의 나처럼 두려웠을까? 아버지도 지금의 나처럼 나를 보호해야 한다는 생각뿐이었을까?

 곧 해가 떠올랐지만 좀처럼 오한과 소름이 가시지를 않았다. 아이는 좀 전에 일에 대해 내게 질문을 던지고 싶어 하는 눈치였다. 어쩌면 나의 굳은 표정과 굳게 닫힌 입 때문에 겁에 질린 것처럼 보이기도 했다.

 다행히 집에 돌아온 후 아이는 일탈의 흥분과 나와 떠났던 여행길과 휴게소의 음식들만 기억하는 듯했다.

 어쩌면 아이는 과거의 나처럼 나에게 질문을 할 적절한 시기를 기다리고 있을지도 모르겠다.

 그때가 오면 나 역시 나의 아버지처럼 대답해 줄 수도 없을 것이고, 대답해 주지도 않을 것이다.

동호회

처음으로 써 본 소설이고 '이러저러한 경험과 심상 들이 모티브가 되어 쓴 글이다.'라고 말하고 다닌 것 같은데 지금에 와서는 그 모든 게 먼 옛날 일처럼 희미하기만 하다. 내 장편 출간작인 『과외활동』의 프리퀼 성격의 글이라고도 볼 수 있는데 처음부터 내가 쓰고 싶었던 것은 『과외활동』이었던 것 같다.

글을 읽은 지인 중 몇 분이 주인공 '안 부장'의 모델이 자기가 아니냐며 화를 냈는데, 모두에게 어느 정도는 맞지만, 완전히 들어맞지는 않는다고 대답할 수밖에 없었다.

'중년의 위기' 비슷한 것(하하!)을 겪다가 뒤늦게 발견한 취미에 깊게 빠져들어 가는 대기업 과장, 부장 들이 세상에 어디 한둘이어야지 말이다.

1

안 부장이 동호회에 '예비가입' 당하고 난 뒤 '선생'을 만나기까지 2개월이 걸렸다. 다른 동호회 회원들은 모두 '선생'이란 호칭을 자연스럽게 사용했지만 안 부장은 왜 동호회의 수장을 '회장'이라 칭하지 않고 '선생'이라 부르는지 늘 의아했다. 그러나 안 부장이 '선생'을 직접 만나 본 후 그 의문은 바로 사라졌다.

2

"다음 주 수요일에서 목요일로 넘어가는 새벽 2시. 광주 태재고개에서 대기 중인 회원을 태우고 송파에 내려 주세요. 정확한 장소는 수요일 밤 10시에 알려 줄 겁니다."

약속 장소와 시간만 정한 만남이었지만 '선생'은 커피숍 입구에서부터 안 부장의 자리까지 곧바로 걸어와 앉은 후 인사도 없이 바로 말을 꺼냈다.

안 부장은 습관적으로 어정쩡한 인사말을 건네거나 상대방이 약속의 대상이 맞는지 확인하고 싶은 유혹이 들었지만, 한편으로는 이 처음 보는 '선생'이라 불리는 남자에게 장단을 맞춰 주면서 깊은 인상을 주고 싶었다.

"그게 단가요? 그 사람이 회원인지는 어떻게 알아보죠? 그 회원분 연락처를 저한테 미리 알려 주셔서 저희가 먼저 말을 맞추어 보는 게 나을 텐데요."

'선생'은 안 부장의 질문에 답하는 데에는 관심이 없어 보였다. 그보다는 안 부장이 감히 자신의 지시에 더 나은 방안을 제시했다는 그 사실만이 생경한 듯 보였다.

'선생'은 말없이 한참 동안 안 부장을 바라만 보았다.

"알게 될 겁니다."

무언의 대치에 질린 안 부장이 어떤 말이라도 꺼내려 할 때 '선생'이 대답했다.

안 부장이 원하는 대답은 아니었다. 하지만 '선생'이 안 부장에게 대답을 해 주었다는 사실 자체가 안도가 되었다. 동호회 전용 메신저를 통해서 제한적으로 이루어지는 대화에서 회원들이 묘사한 바가 정확하다면 '선생'은 지시하는 사람이지 반박을 받는 데 익숙한 부류는 아닌 것처럼 보였다.

회원들의 말에 따르면 동호회 설립부터 활동 계획, 회원 관리까지 모두 '선생' 독단의 재량으로 이루어지고 있다 한다. 또 동호회 활동에서 실수하거나 '선생'의 눈 밖에 난 회원들은 모두 별다른 회의나 공지 없이 '선생' 스스로 동호회에서 조용히 '탈퇴'시킨다고 하지 않았던가?

감정이 실리지 않은 표정, 크지도 작지도 않은 키, 단정하면서도 꼿꼿한 몸가짐, 무례하지는 않지만 어딘가 사람을 주눅 들게 하는 말투, 스스로가 자신이 마주한 타인보다 더 우월적인 위치에 서 있음을 확신하는 사람만이 가질 수 있는 고압적인 태도.

누가 지었는지는 알 수 없지만, 이 동호회의 회장은 '선생'이란 별칭이 매우 잘 어울리는 사람이었다.

"알겠습니다. 그럼 수요일 저녁부터 대기하면서 연락 기다리겠습니다."

선생은 안 부장의 간결한 대답에 만족한 눈치였다. 눈에 띄지 않을 만큼 가볍게 고개를 끄덕이고 올 때와 같이 인사도 없이 안 부장을 남겨 둔 채로 커피숍을 떠났다.

안 부장은 동호회에서 '탈퇴'당하고 싶지도, 동호회 활동에서 배척당하고 싶지도 않았다.

3

안 부장은 쉰다섯 살이 되도록 뚜렷한 취미를 가져 본 적도, 사적인 모임에 가입해 본 적도 없었다.

맞추어 놓은 알람이 두 번 울리기 전 6시 기상. 아침 용무를 보고 식사는 거른 채 한 시간여를 운전해 회사에 도착하면 오전 8시. 정해진 점심시간인 12시에서 10분이 더 지나면 회사 구내식당에서 30분 이내에 점심을 마치고 6시 퇴근 시간에서 10분이 더 지나면 저녁 식사 후 10시에 퇴근. 다시 한 시간여를 운전해 집에 도착하면 11시.

이제 갓 대학 신입생 티를 벗은 딸이 아직 깨어 있다면 학업 진척을 주제 삼아 열의 없는 대화를 10분 정도 가지고 정말 드문 일이지만 부인과 대화 주제가 있다면 다시 10분 정도 대화를 한 후 샤워를 하고 12시에 잠자리에 드는 것이 스물다섯 살에 지금의 회사에 취직하고 난 후 30년간 매일같이 반복된 안 부장의 일과였다.

직무의 특성상 매일, 매주, 매달이 판에 박힌 듯 똑같이 예측할 수 있게 흘러가는 인생이었기에 예언자는 아니었지만 안 부장은 자신이 6개월 후 또는 1년 후 어떤 날이든 어떤 하루를 보낼지 정확히 알고 있었다.

안 부장은 한평생 무언가를 간절히 원하거나 싫어해 본 일이 없었다.

부모가 정해 준 짝을 만나 특별한 연애 감정 없이 결혼하고, 아이가 생긴 이후 의무감에 가지던 성관계에 대한 흥미도 잃어버렸다. 안 부장은 성욕을 해결하기 위해 아내와 고단하고 번잡한 일련의 과정을 거치는 게 귀찮았기에 샤워 중에 스스로 간단하고 위생적으로 처리하는 걸 더 선호했다.

아직 아이가 어렸을 때는 주말이 오면 밀린 숙제 해치우듯이 가족끼리 캠핑장이나 놀이공원을 찾아가던 시절도 있었다.

안 부장에게 가족과 주말을 보내는 행위란 응당히 해야 해서 하는 일이었기에 가족과의 한때가 더없이 즐겁다는 듯이 한껏 미소를 띠고 과시하거나 공공장소가 해묵은 가족 간의 감정을 무기로 싸움을 벌이는 전장이라도 되는 양 행동하는 사람들을 보며 '어쩌면 저렇게 다채롭고 격렬한 감정을 가지고 드러낼 수 있을까?' 하는 의문을 가지기도 했다.

안 부장의 아내는 결혼 후 얼마 동안 그의 특이함을 염려하는 듯했지만 곧 그에게 적응한 듯 안 부장의 성실성과 의무감에 애정 없는 존중만을 보내는 것처럼 보였다.

아이가 안 부장과 주말을 보내기를 꺼리게 된 이후 아내는 안 부장에게 취미를 가지기를 권했다. 사실 아내가 등산 동호회에서 만난 다른 회원과 불륜관계에 빠진 건 진즉에 알고 있었다.

아내의 제안이 미안함 때문인지, 좀 더 자유로운 주말을 즐기기 위함인지는 모르는 일이었다. 하지만 안 부장에게는 썩 일리 있는 제안처럼 들렸다. '가족과 보내는 즐거운 주말'이라는 거짓된 의무로부터 해방된 이후론 어차피 주말에 딱히 할 일도 없지 않았는가?

최초의 시도는 골프였다. 적어도 골프 이론을 공부하고 장비를 사는 단계까지는 나쁘지 않아 보였다.

본격적으로 사람들(안 부장의 경우는 골프를 권했던 업체 지인들)과 어울려 필드로 나가고부터가 문제였다. 적어도 취미 활동이라면 뚜렷한 목적을 가지고 기량을 단련해 성과를 이루는 데에 그 뜻이 있는 게 아닌가?

안 부장의 눈에 비친 골프 모임 사람들은 골프 그 자체보다는 서로 어울려 의미 없는 말을 주고받고 캐디에게 지저분한 농담을 누가 더 잘하나 경쟁하듯 내뱉는 데에만 관심을 가진 것처럼 보였다.

몇 번 사용하지도 않은 값비싼 골프 클럽만 집 안 한구석 장식품으로 남겨 두었지만, 골프의 경우는 수업료를 싸게 치른 편이었다.

거래처 사장의 권유로 가입한 수입차 동호회의 수업료는 딱히 부족할 게 없는 안 부장의 벌이로도 값비싼 편이었다. 15년이 넘은 안 부장의 낡은 국산 차를 본 거래처 사장은 열의를 가지고 '아는 수입차 딜러를 소개해 주겠다. 주말 밤마다 경기도 일대 산길을 즐기는 회원들이 있는데 모두 다 잘나가는 사람이라 얼굴 익히면 도움이 될 거다.' 따위의 말로 안 부장을 꼬드겼다.

적어도 자동차 동호회라면 회원들과 얼굴 마주치며 의미 없는 대화와 교류를 가지는 시간이 그리 많지는 않을 거로 생각한 게 오산이었다.

거래처 사장이 권해 준 '브레이크 성능이 끝내주는 BMW'를 구입하고 몇 번 모임에 참가한 뒤 안 부장은 수입차 동호회란 '재력과 신분 과시 동호회'의 다른 이름이라고 결론 내렸다.

수입차 동호회 활동은 그에게 출퇴근길에 도움이 될 만한 몇 개의 우회도로 정보와 이전의 똥차보다 좋은 차를 구입하는 계기 정도만을 마련해 주고 관심에서 급격하게 멀어졌다. 그 뒤로 안 부장은 새로운 취미를 가지거나 모임에 가입하려는 어떤 시도도 하지 않았다.

지금의 동호회에 '예비가입' 당하기 전까지는.

4

안 부장이 동호회에 가입한 날, 아니 정확히는 동호회에 가입하길 권유받은 날은 커피숍에서 '선생'을 처음 대면한 날로부터 두 달여 전 새벽이었다. 평소대로의 퇴근길이라면 안양에서 판교로 넘어가는 8차선 도로를 택했겠지만, 그날 안 부장은 굳이 갈림길의 구도로를 이용하였다.

어쩌면 안 부장의 의도와 상관없이 새벽까지 길게 이어진 회식 자리에서 마신 반 잔의 맥주(그 정도 양으로 음주단속에 걸릴 일은 없겠지만 쓸데없이 위험을 자초할 필요는 없지 않은가?)가 신경 쓰였을 것이다. 어쩌면 적게나마 몸 안에 들어온 알코올이 불러온 흥이 이전의 동호회 활동에서 알게 된 차량 통행 없는 산길로 안 부장을 몰고 간 것인지도 모를 일이었다.

그래도 구불구불한 산길을 엔진 회전수를 높여 빠르게 달려 올라가는 건 나름의 흥취가 있었다.

'이럴 때는 음악이라도 틀어 놓으면 좋겠는데……'

단 한 번도 혼자 있을 때 음악을 즐겨 본 적이 없는 안 부장이지만 조금은 아쉬운 마음이 들었다. 하지만 온전한 노래 한 곡 듣기에도 부족했을 잠깐의 흥취는 산길 정상쯤에서 안 부장의 뒤를 따라잡아 상향등을 쏘아 대며 쫓아오는 쿠페 때문에 이내 깨어졌다.

안 부장은 가속 페달에서 발을 떼고 추월해 가기를 기다렸으나 쿠페 운전자는 안 부장의 뜻대로 움직여 줄 생각이 없는 듯 보였다.

'양아치 같은 놈이…….'

안 부장 차 뒤에 바짝 붙어 연달아 클랙슨을 울리며 상향등을 점 멸해 대는 쿠페를 보고 있자니, 자동차 모임에서 사람들이 국산 스포츠카 모는 젊은이들에 대해 수군대던 게 떠올랐다.

'자부심을 가질 만한 게 자기 자동차밖에 없어서 공공도로에서 과하게 활개 치고 다니는 어린놈이겠지.'

아마 평소의 안 부장이었다면 제풀에 질린 그들이 얌전히 추월해 지나갈 때까지 꾹 참는다는 선택을 했을 것이다.

하지만 평소라면 절대 마시지 않을 술을 마시고, 평생 듣지 않던 음악을 그리워한 마당에 차도 다니지 않는 텅 빈 도로에서 과속 좀 하는 게 뭐 그리 대수인가?

다시 가속 페달에 힘을 실어 주자 BMW의 엔진은 이제껏 도달해 보지 못한 고(高)회전수로 바삐 움직이며 고음의 금속성 비명을 토해 냈고 이내 시속 60킬로미터 제한 표지판을 그 두 배에 가까운 속도로 스쳐 지나쳤다.

어느새 안 부장의 BMW와 쿠페의 거리는 룸미러에 비치는 상향등이 저 멀리 작은 반짝임으로 사그라질 정도로 멀어졌다. 이제껏 경험해 보지 못했던 종류의 희열을 느끼며 룸미러에서 전방으로 시선을 옮기는 순간, 도로 저 너머에서 검은 물체가 안 부장 차를 향해 다가오는 게 눈에 띄었다.

브레이크 페달에 모든 체중을 싣는 와중에 점점 더 가까워지는 검은 물체가 사람인 게 뚜렷해지는 순간 안 부장의 마음을 스치고 지나간 생각은 '브레이크 성능 좋다는 수입차를 사길 잘했어.'였다.

5

불행히도 BMW의 브레이크 성능은 안 부장의 기대에 부응하지 못했다.

처음에 충분한 거리를 남기고 멈추어 줄 것 같던 BMW는 고무 타는 냄새와 덜거덕거리는 진동과 함께 검은 물체 앞에서 앞 범퍼에 와 닿는 작은 충격을 남기고 멈추어 섰다.

'이 정도면 크게 다치지는 않았을 거야. 어쩌면 크게 욕 한번 먹고 넘어갈지도 모르지.'

마음속으로는 '어서 내려 상황을 살펴야 하는 게 아닐까?' 하고 생각하면서도 안 부장은 블랙박스의 비상 녹화 버튼부터 눌렀다.

'이 시간에 조명도 없는 밤길에 시커먼 옷을 입고 갑자기 도로로 뛰어든 게 잘못이지…… 여차하면 블랙박스에 녹화된 내용도 내 쪽에 분명히 유리할 테고.'

검은 물체였으나 지금은 뚜렷이 사람처럼 보이는 형상이 자동차 보닛 위로 불쑥 솟구쳐 올랐다. BMW 헤드라이트에 비친 건 검은 머리카락이 피처럼 보이는 끈적끈적한 액체에 엉겨 붙어 뭉쳐 있고 왼쪽 눈 주변이 찢어지고 까져 속살까지 드러나 보이는 여자였다.

'이 정도 충격에 어떻게 저렇게 심하게 다칠 수가 있지? 이거 자해공갈 아니야?'

여자가 입을 열어 무언가 말을 하고 있는 걸 눈치챈 안 부장은 운전석 쪽 창문을 절반 정도만 내렸다.

"아니, 이 어두운 데서 찻길에 갑자기 뛰어들면……."

"아저씨 살려 주세요! 어서 저 태워 주셔야 해요."

자세히 보니 여자는 흰색 셔츠와 회색 바지를 입고 있었는데 군데군데 피가 얼룩져 있어 검은 옷을 입은 것처럼 보였다. 사고의 충격 때문인지 멍한 표정에 왼팔로 BMW의 보닛을 짚어 가며 운전석 쪽으로 절뚝절뚝 걸어왔다.

"아저씨 어서 문 열어 주세요. 저 이러다 죽어요!"

여자가 발작적으로 울음을 터뜨리며 고함치듯 말했다. 안 부장은 반사적으로 운전석 창문을 조금 더 올렸다. 여자는 잠긴 안 부장의 운전석 문을 덜컥거리며 열려 하더니 다시 뒷문으로 걸어가 문을 열어 보려 시도했다. 그제야 문이 모두 잠긴 걸 안 듯 다급하게 자동차 이곳저곳을 내리치기 시작했다.

"아저씨 어서 열어요! 제발 열어 주세요!"

갑자기 운전석 사이드미러에 여자와 비슷한 체구의 깊숙이 모자를 눌러쓴 남자가 솟구치듯 나타나 여자의 목을 팔뚝으로 휘감고 차 뒤편으로 사라지더니 다시 조수석 쪽 사이드미러에 모습을 드러냈다.

"선생님. 이거 신경 쓰지 마시고요. 제 얼굴 쳐다보지도 마시고 앞에만 보고 있다가 조용히 갈 길 가세요."

안 부장에게 길이라도 알려 주듯 차분히 말하는 남자의 목소리에서 묘한 비웃음과 과시욕이 묻어났다.

체구와 달리 남자는 힘이 센 듯했다. 남자의 팔에 잡혀 버둥거리던 여자는 잠시 후 축 늘어져 반항 없이 끌려가기 시작했고 곧 차 오른편의 조명 없는 어둠 속으로 두 사람의 모습은 사라졌다.

'이건 내 잘못이 아니야. 저 여잔 처음부터 저 남자한테 당하고 있었던 거야.'

경찰에 신고해야 한다는 생각이 퍼뜩 떠올랐으나 아직도 체내에 남아 있을 맥주와 블랙박스에 찍혔을 급정거 영상이 휴대전화의 다이얼로 향하는 안 부장의 손길을 가로막았다.

안 부장은 남자의 경고를 되새기며 한동안 정면만을 주시하고 있었다. 충분한(도대체 무엇을 하기에 충분하다는 것인지 알 수 없었지만) 시간이 지났다고 느껴지자 안 부장은 브레이크 페달에서 발을 떼고 남자가 사라진 어둠에서부터 멀리 차를 몰아 나아갔다.

'그러고 보니 뒤따라오던 쿠페 양아치들은 나를 언제 앞질러 간 거지?'

6

얼떨떨하던 정신이 돌아오기 시작하자 9월인데도 몸에 오한이 나기 시작했다.

'블랙박스 영상도 있으니 괜찮을 거야. 일단 경찰에 신고하자.'

그런데 무슨 명목으로? 음주운전 중에 규정 속도를 훨씬 넘어 과속하다 여자를 치었는데 그 여자가 괴한에게 납치되었고 나는 그걸 지켜보고만 있었다고?

한편으로는 '통행량이 극히 적은 조금 전 구도로에 CCTV가 있었을까?' 하는 생각도 들었다. 뒤따르던 쿠페만 아니라면 안 부장의 블랙박스 영상만이 안 부장이 거기에 있었음을 기록하고 있는 게 분명해 보였다.

'그 양아치 놈들은 아마 내가 급정거할 때 나를 추월해 지나갔을 거야. 아까 내리막에서 급정거 전 속도가 어느 정도였지? 시속 120킬로미터?'

안 부장이 내달리던 속도에 맞추어 뒤를 바짝 쫓아오고 있었다면 안 부장 차에 가려 여자를 못 보았을 가능성이 크지 않은가? 무엇보다 그 광경을 보았다면 차를 돌려 왔을 게 분명했다.

'별일 없을 거야. 방금 지나온 도로라면 살인 사건이 나도 아무도 모를 만큼 인적도 뜸한 곳이고.'

차에 치일 때까지만 해도 멀쩡히 살아 있던 여자였지만 안 부장의 마음속 한편에서는 남자가 여자를 죽였음이 분명하다는 확신이 들었다.

'아마 여자를 죽이려고 하는 와중에 여자가 도망갔겠지. 바로 쫓아와서 잡아갔을 테고.'

생각할수록 안 부장이 무슨 행동을 취했건 어차피 여자는 죽었을 거란 확신이 들었다. 음주운전을 하고 과속을 해서 그나마 여자가 살해당하는 걸 목격이라도 한 것 아닌가? 온갖 상념에 사로잡힌 와중에도 안 부장은 익숙한 퇴근길을 따라 차를 몰아가고 있었다.

아파트 주차장의 보안 문을 통과하며 안 부장은 남자가 여자를 일부러 풀어놓고 뒤를 쫓는 중이었다는, 그러니깐 즐기는 중이었다는 깨달음이 들어 몸에 소름이 돋았다.

7

다행히도 아이와 아내는 자고 있었다.

깨어 있었다 하더라도 안 부장의 늦은 귀가를 추궁하지는 않았을 터였다. 하지만 안 부장은 이 상황에서 쓸데없는 말을 주고받아야 하는 수고로움까지 감내하고 싶지는 않았다. 급작스러운 피곤이 몰려와 바로 침대에 몸을 누이고 싶었지만 수십 년간 반복되어 온 습관이 안 부장을 욕실로 향하게 했다.

온몸을 구타당한 듯이 살가죽이 아파 왔지만 뜨거운 물이 부드럽게 와 닿는 감각이 이를 잠재워 주었다.

'어쩌면 내가 본 게 다 망상일 수도 있을 거야.'

체온이 올라가며 긴장이 풀리니 조금 전 일들이 다 백일몽처럼 여겨졌다. 온갖 걱정을 다 접어 두고 그저 침대에 누워 짧게나마 잠을 청하고 싶은 생각뿐이었다.

'자고 나면 별일 아닌 것처럼 느껴질 거야. 하루에도 수십 명이 살해당하는 세상에서 또 다른 한 명이 죽은 것뿐이잖아?'

평소보다 길게 샤워를 마치고 잠자리에 들 준비를 하는데 휴대전화 액정에 뜬 부재중 전화 열 통과 한 통의 메시지가 안 부장의 눈을 사로잡았다.

[bmw 개새끼야 다 봤다. 사람을 치고 그냥 가냐? 당장 주차장으로 튀어나와라.]

8

주차장에서 안 부장을 기다리고 있는 건 생전 처음 보는 두 청년이었다.

그중 한눈에 봐도 만취한 게 분명한 덩치 큰 청년이 반가워 못 견디겠다는 듯이 안 부장을 향해 미소 지으며 손을 흔들고 있었다. 깡마른 체구의 다른 한 명은 지금 벌어지고 있는 일에 아무런 관심이 없다는 듯이 안 부장의 BMW 보닛에 걸터앉아 휴대전화를 보고 있었다.

"아…… 아저씨 차도 열나 좋은 거 끌고 와인딩도 열나 터프하게 잘하더니……. 회사도 열나 유명한 데 다니고 집도 우라지게 좋은 데 사네? 제길! 어? 입구에서 차 못 들어오게 막아서 이 넓은 아파트 단지 주차장을 다 걸어서 뒤졌잖아!"

순간 '이들이 회사와 전화번호를 어떻게 알았을까?' 하는 의문이 들었지만 바로 BMW 전면 유리창에 붙은 회사 주차장 출입 스티커와 거기에 대문짝만 하게 찍힌 연락처가 눈에 띄었다.

'그러니깐 이 양아치들이 내 전화번호도 알고 회사도 알고 내 집과 차도 알고 있다는 거네…….'

"아저씨 병신이야? 말 못 해? 사람이 말을 하면 대꾸를 해야지."

"바라는 게 뭡니까?"

"어? 말…… 잘만 하네? 아주 달변가야?"

덩치 큰 청년이 자신의 신랄함이 맘에 들었는지 깡마른 청년을 보며 웃음을 터뜨렸다.

"아니! 사람을 치었으면 구급차를 부르든가 해야지 그냥 뺑소니를 쳐? 그래 놓고선 바라는 게 뭐냐고? 완전 개새끼네 이거."
 청년이 과장된 어투로 소리 높여 고함쳤다. 안 부장은 '너희도 그냥 갔잖아?'라는 말이 입 끝까지 걸렸으나 애써 눌러 참았다.
 "무슨 소리를 하는지 잘 모르겠는데? 당신들 아까 내 뒤에서 위협 운전 하던 사람들이야? 당신들 피해 가려고 속도 줄였다가 집에 온 거 말고 내가 뭘 어쨌다고 이래?"
 딱히 거짓말도 아니지 않은가?
 "뭐래? 어이! 아저씨 우리 차 블랙박스가 2채널이에요. 거기 후방 카메라에 뭐가 찍혔는지 알아? 어? 아저씨 딱 급정거하고! 여자애 그 앞에서 비틀거리고 넘어지는 거 다 찍혔다고!"
 '모자 쓴 남자가 여자를 끌고 가는 건 안 찍혔나?'
 어쩌면 양아치들의 블랙박스에 찍힌 건 안 부장이 급정거하는 순간까지일 수도 있겠다는 생각이 들었다. 안 부장 차에도 블랙박스가 달렸지만 조금 전 도로처럼 어두운 산길에서 자동차나 사람이 흐릿한 형상 이상으로 뚜렷이 녹화되는 걸 본 적은 한 번도 없었다.
 "아저씨 술 마셨지? 그래서 사람 치고 그냥 뺑소니친 거고? 음주에 뺑소니에 아주 좆됐어요. 이 새끼야!"
 "자네야말로 과할 정도로 술 마신 게 한눈에 보이는데 어디서 협박이야!"
 "말 좆나 짧다, 개새끼야? 그리고 우린 내가 운전한 게 아니라 얘가 운전했어. 얘가!"
 덩치 큰 청년이 운전했으리라는 건 안 부장도 알고 있었고 안 부장이 그 사실을 알고 있다는 걸 덩치 큰 청년도 알고 있었으니, 이

상황에서 주도권을 잡은 것이 청년들 쪽임은 너무나 명확해 보였다.
"그래, 어디 한번 모범 시민들 말이나 더 들어 봅시다."
덩치 큰 청년은 안 부장의 어깃장이 재미있다는 듯 껄껄 웃었다.
"아저씨 우리는요, 아까 고갯길에서 아저씨가 우리 앞에서 과속하다 급정거하는 거 간신히 피해 갔어요. 저 앞에 가다 놀라서 길옆에 차 세워 두고 이건 아니다 싶어 신고하려고 블랙박스 영상을 다시 돌려 봤는데 딱 후방 카메라에 아저씨가 사람 치는 게 찍혀 있더라 이거지. 아니 그런데 사고 내고 몇 분도 안 된 거 같은데 이 사람이 또 미친놈처럼 막 속도를 올려서 그냥 가네? 이거 딱 뺑소니다 싶어 뒤를 쫓아 여기까지 와서 이 새벽에 아파트 주차장을 하나하나 다 걸어가면서 뒤져 번호판 대조해 가며 아저씨 BMW 찾아냈다, 이거 아니야."
청년은 자신의 행동이 대견스러운 듯 연신 고개를 끄덕거리며 안 부장에게 말했다.
"당신 말이 맞는다고 쳐도 당신들도 신고 안 한 건 잘못 아니오?"
청년은 또다시 과장된 몸짓으로 깜짝 놀란 표정을 지었다.
"아, 그렇네? 너무 경황이 없어서 그걸 깜빡했네? 지금 경찰이랑 119에 바로 신고해야겠네, 어? 그럴까요?"
청년이 휴대전화를 꺼내 다이얼을 누르며 말하자 안 부장은 말문이 막혔다. 휴대전화에만 몰두하던 청년이 이 무의미한 대화에 질리기라도 한 듯 고개를 들고 말했다.
"아저씨, 쓸데없이 길게 이야기할 필요 없고요. 딱 3일 시간 줄게요. 사고 목격자 찾는 현수막 같은 거 봤죠? 그런데 걸리는 현상금만 해도 1000만 원 정도 돈 쉽게 붙어요. 아저씨 차 연식도 얼마 안 되었고 인기 있는 차종이라 지금 당장 중고차 시장에 팔아도 4000은 쉽게 받을 거예요. 3일 뒤에 다시 연락할 테니 3000만 현금으로 준비해 놔요. 돈 건네주면 블랙박스 메모리 카드 건네줄게요. 3일 뒤에 연락 안 받거나 쓸데없는 소리로 시간 끌면 경찰에 신고할 거고요. 아무튼, 그 뒤로 서로 얼굴 볼 일은 없을 겁니다."

말을 마친 청년은 보닛 앞으로 훌쩍 몸을 날리더니 친구에게 턱짓하며 말했다.

"가자."

덩치 큰 청년은 순순히 친구를 따라 걸어가며 안 부장에게 해맑게 손을 흔들었다. 둘의 모습이 주차장 밖으로 사라질 때까지 안 부장은 청년들에게서 시선을 떼지 못했다. 어쩌면 청년들이 정말로 경찰에 신고한다고 하더라도 여자 시체가 발견되지 않을 가능성도 있어 보였다.

3일이라면 모자 쓴 남자가 자신의 범행을 이미 뒷마무리하고도 남을 만한 시간이 아닌가? 하지만 그 미친놈이 시체를 눈에 띄는 데 그냥 내버리고 가기라도 했다면? 설령 안 부장의 행동이 뺑소니가 맞을지라도 살인죄를 뒤집어쓸 수는 없지 않은가?

청년들의 말을 곧이곧대로 믿기도 힘들었다. 청년들이 경찰에 신고하지 않더라도 지금의 3000으로 청년들의 입을 막을 수 있으리란 기대가 되지 않았다. 3000이 6000 되고, 6000이 다시 1억이 되고 하는 게 이런 일의 흔한 패턴 아닌가?

급하게 뛰어나오느라 미처 말리지 못한 머리 물기가 증발하면서 새벽 주차장의 한기가 안 부장의 몸을 파고들었다. 당장은 어떤 결정이든 내리기 힘들 것처럼 보였다.
'그래 일단은 아무 생각 말고 잠부터 자자. 몇 시간이라도 자고 나서 정리를 차근히 해 보자.'
기대와 달리 그날 새벽 안 부장이 잠들기까지는 한참의 시간이 필요했다.

9

안 부장이 주차장에서 엘리베이터로 막 걸음을 옮기기 시작했을 때 다시 휴대전화 진동이 울리기 시작했다. 곧 잠들 수 있으리라는 기대가 배신당하자 안 부장은 화가 치밀어 올랐다.
"도대체 뭐요? 3일 뒤에 연락한다 했잖아요!"
"어이구, 선생님 다짜고짜 흥분하지 마시고 차분히 제 이야기 좀 들어 보세요."
수화기 너머에서 느물거리는 목소리를 들으니 불과 몇십 분 전 일이지만 이제는 꿈처럼 어렴풋이 느껴지는, 모자를 눌러쓴 남자가 여자를 끌고 어둠 속으로 사라지던 장면이 다시 생생히 떠올랐다.
"이 늦은 시간에 누구랑 통화하고 계셨나 봐요? 보니 경찰에 신고는 아직 안 하셨고…… 뒤따라오던 차에서 선생님 협박하나 보네요? 거참 되게 난감하시겠네요."
수화기 너머 남자의 말투에는 시종일관 웃음기가 묻어났다.
"누구신지는 모르겠지만 전화 잘못 거신 거 같습니다."

"에이, 선생님 왜 이러실까. 선생님 저 누군지 아시잖아요? 저도 선생님 누군지 아는데. 유명한 회사 다니시네요. 거기 기획실 부장님이면 엄청나게 잘나가는 분 아니신가요? 거기에 좋은 대학 다니는 따님도 있고 부인도 있고."

"이봐요! 난 아무것도 본 거 없고. 내 차 블랙박스에도 뭐 찍힌 거 전혀 없어요! 그러니까 애초에 본 게 없어서 경찰에 신고할 거리도 없단 말입니다!"

어느새 안 부장의 목소리에는 다급한 울음기가 묻어났다.

"선생님. 제가 선생님 협박하고 그러려고 그런 거 아닌데 실례를 했네요. 선생님…… 저희는요, 선생님같이 사회적 지위도 있고 점잖은 분들 겁주고 그런 사람들 아니에요."

'저희'라고? 남자의 말이 단순한 허풍일 수도 있겠지만 공범이 더 있을지도 모른다는 암시가 안 부장의 심장을 옥죄어 왔다.

"선생님이 경찰에 신고도 안 해 주셔서…… 저희가 선생님한테 어떻게 보면 빚을 진 셈이거든요. 우리 '선생'님은 선생님 같은 분들한테 항상 잘하시거든요."

남자의 말이 점점 횡설수설하여 알아듣기 힘들었지만, 말투가 호의적으로 변하고 있는 건 뚜렷하게 알 수 있었다.

"우리 '선생'님이 선생님한테 전하라고 하신 게 있는데요. 선생님 협박한 사람들 신경 쓰지 말라고 하시네요. 선생님이 앞으로도 경찰에 신고 안 하고 조용히 계시면 우리 '선생'님이 알아서 다 처리해 주실 거예요. '선생'님은 남한테 하나 받으면 열 개는 다시 베풀어 주시는 분이거든요."

남자가 '우리 선생님'을 칭할 때 묻어나는 뚜렷한 존경과 경외의 감정을 보니 남자의 '우리 선생님'은 안 부장이 아닌 다른 공범을 의미하는 듯했다.

남자의 '선생'이란 자는 왜 자신의 존재를 굳이 안 부장에게 드러냈을까? 두려운 와중에도 안 부장은 의문이 들었다.

"그래서 제가 뭘 어떻게 하면 됩니까?"

"말했잖아요. 당분간 아무것도 안 하셔도 된다고요. 일단 피곤하실 테니 올라가서 푹 쉬라 하시네요. 때 되면 선생님 귀찮게 하는 사람들도 우리 '선생'님이 알아서 처리해 주실 거예요. 그때 되면 선생님이 우리한테 일종의 보답으로 그냥 작은 일 하나씩들만 해 주시면 돼요. 사실 우리가 필요로 하는 건 선생님의 호의가 아니라 선생님 같은 분들이에요. 그러니깐 일종의 동무라고 할까요? 하나 해 주고 하나 받고 하는."

안 부장은 남자와 남자의 '선생'의 동무가 되고 싶은 마음은 조금도 없었지만, 굳이 그 생각을 입 밖에 꺼내지는 않았다.

"경찰에 신고하면 안 되는 거고요?"

"선생님⋯⋯ 그거 신고 안 한 건 선생님한테도 선생님 가족한테도 정말 잘하신 거예요."

남자의 말투에 묻어나는 애틋함과 정성이 안 부장을 더 소름 돋게 했다.

10

듣고 싶지 않은 소식과 받고 싶지 않은 연락을 기다리는 3일은 지옥과도 같았다.

모르는 전화번호로 걸려오는 모든 통화(그중 태반은 말할 것도 없이 인터넷, 카드, 보험 등의 가입 권유였지만)에 시달리던 안 부장이 안식을 얻은 것은 그로부터 다시 5일이 지난 후 정체불명의 발신인에게서 전송된 기사 링크와 그 제목을 보고 난 뒤였다.

[고속도로 광란의 질주로 20대 2명 사망.]

11

모자 쓴 남자의 일당에게 연락이 온 것은 그로부터 다시 3일이 지난 뒤였다.

안 부장은 2인조의 협박에서 완전히 벗어났음을 확신하기 시작한 순간부터 다시 한번 모자 쓴 남자의 목소리를 듣게 되는 순간이 찾아오기를 두려워하는 동시에 어느 정도는 기대까지 하고 있었다.

'모자 쓴 남자와 그의 '선생'이 나에게 원하는 호의가 과연 무엇일까?'로부터 시작된 의문은 안 부장의 마음속에서 점점 더 커져 어느덧 이 정체불명의 일당들에게 품고 있던 두려움까지 걷어 낼 정도였다.

안 부장이 '일전의 통화기록으로 먼저 전화를 해 볼까?' 하고 고민하기 시작했을 무렵 또다시 익명의 전화번호를 통해 전해 받은 것은 단순한 영어 문자 메시지였다.

[communicator.apk]

안 부장은 첨단기기에 익숙한 편이기에 문자 메시지가 담고 있는 게 휴대전화 프로그램의 설치 파일이란 걸 알 수가 있었다.

'모자 쓴 남자가 보낸 게 맞을까? 전화번호도 다르지 않은가?'

사실 전형적인 해커들의 수법이 아닌가?

하지만 여기엔 호구들을 유인하기 위한 그 어떤 은근한 유혹이나 설득의 문구도 없었다. 마치 강압적으로 프로그램의 설치를 강요하는 듯한 느낌까지 들 정도였다. 안 부장은 그리 길지 않은 고민 후에 설치 파일을 실행시켰다.

자주 보던 휴대전화의 보안 경고도 없이 배경화면에 [communicator]란 실행 아이콘 하나만을 덜렁 남겨 두고 프로그램의 설치는 순식간에 끝났다.

12

프로그램은 안 부장이 익숙한 형태의 메신저와 전혀 달랐다. 대화 상대나 대화창을 선택하는 기능 없이 단순하게 하단의 메시지 입력 공간과 상단의 대화창으로만 구성된 메신저였다.

프로그램을 가동하자 안 부장이 대화창에 들어오기 이전부터 이미 여러 명이 대화를 나누고 있었던 것처럼 보였다. 오가는 대화의 주제는 새로 모임에 가입하는 사람(안 부장을 지칭하는 것임이 분명해 보였다.)에 관한 것이었다.

[저번 활동에서 실수해서 탈퇴당한 회원 보결의 성격인가 보죠?]

[다들 비슷한 경로로 모임에 참가한 거 아닌가요?]

[그 양반이 모임에 참가할지 아닐지도 확실한 건 아니니 두고 봐야겠죠.]

한동안 대화창을 관찰하던 안 부장은 메신저의 작동 방식이 극도로 익명성에 초점을 맞춘 구조란 걸 깨달았다. 대화창에는 대화명이나 별칭이 전혀 표시되지 않았고 대화를 나누는 사람이 몇 명인지도 표기되지 않았다.

안 부장은 시험 삼아 몇 번 프로그램을 종료하고 재가동해 보았고 대화방에 안 부장의 참석 여부를 표시하는 그 어떤 공지도 뜨지 않는 걸 확인했다. 익명성 뒤에 숨어 자신의 궁금증을 풀 기회란 확신이 들자 안 부장은 단도직입적으로 질문을 꺼냈다.

[제가 무얼 하면 되는 거죠?]

안 부장의 메시지가 화면 위로 올라오자 한동안 대화창이 멈추기라도 한 듯이 보였다. 잠깐의 공백 후 동시에 여러 명이 입력하기라도 한 듯이 대답이 쏟아져 나왔다.

[별일 안 합니다.]

[처음에는 운전 정도만 해요.]

[사람 여기서 저기로 태워다 주는 정도가 처음에 하는 일이죠.]

기껏 사람 태워다 주는 게 저들이 바라는 호의의 전부는 아닐 거란 걸 안 부장은 알고 있었다. 하지만 그것만이라면 딱히 못 할 일도 아니지 않은가?

'처음엔'이라는 단서 조항이 걸렸지만 적어도 며칠간 안 부장의 머릿속에서 스스로 키워 낸 끔찍한 상상들에 비하면 훨씬 더 감내할 만한 일임은 분명했다.

[그럼 누구를 언제 어디로 태워다 줘야 하나요?]

[그건 '선생'이 따로 연락을 줄 겁니다.]

[그런데 신입도 왔는데 자기소개라도 시켜야 하는 거 아닙니까?]

대화창에 한동안 어색한 침묵이 이어졌고 안 부장은 프로그램을 종료하였다.

13

또다시 기약 없는 기다림의 시간을 견뎌야만 하는 건 끔찍한 일이었지만 대화창에서 오가는 대화들에 담긴 정보가 안 부장에게 위안을 주었다. 메신저의 대화창은 점심시간 직후나 오후 9시에서 10시 사이에 가장 활발했다. 안 부장은 대화창 구성원의 상당수가 직장인일 거라 짐작했다.

대화창의 주된 화젯거리는 지난 '활동'이나 앞으로의 '활동'에 관한 것이었다. '활동'에는 '운송'과 '보조' 그리고 '처리'를 담당하는 사람이 각각 최소 한 명에서 두 명 정도 가담하는 듯했고 '활동'의 주역은 언제나 단 한 명이라 했다.

대화의 내용대로라면 모임의 구성 인원은 최소 4인 이상인 듯했는데 안 부장이 당분간 이들에게 베풀어야 할 호의라는 건 활동에서 '운송' 역할이라는 것이었다. 그렇다면 활동을 '보조'하거나 '처리'하고 '주역'이 되는 건 어떤 이들이란 말인가?

때때로 '선생'이 화젯거리가 될 때도 있었다. 대화에 가담한 이들은 '선생'에 대한 경외의 감정을 감추려 하지 않았다. 대화방 구성원들의 말에 따르면 '선생'이 모임을 만들었고, 활동을 기획하고 회원들을 관리한다고 하였다.

정작 안 부장이 궁금한 것은 '왜 선생이 이런 미친 짓을 하는 것인지?', '선생이 회원들을 모집하는 기준이 무엇인지?' 따위였으나 이들에게서 대답을 기대하기 힘들다는 것쯤은 짐작할 수 있었다.

최초의 질문 이후 대화창을 들여다보기만 할 뿐 안 부장은 단 한 번도 다른 이들의 대화에 끼어 본 적이 없었다. 설령 대화에 참여한다 해도 자신의 정체성을 밝힐 단서를 던지지만 않는다면 익명성이 완벽히 보장되리라는 확신은 있었다. (물론 '선생'에게는 예외일 것이라는 것쯤은 짐작할 수 있었다.)

하지만 '보조는 무얼 하나요? 처리 담당은 누가 하나요?' 따위의 질문을 던진다면 그 발화자가 이제 막 대화방에 참여한 안 부장임이 너무나 분명하게 드러나지 않는가? 놀랍게도 안 부장의 차마 던지지 못한 의문에 대답을 준 건 모자 쓴 남자였다.

14

[선생님들 그런데 다음 활동할 때는 뒤처리 담당 생각해서라도 좀 깔끔하게들 일보셨으면 좋겠습니다. 저번에 제가 처리 담당할 때 일보셨던 선생님은 얼라를 기둥에 개 목줄로 묶어 놓고 멀찍이서 화살을 몇 발을 꽂아 넣으신 건지 애새끼가 온 사방에 뛰어다니면서 똥오줌 싸 갈기고 피 묻히고 아주 난리도 아니었다니깐요. 재미 보시는 건 좋은데 뒤처리하는 사람도 쪼끔 생각해 주셔야죠.]

대화방에서 다음 활동이 언제일지에 대한 논의가 한창 이루어지고 있을 때 모자 쓴 남자가 대화창에 던진 메시지가 안 부장을 앉은 자리에서 펄쩍 뛰어오르게 했다.

대화방에 있는 사람들은 은연중에라도 자신의 신상을 유추할 만한 정보를 흘리지 않을지, 오가는 대화가 노출되었을 때 문제가 생기지 않을지 노심초사하는 게 뚜렷이 보였다. 하지만 그중에 모자 쓴 남자만은 예외였다. 그만은 예의 '선생님들' 운운하는 말투부터 시작해서 자신의 존재를 드러내는 데 거리낌이 없어 보였다.

'이런 바보 천치 같은 놈이······.'

안 부장은 최초의 만남부터 모자 쓴 남자가 마음에 들지 않았다. 그 누구라도 유쾌한 경험이었다고 기억하긴 힘든 첫 만남이기는 했다. 하지만 대화창에서 모자 쓴 남자는 꾸준히 최초의 인상 이상의 불쾌함을 안 부장에게 안겨 주었다.

'선생'의 덫에 걸려 어쩔 수 없이 이 정신 나간 활동에 가담당한 안 부장과 달리 모자 쓴 남자는 이 모임을 즐기고 있는 것처럼 보였다. 안 부장은 자신 이외에 모자 쓴 남자를 대화창에서 구분해 내는 사람이 있을지 궁금하기도 하였다. 시도 때도 없이 '선생님들'을 찾는 말버릇뿐만이 아니라 대화창 참가자의 평균적인 지적 능력에 한참 떨어져 보이는 대화 방식 자체가 모자 쓴 남자를 다른 사람들과 뚜렷하게 구분 짓게 했다.

안 부장에게 모자 쓴 남자는 '선생'이 구성한 이 모임에 어울리지 않는 존재처럼 느껴졌다. 어찌 보면 모자 쓴 남자는 자신이 이 모임에 가담해 있고, 잘나신 '선생'과의 연결 고리 역할을 하는 것에 큰 자부심을 느끼는 것처럼도 보였다.

[다른 분들의 방식보다는 활이 여러 면에서 더 깔끔하고 유용하기도 합니다.]

모자 쓴 남자에게 지목받은 대상처럼 보이는 남자가 대화창에 자신을 드러냈다.

[사용하는 도구만 해도 화살은 어차피 소모품이고 활은 영구적으로 쓸 수 있지요. 칼이나 망치 같은 건 조금만 실수해도 망가지거나 자신을 다치게 할 수도 있고요. 주변이 지저분해진 건 미안하게 됐습니다만 저도 연습 중이니 다음에는 좀 더 깔끔하게 처리할 수 있겠지요. 또 언제 같은 활동에서 주연으로 활약하게 될지는 모르겠지만 다음에는 꼭 10점을 맞추도록 노력해 보도록 하지요. 하하.]

안 부장은 남자가 내뱉은 직설적인 표현들에 신선한 충격을 받았다. 사실 이들 중에 모자 쓴 남자 이외의 누군가가 자신의 존재를 이토록 노골적으로 드러내는 건 처음이 아니었던가?

[아유, 선생님, 제가 선생님한테 뭐라 한 게 아니라요. 좋은 게 좋은 거니 잘해 보자는 말이지요. 그런데 선생님 활 같은 건 불법 아닌가요?]

구제 불능으로 멍청한 놈이 아닌가? 어린애를 붙잡아 조직적으로 살해하고 있음을 암시하는 모임에서 도구가 불법이고 아니고를 왜 따지고 있단 말인가?

안 부장은 모자 쓴 남자의 모든 면이 점점 더 혐오스럽게 여겨졌다. '선생'이 모자 쓴 남자를 이 모임에 가담시키고 중요하게 부려 먹는 건 큰 실수라는 생각마저 들었다.

[활과 화살은 불법이 아닙니다. 사냥용 촉은 허가가 필요한데 연습용 촉은

그럴 필요도 없고요. 사실 재미 좀 길게 보려면 사냥용 촉보다 연습용 촉이 더 적당하죠. 그리고 좀 까다로운 물건 사용하고 싶으시면 대화창에 말하세요들. 우리 회원 중에 세관이나 경찰 쪽 분도 있을 테니깐요.]

15

'10점을 노리는 회원'의 말은 허언이 아닌 듯했다.

때때로 대화창에는 자신이 사회에서 겪고 있는 곤란함을 토로하는 내용이 올라왔다. 그 누구도 대꾸하지 않았지만 안 부장의 생각으로는 무언중에 전능한 '선생'의 중재가 개입하여 직접적인 도움의 손길이 작용하는 것처럼 보였다.

어차피 이들 모두가 '선생'이 쳐 놓은 그물에 걸린 노리개라면 서로 돕지 말아야 할 이유도 없지 않은가? 시험 삼아 난관에 빠져 있던 회사의 정부 과제 수주 건을 대화창에 올리고, 이미 내정되어 있었던 담당 회사가 안 부장의 회사로 뒤바뀌는 것을 보며 안 부장은 작은 희열을 느꼈다.

비단 구성원이 힘을 합쳐 활동하는 것뿐만이 아니라 모임 외적으로도 서로가 도움을 주고받는 것까지, 생각보다 더 동호회 본연의 성격에 부합하는 모임이 아닌가?

어차피 활동에서 안 부장의 역할이란 게 누군가를 차에 태워 주는 정도라면 크게 문제 될 거 없겠다는 생각도 들었다. 사실 안 부장이 얻어 낸 성과에 비하면 그 정도는 사소한 일처럼 여겨질 정도였다. 안 부장은 점점 더 대화창에 빠져들었다. 근무시간뿐만 아니라 퇴근 후 잠들기 직전까지 휴대전화를 놓지 못하는 안 부장의 모습을 처음 눈치챈 건 딸아이였다.

"아빠 요새 바람피워요? 생전 들여다보지 않던 휴대전화를 아주 손에서 내려놓지를 못하시네?"

딸아이의 농담에 안 부장은 적잖이 당황했다.

"어? 어…… 아빠가 요새 동호회 활동하는데 거기 단체 대화방이 재미나서."

"이전에 골프 동호회든가? 수입차 동호회든가? 그거예요?"

안 부장은 어느 쪽이란 말 없이 고개만 끄덕였다.

"별일이네…… 아무튼 열심히 해 보세요. 요번에는 좀 오래."

안 부장은 그럴 생각이었고 그럴 수밖에 없으리란 걸 잘 알고 있었다. 그런 안 부장의 생각을 읽기라도 한 듯이, '선생'이 안 부장을 호출했다.

16

'선생'이 지정한 활동일에는 비가 내렸다. 10시 정각이 되자 '선생'은 구체적인 장소를 전달했다. 안 부장은 아내에게 회식이 새벽까지 길어지겠다고 연락하였다.

회사에서 약속 장소까지는 50분 정도가 걸렸지만 안 부장은 12시 50분에 회사를 나섰다. 비가 오는 것도 거슬렸고 또다시 과속하는 상황을 만들기도 싫었고 무엇보다 선생이 정해 준 약속 시간에 혹시라도 맞추지 못할까 두려웠다.

분당에서 광주로 가는 길의 초입에 들어서자 도로에는 드문드문 오가는 차들만이 보였다. 태재고개를 넘어 약속 장소로 향하는 갈림길부터는 안 부장의 BMW를 제외하곤 어떤 차도 지나다니지 않는 듯했다.

도로 우측에 늘어선 불 꺼진 가구점과 목공예 공방을 지나가며 시계를 보니 1시 20분이었다. 내비게이션의 안내대로라면 약속 장소까지 2킬로미터도 남지 않은 거리였다. 소보다 더 느린 속도로 운전하였음에도 여전히 시간이 많이 남은 게 마음에 걸렸다.

'조금만 더 신경 썼더라면 약속 시간에 딱 맞춰서 올 수 있었을 텐데.'

안 부장은 도로 한편에 차를 세우고 시동을 껐다. 의자를 뒤로 젖히고 편하게 몸을 기대니 자연스레 휴대전화로 손이 갔다. 많은 이들이 활동에 가담하고 있는지 동호회 대화창은 한산했다.

누군가가 마지막으로 남긴 메시지가 안 부장의 눈을 사로잡았다.

[활동 가담하고 계시는 선생님들 어떻게든 '선생'님에게 연락해 주세요. 대상이 도망가 버렸어요.]

안 부장은 화가 치밀어 올랐다. 자연스레 2개월 전 산길에서 목격한 모자 쓴 남자와 여자의 모습이 떠올랐다.

'멍청한 놈이 또 여자 풀어놓고 생쇼를 하고 있었군.'

생각하면 할수록 모자 쓴 남자에게 화가 났다. 모자 쓴 남자를 이 활동에 가담시킨 '선생'의 판단에도 문제가 있는 게 아닌가? 모자 쓴 남자의 안이한 행동이 동호회의 파멸을 불러올 수도 있을 거라는 걱정도 들었다. 이들의 행적이 노출된다면 안 부장 본인도 공범으로 엮일 수 있는 것이 아닌가? 안 부장이 '선생'의 위치였다면 절대 모자 쓴 남자를 활동에 가담시키지 않았을 것이다. 아니, 애당초 모임에 끼워 주지도 않았을 것이다.

'2개월 전 그날 밤에 여자가 어디로 걷고 있었더라?'

여자는 도로 한복판에서 안 부장의 BMW를 향해 걸어오고 있었다. 다가오는 전조등의 불빛을 구원의 불빛으로 여기고 있었을 것이다.

시간은 1시 30분을 지나고 있었다.

'선생'이 활동의 주역에게 재미를 볼 시간을 몇 분이나 허락했을지는 알 수 없었다. 하지만 안 부장 본인이 활동을 기획했다면 한 시간은 넘기지 않았을 것이다. 선생 역시 안 부장과 그리 다른 판단을 내리지 않았을 거란 확신이 들었다.

'1시부터였다고 가정하면 30분이 지났고 산길에서 비 오는 날 여자가 아무리 빨리 이동해 보았자 최대 5킬로미터 정도일 테지.'

안 부장은 운전석의 의자를 바로 세우고 BMW의 시동을 걸었다. 급하게 가속 페달을 밟자 뒷바퀴에서 타이어가 미끄러지는 소리가 났지만 개의치 않고 차를 오던 방향으로 되돌려 몰고 나갔다.

'분명히 도로에서 움직이는 자동차의 불빛을 찾고 있을 거야.'

태재고개로 향하는 갈림길에 접어들자 잠시 고민이 들었으나 이내 내리막 방향인 왼쪽으로 차를 돌렸다. 이런 상황, 자신을 재미 삼아 죽이며 즐기려 하는 누군가에게 쫓기고 있는 상황에서라도 사람들은 본능적으로 더 편한 길을 택하지 않는가? 여자는 내리막길로 도망쳤을 것이 분명했다. 조명도 없는 길에 비까지 오고 있으니 자동차 전조등의 불빛은 가까운 거리밖에 밝히지를 못했다. 안 부장은 전조등을 상향등으로 올리고 조금 더 속도를 내었다.

저 멀리 도로 한가운데에서 안 부장의 BMW 전조등을 정면으로 바라보며 두 팔을 흔들고 있는 여자가 눈에 띄었다. 안 부장의 입에서 작은 안도의 한숨이 흘러나왔다.

이번에는 BMW의 놀라운 브레이크 성능을 애써 시험해 볼 필요도 없었다.

17

여자는 맞은편 차선에서 안 부장의 차를 발견한 듯 다급하게 대각선으로 길을 가로질러 건너오는 중이었다. 거듭 팔을 흔드는 여자에게서 5미터 정도를 남기고 안 부장의 BMW는 완전히 정지했다. 여자는 BMW의 조수석 쪽으로 달려왔다.

비에 흠뻑 젖은 여자의 모습을 보니 차 문을 열어 주기가 망설여졌다. 비 말고 다른 오물이 묻어 있을 가능성도 크지 않은가? 여자가 BMW의 창문을 두 번째로 두들겼을 때 안 부장은 한숨을 내쉬며 차 문을 열어 주었다.

"아저씨 감사합니다. 아저씨 일단 어디든 가 주세요!"

"아가씨 진정하고요. 그런데 제가 택시 기사가 아니잖아요. 빗길에 위험해 보여서 태워 주긴 했는데."

"아저씨 미친놈이 저 죽이려고 해요! 곧 올 거예요. 제발 그냥 좀 가 주세요!"

여자가 발악하듯 소리를 높여 안 부장은 BMW의 차 문을 잠갔다.

"자자…… 일단 차 문 걸어 잠갔어요. 이 차 튼튼한 차니깐 안심하고 무슨 일인지 차근히 말해 봐요."

여자는 어리둥절한 표정을 짓더니 굳게 닫힌 차 문을 보고는 이내 수긍한 듯 고개를 끄덕이며 길게 숨을 내뱉었다. 여자의 대답을 기다리며 안 부장은 동호회 대화창에 메시지를 남겼다.

[운송 담당자입니다. 도망친 대상 확보해 두었습니다.]

"아저씨 일단 어디든지…… 그냥 가시던 대로 계속 움직여 주시면 안 돼요? 제가 너무 끔찍하고 무서워서 그래요."

안 부장은 어깨를 으쓱하고 BMW의 운전대를 잡았다.

"그럼 일단 경찰에 신고부터 하고요. 제가 우리 딸 때문에 신고 프로그램 깔아 놓은 게 있어서요."

대화창에는 모자 쓴 남자의 메시지가 여러 개 올라와 있었다.

[선생님 잘하셨습니다.]

[선생님 원래 약속 장소로 다시 여자 데리고 오시면 나머지는 제가 처리할게요.]

[선생님 어디 계신가요?]

안 부장은 모자 쓴 남자와 더는 얽히고 싶은 생각이 없었다.

차에 시동을 걸고 오던 방향을 거꾸로 돌아 나아가자 여자는 안심한 듯 의자 위로 무너져 내렸고 이내 흐느끼기 시작했다.

"아저씨 너무 감사해요. 술 먹고 대리운전 불렀는데 잠이 들었다가 정신 차려 보니 대리기사는 없고 이상한 미친놈이 제 옷을 벗기고 있더라고요. 어떻게 뿌리치고 도망은 왔는데 전 여기가 어딘지도 모르겠어요."

'세관에 경찰에 이제는 대리운전까지…… 도대체 이 모임과 '선생'의 영향력은 어느 정도란 말이지?'

조금 전 갈림길에 도착하자 모자 쓴 남자가 길가에서 안 부장의 차를 발견했는지 도로로 나와 손을 흔드는 게 보였다.

"아저씨 저놈이에요! 어떡해……."

"걱정 말아요 지가 알아서 블랙박스 앞으로 나와 얼굴까지 찍혀 주네."

모자 쓴 남자는 안 부장의 BMW가 스쳐 지나가자 잠시 뒤쫓아 오는 듯하더니 이내 발걸음을 멈추었다. 고개를 돌려 뒤를 한참 바라보던 여자는 안도의 숨을 내쉬었다. 5분 정도 더 차를 몰고 가다 안 부장은 도로 한편에 차를 세웠다.

"잠시만요, 제 휴대전화가 밤에는 연락이 다 차단되어서 하나씩 확인해 봐야 하거든요. 경찰이 연락했을지도 모르니……. 차 밖에 나가서 전화 좀 해야겠네요. 여기 위치 알려 줘야 할 테니."

여자는 안 부장의 말을 건성으로 듣는 듯했다. 고개를 끄덕이면서도 멈추어 선 차 안이 불안한지 계속 고개를 돌려 뒤편만을 바라보고 있었다.

안 부장이 운전석 문을 열고 나와 리모컨으로 차 문을 잠그자 여자는 조금 안도를 하는 눈치였다. 안 부장은 이전의 통화기록 중 미등록 전화번호 하나를 골라 전화를 걸었다. 벨이 세 번 울리기 전에 '선생'은 전화를 받았다.

"여자 제가 데리고 있습니다. 오늘 활동하는 사람 못 미더워서 어떻게 해야 할지를 모르겠네요."

안 부장은 '선생'의 목소리에서 당황한 기색이 조금이라도 보이길 기대하며 말했다.

"가던 길 따라 5분 정도 더 가면 경광등 켜고 있는 차 보일 거요."

대답하는 '선생'의 목소리에는 어떤 감정도 실려 있지 않았다. 어찌 들으면 조금은 피곤하고 나른한 짜증이 묻어 있는 것 같기도 하였다.

"알겠습니다."

안 부장이 전화를 끊으려 할 때 선생이 말했다.

"오늘 잘해 주었소."

선생의 짧은 칭찬에 안 부장은 이제껏 느껴 본 적 없는 희열을 느꼈다. 타인의 칭찬에 이런 벅찬 감정을 느낀 게 언제인지 기억도 나지 않았다. 안 부장은 잠시 감정의 여운을 즐기다 차에 올라타 다시 시동을 걸었다.

"경찰이 마중 나온다고 하네요."

여자는 말없이 훌쩍이며 고개만 끄덕였다. 저 멀리서 경광등 불빛이 눈에 띄자 여자가 말했다.

"아저씨 정말 감사합니다. 아저씨 아니었으면 저 정말 큰일 났을 거예요."

아니, 오히려 여자에게 큰일이 난다면 그건 안 부장 때문일 것이다. 자신이 막 여자의 생사를 가르는 결정을 내리고 행동을 취했다는 깨달음이 안 부장에게 기묘한 감상을 안겨 주었다. 안 부장은 말없이 고개를 저으며 차 문을 열어 주었다. 경광등을 단 차에서 나온 남자가 안 부장의 BMW로 걸어왔다.

여자는 조수석을 나서며 다시 한번 안 부장에게 말했다.

"아저씨 정말 감사합니다. 제가 다음에 꼭 사례할게요."

안 부장은 여자의 시선을 외면한 채 고개만 끄덕였다. 여자가 말하는 '다음'이란 없을 것이다.

18

안 부장은 그 뒤로 한동안 뉴스의 사회면을 지켜보았다. 그 어떤 뉴스도 여자와 관련된 것처럼 보이지는 않았다. 안 부장이 은연중에 기대하던 소식을 전해 들은 것은 대화방이었다.

아니, 소식이 들려왔다기보다는 소식을 눈치챘다고 하는 게 더 정확한 표현일 것이다.

언제나 떠들썩하게 자신의 존재를 과시하던 모자 쓴 남자였기에 그 존재의 부재는 대화창에서 놓치기가 힘들 정도였다. 안 부장은 얼마 전 사회면에서 본 '생활고를 비관해 자살한 경기도 광주 소재 목공예 공방의 젊은 사장'에 관한 기사를 떠올렸다.

어쩌면 '분당 번화가 출근길의 쓰레기통에서 시체로 발견된 환경미화원'이 모자 쓴 남자의 최후를 설명하는 데 더 어울리는 기사일 수도 있었을 것이다.

그게 누구라도 안 부장은 상관없었다.

이제 대화창에서 안 부장이 뚜렷이 식별 가능한 회원은 10점을 노리는 회원뿐이었다. 마지막 활동 이후 안 부장은 자신이 주역으로 활동에 가담하는 상황이 온다면 모자 쓴 남자보다 더 능숙하게 일을 치를 거란 생각에 점점 더 사로잡혔다.

무엇보다 모자 쓴 남자같이 어리숙한 자도 활동의 주역을 맡곤 하는데 안 부장은 운송 역할만 맡는다는 것도 납득할 수 없는 일이었다. 동호회를, 더 나아가 안 부장까지 파멸시킬 수 있었던 모자 쓴 남자의 실수를 무마한 게 안 부장이 아니었던가?

애당초 '선생'이 모자 쓴 남자를 활동의 주역으로 삼은 게 잘못이다. 아직 한 번도 주역을 맡아 본 적이 없는 안 부장이지만 적어도 모자 쓴 남자보다는 더 능숙하게 활동을 주도할 수 있을 거란 확신이 있었다.

그렇다면 도구는 무엇이 적당하단 말인가?

[뭐든 처음에는 익숙한 게 최고죠.]

10점을 노리는 회원이 말했다.

[모든 취미가 마찬가지겠지만 나중에 가면 장비병(病)이란 게 오기 마련이고 처음에 고른 건 다 성에 안 차게 되잖아요? 나만 해도 바이스 플라이어로 시작해서 일본도부터 야구 방망이까지 온갖 거 다 써 봤어요. 그런데 활만 한 게 없더라고. 직접 손댈 필요도 없으니 깔끔하기도 하고요. 아무튼 처음 활동하는 거라면 잘 고민해 보세요. 뭘 쓸지.]

안 부장은 자신에게 '익숙한' 도구가 무엇인지 곧 떠올렸다.

또 다른 활동에 자신이 가담하게 될지, 가담한다고 하면 어떤 역할일지 어떤 확신도 할 수 없었다. 하지만 그 불확실한 미래의 활동에 대비하기 위해 안 부장은 퇴근 시간을 6시로 앞당겼다. 직장 동료들은 안 부장의 대변신에 놀라워하는 것처럼 보였지만 직장 내에서 그걸 주제로 안 부장과 대화를 나눌 만큼 친분이 있는 사람은 아무도 없었다.

안 부장의 아내는 안 부장의 변화에 어떤 기대를 품었을지도 모른다. 어쩌면 안 부장의 변화가 이제는 익숙해진 삶의 형식마저 바꿀 수 있다는 가능성에 두려움을 느꼈을 것이다. 하지만 안 부장이 퇴근 후 저녁 식사를 마치고 곧장 골프채를 들고 나가 서너 시간 뒤에 들어오는 것을 보고 이내 이 새로운 패턴에 익숙해지고 무뎌졌다.

안 부장은 매일 퇴근 후 집 근처 탄천변을 따라 한 시간여를 걸어 인적 드문 갈대밭으로 갔다. 그곳에서 짐을 풀고 스윙 연습을 한두 시간 하고 다시 집에 걸어 들어오는 생활을 하루도 빠지지 않고 유지했다.

혹시라도 주역으로 활동에 참여해야 할 때가 온다면 안 부장은 모자 쓴 남자처럼 미숙하게 행동하고 싶지 않았다.

10점을 노리는 회원(일면식도 없는 사람이었지만 안 부장은 그가 남자임을 확신하고 있었다.)의 조언처럼 익숙한 도구를 만드는 게 우선이었다. 두 시간이 걸리는 산책 역시 언제가 될지 모르는 활동에 대비하여 최소한의 체력을 다져 두기 위한 것이었다.

이러든 저러든 건강을 챙겨서 나쁜 것은 없지 않은가?

대화창만을 바라보며 기다리는 시간이 몇 주가 흐르자 안 부장은 초조해지기 시작했다.

'이젠 더는 활동이 없는 건가? 그것보다 다음 활동의 주역이 나란 보장도 없잖아?'

생각해 보면 꼭 나쁜 일만은 아니었다. 어쩌면 안 부장 본인에게는 더는 활동이 없는 쪽이 좋은 일일 거란 생각도 들었다.
'선생'에게 연락이 온 건 어느 평일 저녁 한창 스윙 연습에 몰두해 있을 때였다. 당일 입을 옷의 치수와 상품명 따위를 왜 물어보는지 순간 의문이 들기도 하였지만 안 부장은 반문 없이 '선생'의 질문에 충실히 대답하며 속으로 환호성을 내질렀다.

19

'선생'에게 활동 날짜를 통보받은 후 안 부장은 선생이 지시한 대로 GPS가 달린 스포츠 시계를 구매하였다. 이제는 식구들에게도 익숙해진 식후의 '취미활동'은 스포츠 시계를 통해 안 부장의 심박 수에서부터 행적까지 규칙적으로 인터넷에 기록되었다.
'선생'이 지정한 날짜로부터 2일 전 저녁에 안 부장은 딸의 방문을 두드렸다.
"아빠가 음악 좀 듣고 싶은데 잘 몰라서, 몰두할 때 들을 만한 음악 좀 골라 줄 수 있니?"
딸은 놀란 눈치였지만 싫어하는 기색 없이 안 부장의 휴대전화에 이런저런 음악을 받아 주었다.
"아빠. 난 요새 아빠가 취미 가지고 동호회 활동 열심히 하는 거 너무 보기 좋더라."
안 부장은 딸과 나눈 낯선 주제의 대화가 썩 마음에 들었다. 가족에게 받는 응원이라니! 이보다 더 용기와 힘을 북돋아 주는 게 세상에 또 어디 있단 말인가?

'선생'이 지정한 날 저녁, 안 부장은 평소와 같이 골프채를 들고 산책을 나섰다. 집에서 5분쯤 떨어진 탄천 초입의 벤치에 잠시 앉아 안 부장의 활동을 기록하기 시작한 스포츠 시계를 풀어놓았다. 주변을 돌아보니 모자를 깊게 눌러쓴 처음 보는 남자가 안 부장의 스포츠 시계에 시선을 두고 벤치로 다가오고 있었다.

'나도 모자를 하나 사야겠군.'

남자가 스포츠 시계를 자연스럽게 집어 들고 손목에 찬 후 멀어지는 걸 지켜보지 않으려 애쓰며 안 부장은 선생이 지시한 벤치 근처의 주차장으로 향했다. 주차장에는 틴팅을 짙게 하여 안이 보이지 않는 세단이 한 대 서 있었다. 안 부장이 세단으로 걸어가자 안으로부터 잠겨 있던 문이 열리는 소리가 들렸다.

안 부장은 뒷문을 열고 골프채를 뒷좌석에 내려놓고 문을 닫은 후 조수석에 앉아 벨트를 매었다. 세단의 운전석에는 안 부장 또래 중년 남자가 앉아 있었다. 별다른 인사나 시선의 교환 없이 중년 남자는 앞만 보며 차를 출발하였다. 안 부장도 중년 남자를 보지 않으려 창문 밖으로 시선을 돌리며 심호흡을 하였다.

"너무 긴장하실 필요 없습니다."

"아, 네."

"골프채 쓰실 건가 보죠?"

"엄밀히 말하면 골프공을 쓰려고요."

남자의 눈이 반짝이더니 입가에 미소가 걸렸다.

"골프채보다야 골프공이 소모품이니 싸게 먹히긴 하죠. 깔끔하기도 하고요."

안 부장은 중년 남자가 10점을 노리는 회원임을 직감했다.

중년 남자는 용인 방면의 지방도로로 15분 정도 차를 몰고 나아갔다. 표지판 없는 갈림길에서 인적 없는 농로로 빠진 후 다시 10분 정도를 달리고 나서야 중년 남자는 차를 세웠다.

안 부장이 벨트를 풀고 내리려 할 때 중년 남자가 도어 포켓에서 성냥갑 크기의 물건을 꺼내 건넸다. 생각 없이 받아 들었다 남자가 건넨 물건의 정체를 깨닫고 안 부장은 당황했다.

"가져가세요. 필요할 겁니다."

"아뇨, 전 그럴 생각은……."

"경험자의 충고라고 생각하고 그냥 가져가세요."

안 부장은 중년 남자의 자상한 배려와 태도가 마음에 들었다.

안 부장은 중년 남자의 선물을 주머니에 넣고 뒷좌석에서 골프채를 꺼낸 후 세단의 문을 닫았다. 중년 남자가 별다른 인사 없이 차를 몰고 떠나가자 막막함이 밀려왔다.

'여기에서 뭘 어떡하라는 말이지?'

주변을 둘러보자 농로 옆에 '사유지 출입 금지'라고 적힌 팻말이 세워진 개활지가 보였다. 개활지 끝 산자락에는 검은 차양이 드리워진 비닐하우스가 서 있었다. 모임에 가입하기 전 안 부장이었다면 개활지를 따라 비닐하우스까지 걸어가는 것만으로도 숨이 턱 끝까지 차올랐을 테지만 근래 꾸준히 운동을 해 온 것이 도움이 되었다.

비닐하우스 안은 안 부장의 기대보다 훨씬 더 넓었다. 비닐하우스의 벽면마다 두꺼운 달걀판 같은 것이 빼곡하게 붙어 있었고 가운데에는 등받이 의자가 놓여 있었다. 의자에 앉은 여자는 20대 중반쯤 되어 보였는데 박스 테이프 같은 것으로 촘촘하게 팔다리가 의자에 묶여 있었다.

뒤를 돌아 비닐하우스 입구를 보니 두꺼운 경첩과 열쇠가 꽂힌 자물쇠가 여러 개 보였다. 안 부장은 꼼꼼하게 자물쇠를 모두 채웠다. 여자가 묶여 있는 의자 아래에는 두툼한 비닐이 몇 겹으로 넓게 깔려 있었고 의자 다리마다 쇠사슬이 비닐하우스의 뼈대와 팽팽하게 연결되어 있었다.

원하는 게 눈에 띄지 않아 잠시 당황했지만 이내 비닐하우스 입구 한쪽에 놓인 상자 가득 담긴 골프공과 입고 온 것과 똑같은 옷가지와 신발을 보고 안 부장은 미소 지었다.

'준비는 제대로 해 놓으셨네들.'

여자는 안 부장의 작은 움직임 하나하나에도 움찔거렸지만 유별나게 한마디도 내뱉지 않았다. 가까이 다가가 관찰하니 여자의 입에도 박스 테이프가 겹겹이 붙어 있는 게 보였다.

잠시 '여자가 소리치게 내버려 둘까?' 하고 고민해 봤지만 딸아이가 골라 준 음악을 듣는 쪽이 더 나을 듯했다. 안 부장은 휴대전화 스피커로 음악을 크게 틀어 놓고 골프공을 바닥에 내려놓은 후 시험 삼아 스윙을 해 보았다.

골프공은 여자의 왼쪽으로 한참 비껴 날아갔으나 여자는 눈물을 흘리며 몸부림을 치기 시작했다. 안 부장은 바지 아래가 묵직해지는 걸 느꼈다.

"이래서 선배 말을 들어 나쁠 거 하나 없다더니!"

안 부장은 웃음을 터뜨리며 바지를 내리고 동호회 '선배'에게 선물 받은 물건을 성기에 씌웠다. 여자의 입에서 터져 나오는 비명은 이제 테이프로도 억제할 수 없을 만큼 커졌다.

안 부장은 여자로부터 괜한 오해를 받는 상황이 썩 마음에 들지 않았다.

눈에 잘 띄게 두 손을 들어 올려 여자의 이목을 끌고 난 후 다시 조용하게 바지를 올려 입었다. 그 후, 마치 '그런 짓 하려는 거 아니니 안심'하라는 듯한 제스처로 다시 한번 손을 펴 보였다.

물론 안 부장은 절대 '그런 짓'을 하려는 건 아니었다.

20

안 부장이 마지막으로 스윙 개수를 센 건 300타까지였던 것 같다. '선생'이 허락한 시간에서 10분이 모자라게 맞추어 놓은 알람이 울렸을 때 여자의 머리는 이미 축 늘어져 미동도 하지 않고 있었다. 비닐하우스 바닥에는 부서진 뼛조각과 흘러내린 뇌수가 무수히 많은 골프공과 함께 피범벅이 되어 굴러다니고 있었다.

안 부장은 바지를 벗고 정액으로 질척거리는 콘돔을 벗은 후 가지고 다니는 물티슈로 대충 몸을 닦아 내고 둘 다 비닐 위로 던져 놓았다.

안 부장은 잠시 고민하다 흩어진 골프공도 주섬주섬 한가운데로 모아 놓았다. 모자 쓴 남자의 말처럼 아무리 처리 담당이 있다 하지만 회원끼리 서로를 배려해 주는 게 좋지 않은가?

옷과 신발을 갈아입고 비닐하우스를 나와 개활지를 걸어가다 보니 손아귀가 터져 피가 말라붙어 있는 게 눈에 띄었다.
'모자에 장갑. 혹시 모르니 다음에는 반창고도 챙겨야겠군.'
자신이 벌써 다음 활동을 기대하고 있다는 걸 깨닫자 억제할 수 없는 웃음이 터져 나왔다. 개활지 초입의 농로에 때맞춰 차 한 대가 들어오고 있는 게 눈에 띄었다.
올 때와는 다른 차, 다른 운전자였다.
안 부장은 올 때와 마찬가지로 골프 클럽을 뒷좌석에 싣고 조수석으로 가 벨트를 매었다.
운전석 남자가 말없이 안 부장을 바라보며 미소 지었다. 미소의 의미는 '네가 지금 어떤 기분인지 나는 잘 알지.'라는 뜻이었을 것이다.
같은 목적을 위해 협동하고 같은 경험을 공유해 본 사람들만이 지을 수 있고 이해할 수 있는 미소였다.
안 부장은 남자를 보고 마주 웃어 주었다.

괴물의 아내와 28층의 기사

증오는 나의 친구, 통증은 나의 아버지, 고통은 내게 환희를 주지.
죽음은 나의 성소, 기꺼이 찾아갈 테니
제발 나를 고독 속에 홀로 죽게 내버려 둬.
— Solitude by Candlemass

여자는 27층과 26층 사이 계단참에 서 있었다.

여자가 나른하게 벽에 몸을 기댄 채 담배를 한 모금 빨아들인다. 활짝 열어 두어 비가 들이치는 복도 창문 밖으로 담배 연기를 내뱉는다. 빗줄기 사이로 담배 연기가 흩날려 사라진다.

남자를 이곳으로 이끈 건 열어 둔 창문으로 빗줄기를 거슬러 들어온 담배 냄새였다. 담배 냄새는 남자에게 아래층에 사는 노인의 모습을 떠올리게 했다.

또 한 번의 말싸움을 대비하며 한 층 한 층 아래로 내려가 보아도 노인의 모습은 보이지 않았다. 복도에서 남자를 기다리고 있던 건 길게 늘어진 헐렁한 원피스를 걸치고 있는 여자였다.

남자의 들끓어 오르는 혈관이 진정되고 굳게 쥔 팔뚝의 힘이 점차 풀어진다.

여자가 고개를 돌려 남자를 바라본다.

이마를 깊고 길게 가로지른, 투박한 실로 대충 꿰맨 흉터가 남자의 눈을 사로잡는다. 남자의 시선을 의식한 여자가 푸석한 앞머리를 늘어뜨려 이마의 상처를 가린다. 남자는 손가락을 들어 올려 여자의 담배꽁초를 가리킨다. 여자를 부를 적당한 호칭이 떠오르지 않는다. 말없이 바라보는 남자에게 여자가 고개를 끄덕여 보인다.

"죄송해요. 비도 많이 오고 너무 갑갑해서. 바로 끄고 들어갈게요……."

남자의 시선은 위아래로 움직이는 여자의 입술에서 떨어질 줄을 모른다. 여자의 입술 옆 깊게 팬 주름들이 죽음의 골짜기처럼 꿈틀거린다.

"그……."

메마른 소리가 남자의 입에서 튀어나온 공기 중에 흩날린다. 화답하듯 여자의 입에서 한숨 소리가 새어 나온다.

보란 듯이 여자가 팔을 놀려 담배꽁초를 창턱에 눌러 끈다. 몽톡해진 꽁초를 엄지와 검지로 집어 들고 남자의 눈앞에 들이민다. 남자는 말없이 여자의 행동을 바라만 본다.

여자의 길고 흰 손가락이 남자의 시선을 사로잡는다. 세월이 여자의 검지에 남긴 흔적과 공기 중에 가득 찬 습기의 무게에 축 늘어진 투명한 솜털이 남자의 눈을 가득 메운다.

남자의 시선이 불편한 듯 여자가 담배꽁초를 주머니에 집어넣는다. 무언가 말을 하려는 듯 머뭇거리다 옷깃을 매만지고 몸을 돌려 26층으로 향한다.

"그 상처…… 남……자 친구가 그런 건가요?"

남자는 여자의 호칭을 고민하는 걸 포기했다.

힘겹게 내뱉은 단어들이 가까스로 문장을 만들어 낸다. 내뱉은 말이 부끄러운 듯 남자는 여자의 눈치를 살핀다. 여자의 왼쪽 입꼬리가 길게 올라간다. 아래로 늘어진 눈꼬리와 맞닿으며 여자의 푸석한 얼굴에 작은 주름들을 만들어 낸다.

"남편요. 복도 창문 좀 닫아 주시겠어요?"

긴 여운을 남기며 나른하게 이어지는 여자의 음성이 남자의 귓가를 간지럽힌다. 몸을 돌려 계단을 내려가는 여자의 헐렁한 원피스 자락이 계단 모서리를 아슬아슬하게 스쳐 지나간다. 남자는 한참 동안 멀어져 가는 여자를 바라본다.

여자가 남기고 간 건 복도에 맴도는 담배 냄새의 긴 흔적뿐이다.

며칠 뒤 용들과 마왕과의 격전을 포기한 남자를 27층과 26층 사이의 계단참으로 다시 한번 인도한 건 이제는 친숙해진 여자의 담배 냄새였다.

익숙한 향기가 사라지기 전에 남자는 다 늘어진 추리닝 반바지를 단정한 진으로 갈아입는다. 너무 차려입었다는 생각에 남자는 다시 한번 조금은 깔끔해 보이는 긴바지 추리닝을 선택한다.

현관 앞 거울에 서서 머리를 한번 매만지고 남자는 집을 나선다. 일부러 복도에 울려 퍼지도록 현관문을 소리 내어 닫는다. 남자는 너무 위협적으로 들리지는 않으면서도 발소리가 뚜렷이 들리도록 애쓰며 천천히 계단을 내려간다.

27층 방화문 앞에서 남자는 한번 심호흡을 하고 아래를 내려다본다. 며칠간 남자의 머릿속에서 모호하게 표류하던 얼굴이 권태롭게 창턱에 기대어 밖을 내려다보고 있다.

헛기침을 두어 번 하고 조심스럽게 계단을 밟아 내려오는 남자를 발견한 여자의 얼굴에 짜증스러운 듯한 표정이 스쳐 지나간다.

실핏줄이 터진 듯 부어오른 여자의 왼쪽 눈은 빨갛게 변해 있다. 하얗고 빨간 한 쌍의 눈동자가 남자를 빤히 바라본다.

남자의 입이 열리기도 전에 여자의 입에서 한숨이 먼저 새어 나온다

여자는 한번 보아 이미 남자에게 익숙해진 동작으로 담배꽁초를 눌러 꺼뜨리려 한다. 남자가 다급히 입을 연다.

"오늘은……."

또다시 메마르고 볼품없는 목소리다.

여자가 의아한 표정으로 남자를 바라본다.

"날씨 좋아서 담배 냄새 안 났어요. 그냥 복도 계단 오가며 운동이나 하려고요."

머릿속에 새겨진 여자의 표정을 흉내 내듯 남자의 왼쪽 얼굴이 일그러지며 조소를 만들어 낸다.

여자가 남자를 바라보며 비슷한 표정을 지어 보인다.

"이마……는 이제 괜찮아지셨네요?"

몇 번의 발걸음으로 여자에게 다가가고, 곧 멀어지려는 찰나에 남자가 필사적으로 조합해 낸 문장이다. 남자의 말에 새삼 떠오른 게 있는 듯 여자가 왼손을 들어 자신의 이마를 짚어 본다.

"몸에 난 상처는 금방 아물잖아요?"

"그런가? 그래도 다행이네요. 예쁜 얼굴에 흉이 남는 거보다……."

남자는 입 밖을 떠나 여자의 귀 주변 공기 중에 떠다니는 단어를 주워 담고 싶다. 벌겋게 달아오른 목덜미를 손으로 쓰다듬는 남자의 모습을 여자는 음미한다. 눈을 가늘게 뜨고 평소보다 더 깊고 천천히 담배를 빨아들인다.

"제 얼굴이 예뻐요?"

여자의 목소리가 둔중한 흉기처럼 남자의 귀를 후려친다. 남자는 머릿속에 몇 개의 문장을 조합했다가 거듭 지운다.

여자는 다음 말을 기대하는 듯 호기심 어린 시선으로 남자의 입을 바라본다.

계속해 보라는 듯 재촉하는 여자의 눈빛에 남자는 마른침을 삼킨다.

조금은 과장된 동작으로 남자는 여자의 맞은편 벽에 몸을 기대어 선다.

"그거…… 신고 같은 거 안 하실 거예요?"

그건 전적으로 여자의 문제다.

그다지 유쾌하지 못했던 첫 번째 만남 이후 채 다섯 마디도 안 되는 대화만을 나누어 본 남자가 관여할 문제가 아니다.

"제 사정도 모르시잖아요?"

"네…… 그래도 요새는 경찰도 그런…… 가정 폭력을 그냥 넘기지는 않는다고…… 도와주는 단체도 많다고……."

첫 만남 이후로 남자가 인터넷을 통해 수집했던 정보를 주섬주섬

입에 주워 담는다. 여자는 그런 남자의 모습을 바라보며 야릇한 미소를 짓는다.
"경찰이, 그 단체들이 괴물한테서도 저를 보호해 주나요?"
"네?"
여자가 대꾸 없이 창밖으로 시선을 돌린다. 남자는 여자의 대꾸를 마냥 기다려야 할지, 아니면 이대로 물러나야 할지 고민한다.

여자가 다시 시선을 돌려 남자를 바라본다. 긴장한 듯 한일자로 굳게 닫힌 여자의 입매가 떨린다. 남자의 심장이 평소보다 빨리 뛰기 시작한다.
"남편요…… 괴물이거든요. 누구도 제 남편은 못 막을 거예요."
"그거 잘되었네요."
뇌를 거치지 않은 문장이 남자의 입을 통해 튀어나온다.
"전 괴물 상대하는 데는 이골이 났거든요."
치기와 부끄러움이 뒤섞인 감정이 남자의 하복부에서부터 머리 끝까지 치밀어 오른다. 벌겋게 달아오른 남자의 얼굴을 바라보며 여자가 작게 웃음을 터뜨린다.
"뭐 하시는 분인데요?"
"일단은 프리랜서인데…… 그것보다는 온라인을 통한 괴물 사냥 전공입니다."
남자의 농담을 여자는 이해하지 못한다.
여자는 귀에 들어온 생경한 문장을 분석이나 하듯 손에 든 담배꽁초에서 재가 흩날리는 것도 인식하지 못한 채 굳어 있다.

"그거…… 재 떨어지는데…….."
 입보다 먼저 남자의 몸이 반응한다. 여자의 발치로 떨어지는 담뱃재를 향해 손을 뻗는 남자를 바라보며 여자가 유쾌한 웃음을 터뜨린다. 여자의 웃음소리에 호응하듯 엘리베이터의 둔중한 모터 소리가 아파트 복도에 울려 퍼진다.
 눈꼬리를 늘어뜨리던 여자의 표정이 다시 매섭게 돌변한다. 긴장한 모습으로 26층 복도의 엘리베이터를 바라보더니 다급하게 담배를 벽에 비벼 끈다.
"제 남편이 볼 거예요. 어서 들어가세요."
"신고 안 하실 거예요? 안 하실 거면 제가 할 수도……."
 여자에겐 고집을 피우는 남자를 무시한다는 선택지가 있다. 여자는 그 선택지를 무시한다. 26층으로 내려가던 발걸음을 멈추고 한숨을 내쉬며 다시 한번 남자와 눈을 마주쳤다.
"주차장 구석에 흰색 오토바이 세워 둔 분이죠? 하얀 말도 있고…… 거기에 괴물 사냥이 전공이면 기사님이네요? 신경 써 주셔서 고마운데…… 제 남편은 기사님이 감당할 수 있는 사람이 아니에요. 담배 이제 복도에서 안 태울 테니 더는 신경 쓰지 마세요."
 여자의 목소리에는 담담한 고통이 묻어난다. 고통만이 삶에서 허락된 유일한 감정인 듯 평온한 목소리다. 여자의 목소리가 남자의 가슴을 움켜쥐고 고통스럽게 쥐어짠다.
 엘리베이터는 15층을 지나 점점 더 26층에 가까워진다.
"어차피 복도 오르내리며 운동하는 거였어요. 저 신경 쓰지 말고 들어가세요. 괴물이 제가 사는 아파트에 사는데 기사로서 얼굴은 확인해 봐야죠."

여자가 남자를 바라보며 얼굴 왼쪽을 한껏 사용해 미소 짓는다. 할 말이 더 있는 듯 달싹이던 여자의 입술이 점점 커지는 엘리베이터 소리에 굳게 닫힌다.

여자는 남자에게 시선을 주지 않고 미끄러지듯 2601호의 문을 열고 사라진다. 현관문이 닫히자 엘리베이터는 둔중한 소리와 함께 26층에 멈추어 선다.

긴장감에 남자는 마른침을 삼킨다. 남자에게 익숙한 속도보다 한결 느리게 엘리베이터의 문이 열린다. 그 안에서 기다리고 있을 대상을 노려보는 남자의 눈에 들어온 것은 텅 빈 공간뿐이었다.

* * *

한동안 남자는 26층과 27층을 서성이는 여자의 모습도, 담배 향도 접할 수 없었다.

또다시 비가 내리는 날 빗줄기를 타고 올라오는 담배 향기에 이끌려 남자는 복도를 내려간다. 기대와 죄책감과 불안감이 뒤섞인 감정을 품고 한 걸음씩 내딛는 남자를 기다리는 건 27층 노인이다.

"아…… 이거 한 대만 태우고 들어가려 했어. 비가 와서 냄새가 안 올라갈 줄 알았는데…… 그게 아니었나 보네……."

실망감이 가득 찬 남자의 표정을 잘못 해석했는지 노인은 남자의 눈치를 보며 주섬주섬 변명을 주워 담는다. 남자는 노인의 말을 무시하며 대꾸 없이 발걸음을 되돌린다.

"······그 젊은 양반이 너무······ 자기는 맨날 오토바이로 부릉부릉 시끄럽게 굴면서······ 정작 26층 새댁은 별말 없이 담배도 빌려주곤 하더구먼······."

노인이 불만스러운 말투로 속삭이듯 내뱉은 말이 남자의 발걸음을 돌려세운다.

"26층 사는 분이랑 아는 사이예요?"

갑작스럽게 발걸음을 멈추고 질문을 던지는 남자를 노인이 의아한 표정으로 바라본다.

"어? 아······ 그 새댁 처음 이사 올 때부터 인사하고 그랬지. 거기 새댁이······ 아니 이제 이사 온 지 거진 20년이 더 된 거 같으니 새댁이란 표현은 좀 이상하긴 하지만······ 원체 얼굴이 앳돼 보이고 좀처럼 나이를 안 먹으니깐······."

여자의 나이를 한참 어리게 보았음을 남자는 새삼 깨닫는다.

"옛날에는 복도에서 담배 피우고 이런 거 사람들이 딱히 뭐라고 안 했거든······ 가끔 담배도 나눠 피고······ 이야기도 나누곤 했지."

"무슨 이야기요?"

"뭐······ 딱히 별 이야기는 안 했지. 주로 내가 이런저런 거 물어보면 별 대꾸 없이 웃기만 하고. 좀 말수가 없고 싱거운 사람이거나 자기 이야기 하기 싫어하나 싶어서 그 뒤론 그냥 별일 없냐, 뭐 이런 인사치레만 했지."

여자의 상처(남자의 눈에 띄기 전에도 존재했음이 분명해 보이는)를 보고도 별일 없냐는 무신경한 인사를 건네었다는 노인의 말이 남자의 몸을 돌려세운다.

"남편은요? 그분 남편은 봤어요?"
노인의 눈에 경계의 눈빛이 어린다. 추궁하는 듯한 남자의 말투 때문만은 아닐 것이다.
"그런데…… 뭐 때문에 그런 거 물어보고…….”
"그분 얼굴에 상처 있는 거 한 번도 못 봤어요? 그렇게 오래 봤다면서 한 번도 도와줄 생각은 안 해 봤습니까?"
"아니! 내가 그 처자 사정이 어떤지 어떻게 알겠으며…… 그 남편이라는 사람 얼굴 한번 못 봤는데 남편한테 맞는 것인지, 집안일하다 다친 것인지 그런 걸 어떻게 알고!"
죄책감 때문인지, 비난당했다는 사실 때문인지 노인의 얼굴이 벌겋게 달아오르고 목에 핏대가 솟아오른다.
"계속 상처 입는 거 본 거네요. 그랬으면서 별일 없냐고 물어봤다고요?"
노인은 우물거리며 몇 마디를 내뱉으려다 시뻘건 얼굴을 한 채로 남자를 지나쳐 2701호로 사라진다. 조촐한 승리에도 남자의 기분은 나아지지 않는다. 대상이 눈앞에서 사라지니 내쏘아진 분노는 자신에게로 향한다. 남자의 감정에 동조하듯 낮고 둔중한 엘리베이터의 모터 소리가 복도를 진동시킨다.
새로운 대상을 찾은 기쁨에 남자의 분노가 요동친다. 남자는 계단참을 하나 더 내려가 26층 계단 난간에 손을 올려놓고 올라오는 엘리베이터를 말없이 노려본다.
마지막으로 여자를 보았을 때 느꼈던 것과 비슷한 감각이 남자의 몸을 사로잡는다. 분명 엘리베이터는 26층에 멈춰 설 것이다. 문이 열리면 저번과 마찬가지로 엘리베이터 안은 텅 비어 있을 것이다.

분노는 너무나도 손쉽게 공포로 변모한다. 머릿속으로는 해답을 낼 수 없지만, 혈관 깊숙한 곳에 숨어 있던 미지의 감각기관이 남자의 무의식에 답을 속삭인다.

긴장감이 남자의 숨통을 움켜쥔다. 혈관 속을 날뛰듯 내달리며 당장 이 자리를 피하라고 경고하는 목소리들을 남자는 억지로 무시한다. 남자는 굳건하게 복도에 발을 디디고 서서 버틴다. 엘리베이터는 평소보다 느리게 한 층 한 층 올라온다. 막 엘리베이터가 12층을 지날 무렵 2601호의 현관문이 반쯤 열린다.

반가움과 부끄러움과 그보다 더 내밀한 감정이 동시에 밀려온다. 시선을 돌려 여자와 눈이 마주치는 순간이 영원처럼 길게 확장된다. 엘리베이터는 14층을 지나고 있다.

여자의 눈에 남자의 눈에 비친 것과 비슷한 감정이 서린다. 남자의 시선이 검게 변색된 여자의 목덜미로 향한다. 여자가 엘리베이터를 바라보며 당황한 표정을 짓는다.

현관 밖으로 빠르게 걸어 나오며 남자를 향해 입을 연다.

"뭐 하는 거예요? 어서 가요."

엘리베이터는 16층을 지나고 있다.

"말했잖아요. 운동하는 거라고."

미소를 지어 보이려 하지만 수많은 감정이 얼굴 근육을 옭아매기라도 한 듯 쉽지가 않다.

"눈…… 거기랑 이마는 벌써 다 나으셨네요?"

"남편 올 거예요. 어서 돌아가세요."

엘리베이터는 18층을 지나고 있다.

남자의 어깨가 으쓱 올라간다.

"그게 왜요? 저한테도 똑같은 짓 하면 전 신고하면 그만인데요?"

"……저한테 왜…… 아니, 좀 불편하니까 그만 가 주시겠어요?"

여자의 말투는 꾸며 낸 듯 딱딱하고 차갑다.

과장된 여자의 말투에 남자의 얼굴 근육이 풀어진다.

"그럼 내일 저랑 여기서 다시 이야기하실래요?"

"내가 왜……."

남자의 미소에 동조하듯 여자의 목소리도 다소 풀어진다.

엘리베이터는 21층을 지나고 있다.

"몇 시에 볼까요?"

엘리베이터는 22층을 지나고 있다.

여자의 눈에 망설임이 떠오른다.

남자는 이제 엘리베이터를 바라보고 있지 않다.

엘리베이터의 모터 소리가 남자에게 닥칠 운명을 예고하듯 복도 전체를 진동시킨다.

모든 감각기관을 다 뒤흔들어 대는 진동 속에서 남자는 오직 여자의 입술만을 바라본다. 엘리베이터의 모터가 내는 규칙적인 진동에 남자의 심장이 공조해서 뛰기 시작한다.

엘리베이터가 23층을 지날 무렵 여자의 입술이 천천히 벌어진다.

여자의 입에서 흘러나온 '시간'이 달아오른 남자의 귀를 거쳐 뇌리에 새겨진다.

"이제 가요."

선고하듯 단호한 여자의 목소리에 퍼뜩 깨어나 남자는 발걸음을 돌린다.

꾸며 낸 발걸음으로 여유로운 듯 복도를 걷는 남자의 한 층 아래에서 엘리베이터 문이 천천히 열리는 소리가 들려온다.

* * *

좀처럼 잠을 이루기 힘든 밤이다. 뒤척이는 남자의 머릿속에 여자의 검게 죽은 목덜미와 가느다랗게 떨리는 입술과 시간을 속삭이던 숨결이 소용돌이친다. 열어 둔 창문 사이로 빗줄기가 들이치는 소리가 들려온다. 음습한 물 향기에 숨이 막힐 듯한 먼지 냄새가 섞여 남자의 코를 자극한다.

수면의 늪으로 이끌려 들어가는 남자의 의식은 빗줄기 소리에 자꾸만 섬뜩 놀라 깨어난다. 창문을 닫아야 한다는 생각이 들지만, 창밖에서 정체를 알 수 없는 무언가가 남자를 바라보고 있을 것 같은 두려움이 밀려온다.

복도를 울리는 엘리베이터의 모터 소리가 남자의 몸 전체를 뒤흔든다. 그 어느 때보다 빠른 속도다. 꿈과 현실의 경계를 좀처럼 구분하기 힘들다. 진동과 소리에 포박당한 채 남자는 다가오는 존재를 기다린다.

엘리베이터 소리가 점점 가까워진다. 창문 밖에서 남자를 지켜보고 있는 시선의 존재감이 더욱 강렬해진다. 축축해진 등이 남자의 몸을 아래로 끌어 내린다.

분명 엘리베이터는 남자의 집 두 층 아래에서 멈추어 설 것이다. 그래야만 한다.

남자의 기대와 바람은 너무나도 손쉽게 배신당한다. 27층을 지나 남자의 현관문 바로 옆에 멈추어 선 엘리베이터 몸체의 흔들림이 벽을 넘어 남자의 귀를 강타한다.

엘리베이터의 문이 열리는 소리가 불길하게 들려온다.

몇 겹의 기계장치로 단단히 잠긴 현관문이, 두꺼운 콘크리트 벽이 남자를 엘리베이터 문을 열고 나오는 존재로부터 지켜 줄 것이다. 하지만 그건 단지 남자의 바람일 뿐이다.

창밖으로부터 비웃음 소리 같은 밤새의 울음소리가 들려온다. 현관문 손잡이가 위아래로 들썩이는 소리가 들려온다. 몇 겹의 고리와 빗장과 자석장치는 침입자에 의해 너무나 손쉽게 무력해진다.

애초부터 잠금장치들은 존재하지도 않았던 듯하다. 현관문 경첩이 침입자를 환영하듯 부드럽게 돌아간다. 열린 현관문 틈새로 냉기와 악취가 쏟아져 들어온다. 꿈과 현실의 경계에서 일어나 몸을 움직여야 한다고, 침입자와 맞서야 한다고 남자는 생각한다.

남자의 몸은 남자의 의지를 따르지 않는다. 창밖 존재의 시선에 사로잡혀 꼼짝할 수 없다. 현관을 넘어선 침입자의 존재가 거실을 지나 남자가 누워 있는 안방으로 다가오는 게 느껴진다.

좌절과 무력감이 피워 올린 공포가 남자의 마음을 사로잡는다. 의식하지도 못하는 사이에 눈물이 누워 있는 남자의 볼을 타고 흘러내려 베개를 적신다.

거실을 지나는 침입자의 발소리가 들려온다. 둔중한 발걸음이 남자의 거실 마룻바닥을 뒤틀며 삐걱거리는 소리를 낸다. 이제 곧 안방 문이 열릴 것이다. 이제 곧 침입자의 시선에 남자의 무기력한 몸이 노출될 것이다.

"……시에 기다리고 있을게요. 이제 가요."

머릿속에 영원처럼 각인된 여자의 목소리가 천둥처럼 남자의 귓전을 때린다. 비명을 지르고 있다는 자각도 없이 남자는 몸을 일으킨다. 모든 두려움은 악몽을 꾸었다는 기억과 함께 남자의 무의식 너머로 사라진다.

* * *

남자는 약속 시간 5분 전에 현관문을 나선다. 여자는 남자를 이미 기다리고 있다. 더 이상 남자의 시선을 의식하지 않는 듯 권태롭게 창밖을 내다보다 남자 쪽으로 고개를 돌려 나른하게 담배 연기를 내뿜는다.

들숨에 섞여 들어온 담배 연기가 남자의 심장 고동을 빠르게 뛰게 한다.

"그래서요…… 또 신고하는 이야기 하려는 거면……."

"오늘은 아무 데도 흉터 안 보이는데요? 상처가 빨리 아무나 봐요?"

여자가 눈썹을 찡그리며 어깨를 으쓱해 보인다. 아무려면 어떠냐는 태도다.

"제 몸 상태 점검하러 온 거면 보시다시피 멀쩡하니까 이제 돌아가세요."

남자가 여자의 맞은편 벽에 기대어 선다.
"그런 건 아니고요."
"그럼 왜 보자고 했는데요?"
"데이트할래요?"
여자의 입에서 메마른 웃음소리가 발작적으로 터져 나온다.
"저 남편 있다고 한 말 못 들었어요?"
"남편이 괴물이라면서요? 법적으로 인간이랑 괴물 간의 결혼은 인정되지 않을걸요?"
여자의 시선이 남자의 얼굴에서 한동안 표류한다. 비웃듯 치켜 올라간 입꼬리가 활짝 벌어진다. 여자가 만들어 낸 커다란 미소가 남자의 눈을 사로잡는다.
"데이트…… 왜…… 아니 나랑 뭘 하고 싶은데요? 남들처럼 영화나 보러 가자는 거면……."
여자가 말한 '남들처럼'이라는 단어가 남자의 심장을 가볍게 옥죄어 온다.
"전 요새 영화들은 절대 안 봐요. 식사하고 술 마시러 갈래요?"
"별로 뭘 먹고 싶은 기분은 아니에요."
여자의 단호한 거절이 남자의 마음에 희망의 불을 지펴 올린다.
"그럼 바로 술 마시러 가죠."
"이 시간에?"
남자가 한 발짝 더 여자에게 다가선다. 여자는 물러서지 않는다. 고개를 쳐들어 똑바로 남자를 바라본다.
"술 마시기 좋은 시간이 따로 있나요?"

"제 남편이 알게 되면······."

"그 괴물 새끼가 우리가 어디 있는지 어떻게 알 거예요?"

"······내 말을······ 전혀 이해 못 하시네요······."

"그럼 이해할 수 있게 말해 봐요. 왜 그딴 놈을 참고 있는지. 그리고 다음번에 또 상처가 눈에 띄거나 하면 저도 진짜 가만히 안 있을 거예요."

여자의 입매가 늘어지며 처연한 미소를 만들어 낸다.

"누가 다음번에 또 본대요?"

"그럼 적어도 지금은 보겠다는 이야기네요?"

여자의 눈동자가 흔들린다. 흔들리는 여자의 눈동자를 붙들 수 있다는 듯 남자의 시선은 여자의 눈에서 떠날 줄 모른다.

"······10분 ······아니, 20분 있다가 앞에 상가로 내려갈게요."

* * *

"그런데 왜 요새 영화들은 절대 안 본다는 거예요?"

여자의 질문이 창문을 뚫고 쏟아져 내려오는 햇살 아래 붉은 입술이 움직이는 걸 홀린 듯 보고 있던 남자의 정신을 퍼뜩 깨운다.

위성처럼 머리 주변을 맴돌아 다니는 술기운을 떨쳐 내려는 듯 남자는 가볍게 머리를 한번 흔든다. 여자가 끈기 있게 남자의 대답을 기다린다.

"다 가짜잖아요."

남자는 퍼뜩 떠오르는 것이 없어 어깨를 으쓱하려다 발작적으로 대답을 내뱉는다.

여자가 의아한 표정을 짓는다.

"영화는 원래 다 가짜예요. 거짓말이잖아요? 거짓된 사랑, 거짓된 행복, 거짓된 승리를 말하고······."

"적어도······ 빛은 진짜였어요. 그림자도 진짜였고. 스크린에 비치는 사람들의······ 괴물들의 행동도, 동기도 진짜였고. 무엇보다 감정들······ 감정들이 진짜였죠."

몇 잔의 술에도 변함없던 여자의 볼이 붉게 달아오른다. 타오르는 듯한 여자의 시선이 남자의 눈에 내리꽂힌다.

"그럼 요새는요? 그 모든 게 다 사라지기라도 했다는 건가요?"

"빛도 없고 그림자도 없잖아요? 깊이도 없는 싸구려 색조의 그림, 칠 범벅이잖아요? 나오는 사람들도 괴물들도 다들 다음 편······ 다음 편을 위해 그때그때 속 편한 행동만 하고 있고······ 그리고 무엇보다 감정이 없잖아요? 봐요. 옛날에는 액션 신을 찍더라도 진짜 행동이 있었고, 거기에 따라오는 고통이 있었고, 혹여 실수를 하게 되면 죽을지도 모른다는 데서 나오는 두려움도 있었잖아요?"

남자의 말에 동조하듯 여자가 고개를 끄덕인다. 마상 시합에서 점수를 획득하기라도 한 듯 남자의 목소리가 커지고 말이 빨라진다.

"그런데 지금은? 몸을 맞부딪힐 필요도 없으니 고통도 없죠. 죽을 걱정을 할 필요도 없으니 두려움도 없고. 텅 빈 공간에서 허공에 대고 헛짓을 하는 사람들이 무슨 감정을 끌어내겠어요?"

"진짜 뭐 하시는 분이에요? 요란한 오토바이도 가지고 있고······ 무슨 스턴트맨 같은 거?"

여자의 질문에 남자의 볼이 달아오른다.

"아뇨. 그냥 고전 영화 애호가인데요…… 일은…… 집에서 그냥 그때그때 소프트웨어 프로젝트 같은 거 맡아서 하고 있고요."

남자의 대답이 흥미 없다는 듯 여자가 딴청을 피운다. 여자는 대꾸를 묵묵히 기다리는 남자의 태도를 즐기다 남아 있는 술을 한 번에 입안에 털어 넣는다. 남자가 여자의 빈 잔을 가득 채운다. 대화의 공백이 길어지고 남자의 머릿속은 적당한 화제를 꺼내기 위해 바쁘게 움직인다.

"어떨 때는 거짓말이…… 가짜가 더 좋아요. 더 편하기도 하고……."

갑작스러운 여자의 말에 막 새로운 화제를 꺼내려던 남자의 입이 굳게 닫힌다.

"진짜 같다고…… 진짜라고 다 좋은 건 아니잖아요?"

동의의 뜻인지 확신하지도 못하면서 남자는 그저 고개만 끄덕인다. 또다시 여자가 단번에 술잔을 비운다.

"다른 사람들하고…… 남편 말고…… 영화 보러 가고 했나요? 그 사람 중 아무도 도와주려 하지 않……."

남자는 술잔을 채워 주며 내뱉은 말을 다시 주워 담고 싶어진다. 화를 낼 거라는 남자의 예상과는 달리 술잔을 입술에 가져다 댄 채로 여자는 한참 동안 굳어 있다.

"괴물 본 적 있어요? 당신의 가짜 괴물들 말고 진짜 괴물."

질문의 의미를 곱씹다 남자는 고개를 젓는다.

"오래전 일이지만…… 당신 같은……."

자신의 말이 우습기라도 한 듯 여자의 입에서 픽 하는 웃음이 터져 나온다.

"……사람이 있었죠. 영화도 같이 보고…… 지금처럼 같이 술도 마시고."

또다시 여자의 붉은 입술 사이로 투명한 액체가 흘러들어 간다. 남자의 손이 기계적으로 해야 할 일을 한다.

"남편은 그 사람을 잡아다 두고 내가 집에 돌아올 때까지 기다렸어요. 나를 움직이지 못하게 가둬 두고 옆방으로 그 남자를 데려가더군요. 볼 수 없으면 상상력은 더 큰 걸, 더 위험한 걸, 더 끔찍한 걸 만들어 내잖아요?"

술잔을 잡은 여자의 손이 작게 떨려 온다.

"처음에는 억눌린 신음에서부터 시작되었어요. 부드럽고 연약한 살이 꼬집히는 듯한 소리가 들리더니 꽉 다문 이 사이로 흘러나오는 바람 같은 소리만 작게 들리더군요. 나는 몸을 움직일 수도, 남편에게 욕설을 내뱉을 수도, 그 사람을 위로하거나 사과할 수도 없었어요. 만찬을 음미하기라도 하듯 남편은 서두르지 않았어요. 점점 남편이 고문하는 강도를 높여 간다는 걸 보지 않아도 알 수 있었어요. 나를 위해 억누르던…… 억지로 참고 있던 신음이 점점 더 커지더니 비명으로 바뀌더군요. 살이 잘려 나가는 듯한 소리도, 관절이 뒤틀리며 찢어져 나가는 듯한 소리도, 뭉툭한 물건이 억지로 질긴 살을 뚫으며 파고드는 소리도 들려왔고요."

고민하듯 입술 근처에서 방황하던 여자의 술잔이 움직이며 남아 있던 액체가 입안으로 사라진다. 거미줄에 걸려 몸이 굳은 먹잇감처럼 남자의 손은 움직일 줄 모른다. 홀린 듯 여자의 입술만을 응시하고 있다.

"그 사람의 비명에 장단을 맞추듯 남편의 웃음소리도 커졌어요. 욱욱……거리는 듯 억눌려 있던 신음이 비명으로, 나에 대한 저주로, 남편에게 죽음을 갈구하는 애원으로 바뀌어 가는 걸 나는 그저 듣고만 있어야 했어요. 두려움이, 고통이 진짜 감정을 불러온다고 했죠? 너무 큰 고통은, 두려움은 오히려 감정을 묻어 버리고 회색으로 탈색시켜 버려요. 그 사람…… 그 사람의 입에서 나중에 흘러나오던 말은…… 너무 많은 감정을 내쏟아 갈라지고 쉬어 버린 목소리로 '제발…… 제발…….' 꼭 기침 소리 같기도 하고…… 난…… 그게 나한테 하는 말인지 남편에게 하는 말인지 알 수도 없었어요."

여자가 빈 술잔을 손안에서 굴리며 뚫어지게 바라본다.

"남편은…… 그 사람에 대한 분노 때문에 그런 게 아니에요. 그 사람이 괴로워하든 말든 남편에게는 하등 의미가 없는 일이었어요. 그 사람을 고문하고 괴롭힐 때 내가 받는 고통을…… 당신이 말하는 그런…… 나의 진짜 감정을 즐기는 거예요."

여자가 고개를 들어 창밖으로 저물어 가는 해를 바라본다.

"남편이 그 사람을 보게 하는 게 아니었어요. 밤이 다가오고 있네요. 제 남편이 돌아올 시간이에요. 먼저 가 볼게요."

말을 마친 여자가 남자의 대답을 기다리지 않고 자리에서 몸을 일으킨다.

여자의 말이 남자의 머릿속을 헤집어 놓는다. 좀처럼 받아들이기 힘든 내용이지만 여자의 말이 진실이라는 걸 남자는 알고 있다.

수많은 의문은 남자의 마음을 온통 사로잡은 압도적인 감정의 홍수에 밀려 사라진다.

"같이 가죠. 어차피 가는 길이 같잖아요."

따라서 몸을 일으키는 남자를 여자는 당혹스러운 시선으로 바라본다. 당혹감은 곧 낭패감으로, 이어서 분노로 뒤바뀐다.

"내 말 안 들었어요? 남편이 당신 보면 당신도……."

"잡아서 고문하고 죽일 거라고요? 당신 남편이 제 몸에 손 하나라도 대면 바로 경찰에 신고할 겁니다. 당신이 말한 이야기도 할 거예요. 도대체 왜! 그런 위험한 사람이랑……."

"말했잖아요. 남편은 진짜……."

"괴물이라고요? 그럼 나도 진짜 기사겠네요. 가고 싶으면 혼자 가세요. 나도 가고 싶을 때 집에 갈 거니깐."

여자의 입이 굳게 닫힌다. 핸드백을 집어 들고 지폐를 꺼내 테이블에 놔두고 몸을 돌려 술집을 나선다. 남자가 여자 뒤를 따라나서다 계산대로 가 따로 계산을 마친다.

황급히 술집을 나선 남자의 눈에 저 멀리 앞서가는 여자의 뒷모습이 들어온다. 어느새 거리에는 어둠이 안개처럼 드리워져 있다. 짙은 안개를 헤치듯 난폭한 발걸음으로 걸어가는 여자를 남자는 서둘러 뒤쫓는다.

고개를 돌려 뒤따라오는 남자를 바라보는 여자의 얼굴에 분노와 당황이 뒤섞인 표정이 뚜렷하다. 여자가 발걸음을 더욱 빨리해 보지만 남자를 떨쳐 내기가 좀처럼 쉽지 않다.

둘은 한참을 말없이 함께 어둠 속을 걸어간다. 아파트 단지 입구에 도착하자 자포자기한 듯 여자의 입에서 한숨이 새어 나온다. 아까와는 달리 여자의 발걸음이 조금씩 느려진다.

남자의 발걸음도 한결 여유로워진다. 아파트 입구에서 여자는 한참을 망설이듯 서성이다 다시 한번 한숨을 내쉬고 엘리베이터로 향한다.

엘리베이터는 26층에 멈추어 서 있다. 여자가 버튼을 누르자 둔중한 모터 소리가 복도에 울려 퍼진다. 여자는 자신의 얼굴을 바라보는 남자의 시선을 무시하며 엘리베이터 문만을 응시한다.

"남편이 당신을 봤어…… 내가 무슨 말을 하든 고개만 끄덕여요. 입을 열지도 말고."

여전히 엘리베이터 문에 시선을 고정한 채로 여자가 말한다. 이제껏 들어 본 적이 없는 싸늘한 여자의 말투에 남자의 가슴 한편이 무너져 내린다. 대꾸 없이 남자는 입을 굳게 다문다.

엘리베이터가 도착하자 여자는 빨려 들어가듯 안으로 들어간다. 남자가 뒤를 따르자 26층과 27층을 누른다. 의아함에 남자가 말을 꺼내기도 전에 닫힘 버튼을 누르고 굳게 닫힌 엘리베이터 문만을 응시한다.

여자의 말에 압도당하기라도 한 듯 남자는 말 한마디를 내뱉을 수가 없다. 알 수 없는 긴장감에 남자의 가슴이 빠르게 뛴다. 26층에 도착하자 엘리베이터 문이 천천히 열린다.

분명 아무도 서 있지 않던 복도에 여자의 남편이 갑작스럽게 모습을 드러낸다. 기묘할 정도로 여자와 닮아 있는 모습이다. 여자 남편의 붉은 눈이 남자를 응시하자 몸이 굳어 꼼짝할 수가 없다.

단 두 걸음으로 복도로 나간 여자가 몸을 돌려 남자를 바라본다.

"작작 좀 하세요! 담배 이제 복도에서 안 태울 거라고 했잖아요! 그거 한 대 피운 거 가지고 도대체 몇 번을 귀찮게 하는 거야!"

저절로 닫히는 엘리베이터 문에 가로막혀 짜증스럽다는 듯 내뱉는 여자의 모습이 남자의 눈앞에서 사라진다. 깜빡이지도 않고 남자만을 바라보던 붉은 눈의 아랫입술이 길게 찢어지며 소름 끼치는 미소를 만들어 낸다.

머물러 그 시선을 마주 쏘아 주고 싶은 남자의 의지와는 무관하게 엘리베이터는 위로 올라간다. 27층에 도착해서야 남자의 굳은 몸이 풀린다.

"……말했잖아. 그 사람은 아니야."

과장되게 발소리를 내며 27층 복도에 내려서는 남자의 발아래에서 여자의 목소리가 들려온다. 여자의 목소리에 묻어나는 물기가 남자의 가슴을 헤집어 놓는다. 2601호의 현관문이 굳게 닫히는 소리가 들리자 남자는 계단을 걸어 28층으로 올라갔다.

* * *

며칠 낮을 계속 복도에서 서성여 보아도 여자의 모습을 볼 수는 없었다. 밤이 되면 잠든 남자를 옥죄어 오는 알 수 없는 시선이 남자를 힘겹게 한다. 잠에서 깨면 기억의 저 너머로 잊혀 사라질지라도 남자의 무의식을 할퀴며 상처를 남기는 시선이다.

여자의 남편을 향한 분노는 빠르게 시들고 무력감과 그리움, 무엇보다 여자와 여자의 남편에 대한 의문이 그 빈자리를 차지한다. 27층 노인이라도 만났다면 질문을 쏟아낼 수 있었겠지만, 남자의 엄포가 너무나도 효과적이었던 모양이다.

의문에 대한 해답은 기대하지 않았던 곳으로부터 찾아왔다.

밤 11시에 잡힌 원격회의를 기다리며 남자는 언젠가부터 습관처럼 해 오던 의식을 반복한다. 집에 있는 모든 창문의 잠금장치를 다시 한번 확인해 보고 두꺼운 커튼을 내려 창밖의 시선을 가로막는 방패막이를 세우고 난 뒤에야 남자는 거실로 노트북을 들고 나가 벽을 등진 채로 원격회의에 접속했다.

온갖 감정들이 표류하는 남자의 머릿속을 다양한 억양의 영어로 이루어지는 대화들이 스치듯 흘러 지나간다. 12시가 넘어 회의를 마무리하고 매니저로부터 작업 지시가 내려올 때까지도 남자는 좀처럼 화면에 집중할 수가 없다.

[리. 너 상태 매우 안 좋은데?]

언제나처럼 회의 뒤에 쓸데없는 농담 몇 마디를 덧붙이기 좋아하는 보이첵으로부터 온 메시지다.

[미안. 요새 몸이 안 좋아서. 회의 녹화해 두었으니 우리나라 시간으로 날 밝으면 다시 체크해 볼 거야.]

[아니, 그런 게 아니라. 벽 등지고 앉아 있었잖아? 등 뒤에 네 그림자 말고 다른 그림자가 비치던데?]

남자가 항상 밤늦은 시간에 회의에 참여한다는 걸 알고 있는 보이첵이 으레 늘어놓는 시시껄렁한 괴담이다. 남자의 입에 미소가 맴돈다.

[또 바바야가 이야기? 아니, 나이트해그라고 했나? 그런 이야기는 당신 아이들한테나 해 줘. 요새 누가 마녀를 무서워한다고?]

[아니. 더 나쁜 거. 회의하면서 네 모습 유심히 봤는데 몇 번이나 뒤를 돌아보더라고. 그때마다 네 뒤의 그림자는 바로 사라지고.]

[농담 그만하자. 피곤해서 오늘은 받아 주기 힘들어.]

[농담이 아니야. 걱정돼서 그래. 그림자들…… 밤에 돌아다니고 사람 주변을 맴도는 것들은 낮에는 꼭 사람처럼 보이지만 진짜 악질적인 놈들이야. 그것들은 사람의 감정을 먹이로 삼거든. 끈질기게 따라다니면서 너를 괴롭힐 거야. 무섭게 만들고, 괴롭히고…….]

[그것……들……이라고?]

[그래. 항상 한 쌍이 같이 움직인다더라고. 한 놈이 사람들을 괴롭히고 고통을 주면 다른 한 놈은 그 감정을 게걸스럽게 빨아먹는 식으로…….]

남자가 던진 단어들에 반응하며 미소 짓던 여자의 모습이 떠오른다.

[내가 어떻게 해야 하는 건데?]

[잘은 모르겠어…… 알잖아? 나도 그냥 무서운 민담을 좋아하는 애호가 수준인걸? 그런데 내가 너라면 일단은 몸을 피하겠어. 노트북 챙겨 들고 비행기 타고 저번처럼 폴란드라도 놀러 오는 게 어때? 일이야 어디서든 가능하잖아? 우리 집에서 자넨 언제나 환영이야.]

[그래. 고마워. 생각해 볼게.]

[걱정돼서 하는 이야기야. 심각할 필요는 없지만, 그렇다고 가볍게 받아들이지도 말고…… 그것들은 사람의 감정에 반응하니까 너무 감정적으로 행동하지도 말고.]

남자의 코끝에 여자의 담배 연기가 맴도는 듯하다. 여자가 자신을 바라보던 모습이 떠올라 남자는 미소 짓는다.

[그래.]

보이첵에게 메시지를 보낸 후 남자는 집 구석구석을 돌며 모든 창문의 커튼을 젖히고 잠금장치를 풀어 활짝 열어 두었다. 차가운 밤바람이 남자의 집 구석구석을 훑고 지나간다.

"고통과 두려움 없이 감정이 따라올 수가 없지……."

결의를 다지듯 중얼거리며 집 현관문까지 열어 두고 남자는 안방으로 들어가 침대에 누워 잠을 청한다. 한참 잠을 설칠 거라는 예상과 달리 너무나 수월히 수면의 늪으로 빠져들어 간다.

무방비하게 노출된 남자를 바라보는 시선에서 기쁨과 환희가 느껴진다. 곧 남자에게 고통을 가할 수 있다는 기대에서 오는 기쁨은 아닐 것이다. 남자는 내쏘아진 화살에 지나지 않는다. 남자가 받을 고통이 일으키는 여자의 감정이 목표다.

"미쳤어요? 당장 깨어나서 문 다 잠그고 숨어요!"

잠결에도 반가움에 남자의 입꼬리가 길게 올라간다.

"이건 그냥 꿈은 아니죠? 왜 나 피해 다닌 거죠?"

"그만해요! 남편이 당신한테 다가가고 있어요."

"말해 봐요. 당신은 어떤 감정이 필요한 거죠?"

여자의 분노가 남자의 몸을 강타한다. 자신을 옭아맨 거미줄이 흔들리는 걸 지켜보는 피식자가 된 양 남자의 몸과 마음이 싸늘하게 굳어 간다.

"일어나서 당장 피해. 두 번은 당신 못 도와줘."

27층에 울려퍼진 노인의 비명이 아파트 복도로 울려 퍼진다. 짧은 숨을 몰아쉬며 남자는 몸을 일으킨다. 알 수 없는 존재가 내쏜, 다 잡은 대상을 놓쳤다는 분노가 남자의 감정과 공진한다.

이를 깨물며 남자는 몸을 일으킨다. 침대 옆에 벗어 둔 외투를 챙겨 입고 열쇠를 든다. 신발을 신고 열려 있는 현관문을 나서 아래층 복도로 뛰어 내려간다.

남자를 찾는 시선이 사방을 부유하고 다니는 게 느껴진다. 2701호에서 들려오던 노인의 비명은 다른 이들이 내지른 공포와 슬픔의 탄식에 묻혀 사라진다.

날듯이 계단을 뛰어 내려가 26층 복도에 들어서니 2601호 현관문이 활짝 열려 있다.

"나와요! 안에 있는 거 알고 있어요! 당신 남편한테 따라잡히기 전에!"

기다리고 있었다는 듯 여자의 형체가 텅 빈 현관에서 모습을 드러낸다. 은은한 담배 향이 남자의 코를 찌르고 들어온다.

"도대체 나한테 뭘 바라는 거예요? 우리가 무슨 사이라고?"

"당신 남편이 나를 괴롭혀 당신을 고통스럽게 할 수 있는 사이죠. 같이 가요. 당신이 원하는 걸 줄게요. 내가 당신에게 줄 수 있는 그 어떤 감정이든!"

여자의 눈에 망설임의 빛이 서린다. 남자가 손을 들어 손바닥을 위쪽으로 한 채로 여자에게 내민다. 그 모습을 지켜보는 존재의 시선이 모든 악의와 분노를 담고 둘에게 쏟아져 내려온다.

여자가 천천히 남자의 손을 잡는다. 여자의 몸에서 흘러나오는 서늘한 냉기가 손끝을 타고 혈관을 따라 남자의 몸을 끓어오르게 만든다.

"일단 주차장으로 가요!"

손을 잡아끌어 엘리베이터 쪽으로 발걸음을 옮기는 남자를 여자가 만류한다.

"거긴 안 돼요. 복도로……."

말과 함께 앞장서 내달리는 여자의 손에 이끌려 가는 남자의 심장이 거세게 뛴다. 시선만으로 남자를 찢어발길 듯한 존재의 악의도 남자의 가슴에서부터 퍼져 나가는 감정의 물결에 가로막혀 사소하게 느껴진다.

여자의 발걸음이 점점 빨라진다. 따라가기도 벅찬 속도다. 취한 듯 이끌려 가던 남자의 다리가 뒤꼬이며 허공에 떠오른다. 무의식 중에 휘두른 왼팔이 계단을 짚으며 손바닥이 길게 찢어진다. 속도를 이기지 못하고 계단참 벽에 머리를 부닥친 남자의 왼쪽 눈썹 위가 부풀어 오른다.

지독한 통증에 남자의 입에서 신음이 흘러나온다.

"킥……."

여자가 남자를 바라보며 억제하지 못한 웃음을 흘린다. 얼굴 가득 피어오른 생기가 여자의 모습을 화사하게 꾸민다. 모든 통증과 두려움에도 남자는 여자의 웃음에 동조한다.

"바보 같죠? 기사 놀음 하면서……."

여자의 웃음이 다시 처연한 미소로 되돌아간다. 고개를 좌우로 흔드는 여자를 잠시 바라보다 남자는 다시 발걸음을 옮겨 놓는다. 인대가 늘어나기라도 한 것인지 한 걸음씩 내디딜 때마다 발목에서부터 불로 지지는 듯한 통증이 올라온다.

"조금만 더……."

갑작스럽게 여자의 말문이 막힌다. 계단참 아래에서 둘의 모습을 바라보고 있던 붉은 눈이 어둠을 밝힌다.

"이 사람은 못 건드려."

선언하듯 내뱉으며 여자가 남자의 앞을 막아선다. 붉은 눈의 웃음이 커진다. 조금 전에 여자가 남자에게 지어 보였던 것과 비슷한 미소다.

붉은 눈의 몸이 흔들리는 듯하더니 여자의 몸이 허공에 떠오른다. 봉제 인형처럼 가볍게 아래층 복도로 내던져지는 여자의 모습에 남자는 고함을 내지른다.

몸을 날려 여자의 남편을 들이받으려 시도해 보지만 왼팔에 목을 내주고 만다. 그다지 힘주어 잡은 것도 아닌 것 같은데 억센 강철 집게가 숨통을 조여 오는 듯하다.

"그만……."

여자의 애원이 남자의 귀에 흘러들어 온다. 남자의 분노는 죄책감으로 퇴색된다.

붉은 눈이 자유로운 오른손으로 남자의 찢어진 왼손을 어루만진다. 애무하듯 손가락의 잔털을 훑더니 집게손가락을 손아귀에 쥐고 위로 비틀어 올린다. 인대가 늘어나고 근육이 찢어지는 고통에 머릿속에 검은 별이 떠다니는 것만 같다.

붉은 눈이 덜렁거리는 남자의 집게손가락을 움켜쥐고 힘을 주자

뼈가 마디마디 으스러지는 소리가 들려온다.
'처음에는 억눌린 듯한 신음에서······.'
비명을 지르지 않기 위해 턱에 힘을 주어 이를 꽉 깨문다. 남자의 의지는 곧바로 남자를 배반한다. 목이 터져라 질러 대는 남자의 비명을 듣는 여자의 눈에서 눈물이 흘러내린다.
"그만둬."
천천히 여자가 다시 몸을 일으켜 세운다. 붉은 눈이 비웃음을 지으며 남자의 집게손가락을 몸에서 잡아 뜯어낸다. 좀 전과는 비교도 되지 않는 크기의 비명이 복도를 가득 메운다. 굳게 닫힌 현관문들 안에서 웅성거림이 커진다.
눈물이 흘러내리는 눈을 들어 여자는 남자를 바라본다. 여자의 얼굴에는 이제껏 한 번도 본 적 없는 환한 미소가 맴돌고 있다.
남자의 가슴이 절망감에 무너져 내린다.
여자가 계단을 날아오르듯 달려와 붉은 눈을 후려친다. 남자를 잡고 있던 손아귀에서 힘이 빠진다.
갑작스럽게 자유를 되찾은 남자의 몸이 복도 바닥으로 무너져 내린다. 차례로 아파트 창문들에 불이 밝혀진다.
"도망가. 도망가서 두 번 다시 돌아오지 마. 당신은 나를······ 우리를 감당할 수 없어."
선고하듯 내뱉은 마지막 말과 함께 여자와 남편의 모습이 복도에서 사라진다.
열린 현관문들 사이로 목소리들이 흘러나온다. 남자는 쏟아지는 질문들을 무시하고 천천히 복도를 지나 아래로 내려간다. 패배감이 남자를 아래로, 아래로 끌어 내린다.

* * *

열어 둔 복도 창문 틈새로 비가 들이쳐 나른하게 복도 벽에 기대 선 여자의 어깨를 적신다. 젖어 들어가는 몸을 의식도 못 한 채 여자는 담배 연기를 내뿜었다. 27층 노인의 죽음 이후로 여자 혼자 독차지하는 복도다.

벌써 몇 개비째인지 모르겠다. 남자가 사라진 후 며칠이 지났는지도 모르겠다.

여자에게 숫자는 큰 의미가 없다.

여자는 더는 남편의 먹잇감이 될 생각이 없다. 누구에게도 감정을 주는 일은 없을 것이다.

영원토록 톱니바퀴처럼 반복될 공허의 행위만이 여자를 기다리고 있다.

갑작스럽게 복도에 울려 퍼지는 모터 소리에 여자는 호기심 어린 눈으로 엘리베이터를 바라본다. 운명처럼 천천히 올라오던 엘리베이터가 26층에 멈추어 선다.

엘리베이터 문이 열린다.

복도에 드리워진 어둠을 엘리베이터 안의 불빛이 몰아낸다.

위아래가 한 벌로 된 흰색 가죽옷에 발목 위까지 올라오는 견고한 부츠를 신고 흰색 투구를 눌러쓴 남자가 빛과 함께 복도로 들어선다.

남자가 왼손을 들어 올리자 검지 부분이 축 늘어진 가죽장갑이 여자의 시선을 사로잡는다. 남자가 오른손으로 헬멧을 들춰 올린다. 마지막으로 보았을 때보다 한결 초췌해진 모습이지만 심술궂게 이죽거리는 미소만은 여전하다.

"안녕? 이번에는 진짜 구하러 왔어요. 나랑 같이 가요."

의식하지도 못한 사이에 여자의 입에서 피식하는 웃음이 터져 나온다.

"다리랑 다친 데는 다 나았어요? 진짜 이상한 사람이네…… 내 남편이 어떤 괴물인지 내가…… 어떤 괴물인지 봤잖아요?"

"그럼, 이제 제가 어떤 기사인지 보여 드려야죠? 같이 도망가요. 당신의 진짜 괴물한테서……."

가슴 아래에서부터 밀려오는 감정이, 여자를 나약하게 만드는 감정이 여자의 눈가를 뻐근하게 달아오르게 만든다.

"도대체 이러는 이유가 뭐죠? 내가 구해 달라고 하지도 않았잖아요? 당신 도움 필요 없어요……. 아니, 오히려 당신이 이러는 게 더 나를 힘들게 만들고……."

"내가 필요로 하거든요. 이게 내가 원하는 거예요. 내 도움이 필요하지 않다는 건 알겠어요. 하지만 내가 당신을 도와주려 하는 게…… 그게 싫은가요? 손 내밀어 도와달라 하지 않아도 당신에게 도움이 필요하다는 걸 알 수 있는걸요."

여자의 마음속에 작은 희망이 솟구쳐 오른다. 어쩌면…… 이 사람이라면…….

"곧 해가 떨어질 거예요. 남편의 시간이…… 나의 시간이 시작될 거예요. 언제까지나 도망칠 순 없을 거예요. 얼마 안 가서 따라잡힐 거예요."

"당신의 괴물이 나의 말보다 더 빠른가요?"

여자는 남자의 질문이 좀처럼 이해되지 않는다. 여자의 어리둥절한 표정을 바라보며 남자가 미소 짓는다.

"그 전에 당신이 원하는 걸 줄게요. 당신이 당신의 괴물보다 더 강해지도록 내가 줄 수 있는 걸 다 줄게요. 같이 내려가요."

내민 남자의 손을 맞잡는다. 부드럽게 당기는 힘에 이끌려 여자의 몸이 엘리베이터 안으로 사라진다. 둔중한 소리를 내며 문이 굳게 닫힌다.

중력에 이끌리듯 추락하는 공간 아래에서 여자의 입은 좀처럼 열릴 줄 모른다. 남자의 두툼한 가죽장갑 아래에서 흘러나온 기이한 열기가 여자의 손끝을 타고 흘러들어 온다.

남자의 말은 아파트 현관 앞에 세워져 있었다. 상처받은 짐승이 비명 지르는 듯한 엔진 소리가 여자의 귀를 자극한다.

눈에 닿는 모든 부위가 새하얀 오토바이에 피처럼 붉게 새겨진 글씨가 여자의 눈을 사로잡는다.

남자가 다리를 들어 올려 오토바이에 올라타고 기울어진 차체를 바로 세운다.

"옆에 스텝을 밟고 내 뒤에 올라타요. 허리를 꼭 잡고 허벅지로 내 골반을 힘껏 조여요. 이마를 등에 바싹 가져다 대면 그 어떤 빠른 괴물도, 마주 불어오는 바람도 당신을 해치지 못해요. 그동안 내가 줄 수 있는 것들을…… 내게서 원하는 걸 모든 다 가져가요."

"나를 어디로 데려갈 건데요?"

"밤으로부터 멀리. 해가 떠오르는 쪽으로."

* * *

스로틀을 움켜쥔 약지와 새끼손가락을 타고 1분에 1만 번을 고동치는 엔진의 떨림이 전해져 온다.

클러치 레버를 움켜쥘 때마다 잘려 나가 존재하지도 않는 왼손 검지가 욱신거려 온다. 바짝 몸을 낮춘 남자의 머리를 타고 넘어간 바람이 여자의 머리카락을 부드럽게 뒤로 흩날리게 한다.

시속 250킬로미터가 넘는 속도이지만 둘의 뒤를 쫓아오는 시선의 존재감은 점점 뚜렷해져 온다.

남자의 작은 실수 또는 도로에 있는 다른 누군가의 작은 움직임 하나로도 둘의 몸은 무방비하게 허공에 내던져지고, 중력의 인도에 따라 땅에 부딪혀 갈가리 찢어질 것이다.

허리를 움켜쥔 여자의 손이 점점 더 강하게 파고들어 온다. 벌써 몇십 분째 혹사당하고 있는 엔진의 헐떡거리는 진동이 단단하게 조여진 남자의 허벅지를 타고 넘어 하복부를 간지럽힌다.

떨어지는 빗줄기는 도로를 움켜쥐고 할퀴는 타이어의 마찰열로 바로 증발하여 사라진다.

도로는 오른쪽으로 길게 굽이지어 펼쳐진다. 어느새 하늘을 가득 채운 달빛이 그 앞을 훤히 비춰 준다. 남자의 몸과 차체가 오른쪽으로 기울어지자 여자가 무릎에 힘을 주며 남자의 골반을 조여 온다.

통증 때문인지 희열 때문인지 분간하기 힘든 신음이 남자의 입에서 새어 나와 허공에 흩뿌려진다.

남자는 여자가 원하는 걸 알고 있다. 여자는 남자에게 원하는 걸 요구할 수가 없다.

여자의 손톱이 점점 길게 뻗어 나와 남자의 두꺼운 가죽옷을 찢고 들어온다. 차가운 강철과 같은 것이 남자의 피부를 할퀴고, 찢고, 찔러 온다.

남자는 아랫입술을 깨물며 통증을 참는다. 고통에 몸부림치는 남자의 떨림이 맞닿은 몸을 타고 여자에게 전해진다.

빗줄기에 섞여 붉은 눈을 한 여자의 남편이 도로 한가운데로 떨어져 내린다. 오른손에 힘을 주며 한층 더 몸을 기울여 보지만 타이어는 빗길을 움켜쥘 충분한 힘을 잃은 지 오래다.

200킬로그램이 넘어가는 차체가 균형을 잃고 둘을 도로에 내팽개치고 미끄러지며 제멋대로 도로 위로 달아난다. 달려오는 속도 그대로 도로에 등을 대고 미끄러지는 남자의 눈에 맨몸으로 흘러가는 여자가 보인다.

남자가 길게 팔을 뻗어 여자의 어깨를 감싸 안는다. 한 몸처럼 둘은 한참을 도로 위로 미끄러진다.

남자의 가죽옷이 마찰열에 찢기고 해지며 맨살이 드러난다. 우둘투둘한 아스팔트가 남자의 맨살을 헤집으며 긴 열상을 남긴다. 남자가 미끄러지는 속도를 줄이기 위해 오른팔과 발로 도로를 긁어 댄다.

남자의 오른팔과 발이 제멋대로 뒤틀리며 뼈가 부러지는 소리가 들려온다. 필사적으로 여자를 끌어안으려 몸부림치지만 여자의 몸은 남자의 품에서 벗어나 멀어진다.

여자의 몸은 도로에 한참이나 나뒹굴다 멈추어 선다. 성한 팔다리로 기어가는 남자의 눈에 잔인한 어린아이의 손에 의해 산산이 부서진 인형처럼 내팽개쳐진 여자의 모습이 들어온다.

헬멧을 벗어 던지자 떨어지는 빗물이 눈물에 섞여 남자의 볼을 욱신거리게 한다. 도로에 갈린 여자의 뒷머리가 기다란 머리카락과 함께 여자의 옆에 떨어져 나와 있다.

"왜…… 내가 무얼 더 줘야……."

울먹임에 제대로 된 문장을 내뱉기가 힘들다. 여자가 힘겹게 입을 열어 공기 중에 단어들의 파편을 토해 낸다.

"내 고통을…… 내 두려움의 감정을 원하는 거잖아요…… 그런데 왜……."

"……남편이랑 똑같은 괴물은 되기 싫었으니깐……."

붉은 눈이 얼굴을 일그러뜨린 채로 둘을 바라본다. 기대하지 못했던 감정의 소용돌이를 소화하지 못하는 듯 혼란스러운 모습이다.

"……당신은 당신의 괴물이랑은 달라요……."

남자가 벗어 던진 헬멧을 도로에 내려친다. 부서진 헬멧 파편을 창처럼 손에 움켜쥐고 여자를 바라보며 웃는다.

"당신은 나를 상처 주고 싶지 않아서 당신이 원하는 걸…… 당신 자신을 부정하고 있잖아요. 그러니 거부하지 마요. 이건 내가 원한 거니깐."

남자가 창처럼 뾰족한 파편을 눈에 찔러 넣는다. 타들어 가는 듯한 고통에 목청껏 비명을 지른다.

"이게 내가 당신한테 줄 수 있는 거니깐……."

여자의 부서진 머리가 빠르게 아물어 간다. 둘을 바라보던 붉은 눈의 발걸음이 땅에 못 박힌 듯 멈추어 선다.

"……더 ……더 해 줘요…… 하지만 그러면 당신은……."

"얼마든지요. 나를 고통스럽게 해요. 통증에 울부짖고 비명을 지르도록 만들어요. 당신을 위해 기쁘게 받아들이고 웃어 줄 테니까."

여자가 희열에 찬 웃음을 터뜨린다. 남자가 마주 웃으며 잘려 나간 검지의 그루터기에 파편을 찔러 넣고 아물어 가는 상처를 헤집는다.

온전해진 여자가, 괴물이 몸을 일으킨다. 도로에 못 박힌 듯 멈추어 선 붉은 눈의 얼굴에 공포가 깃든다. 온몸을 태워 버릴 듯한 고통과 쾌락과 환희에 정신이 아득해지는 와중에도 남자는 그 공포를 음미하고 만끽한다.

여자는 더는 괴물의 아내가 아니다. 이제 남자는 괴물의 기사다.

초월

내게 영향을 준 누군가에게 경의를 표하는 건 결코 쉽지 않은 일이다.

「초월」은 몇 편의 단편 호러를 완성하고 난 후 내 글들이 자양분으로 삼는 시원은 어디일까를 고민하다 독주를 들이켜고 완전히 만취된 상태에서 쓴 글이다.

배경부터 어휘의 선택까지 세상에 많고 많은 러브크래프트 선생의 상상력에 뿌리를 내린 글 중 하나가 될 것이라 생각했는데 막상 나온 결과물을 보니 내가 커다란 착각을 하고 있었다는 걸 알 수 있었다.

클라크 애슈턴 스미스 선생님, 제 어린 시절에 텁텁하고 거대한 우주적 공포의 그늘을 드리워 주셔서 정말로 감사합니다.

할리파의 명을 받아 내 인생의 지기이자 경쟁자인 마기 압드 알 카디르의 집에 도착했을 때 나를 사로잡은 건 은은하게 풍겨 오는 사향노루의 향과 그걸 뒤덮는 지독한 피와 인분의 냄새였다. 압드 알 카디르가 세간의 이목과 소음을 피하고자 두텁게 쌓아 올린 외벽도 그 기묘한 조합의 향취를 가리지 못했다.

고대 사산 왕조 마기들의 비밀 결사를 이어 가는 내가 정교한 신화체계에 기반을 둔 가공의 우상을 숭배하는 이들의 왕을 마음속으로 인정하고 있다거나 한 건 아니었다. 그렇다 해도 당대를 살아가는 사람으로 거대한 제국 제일 권력자의 명을 거역하는 건 거의 불가능한 일이기도 했다.

사흘 전부터 그의 집에서 느껴지는 기묘한 기운이 저잣거리 대중의 입에까지 오르내리고 있는 상황인지라 우리의 오랜 비밀과 전통을 수호하기 위해서라도 어차피 한 번은 그를 방문할 예정이었다.

하지만 이 감당하기 힘든 지독한 냄새라니…….

때때로 감각기관이 수용하기 힘든 압도적인 정보를 접하게 되면 우리 뇌의 심연 깊숙이 묻어 놓은 광기가 그 발톱을 드러내고 날뛰려 하는 조짐이 보이지 않는가?

압드 알 카디르가 세운 높은 담벼락 너머에서 나의 굳건한 의지와 이성으로도 감내하기 힘든 압도적인 광경을 목도하게 되리란 예감에 사로잡혀 내 발걸음은 절로 빨라졌다.

방치되어 제법 풀이 무성하게 자란 정원을 지나는 동안 평소라면 나를 알아보고 반갑게 인사를 건네었을 경비원도 정원사도 노예도 마주치지 못했다. 제멋대로 방치된 정원을 지나 압드 알 카디르의 고아한 취향에 맞추어 정갈한 동시에 우아하면서도 기능적인 면에 충실하게 지어진 본채가 모습을 드러내자 상상의 저 밑바닥에서 우리를 기다리고 있는 지독한 광기를 자극하는 비명들이 들려왔다.

어린아이와 노인, 남자와 여자, 강인한 자와 나약한 자가 한데 어우러져 만들어 내는 고통과 탄식의 합주곡은 끔찍한 동시에 환희에 찬 열정이 넘실거리고 있었다.

본채의 입구를 장식하는 차가운 대리석 바닥은 내실에서 흘러나온 피와 내장 기름으로 번들거리고 있었다. 나는 대리석을 장식하는 미끈거리는 오물들에 발을 헛디뎌 넘어지지 않으려 애쓰며 내키지 않는 발걸음을 옮겨 내실로 나아갔다.

두툼한 우단을 덧댄 내실의 문 너머에서 나를 기다리고 있는 건 신성한 동시에 불경하고, 아름다우면서도 추하고, 이성을 고양하는 동시에 광기에 불씨를 지피는 광경이었다.
 어머니가 연민과 자애의 시선으로 품에 안은 아이를 바라본다. 길고 뾰족하고 가느다란 바늘을 꺼내 들고 아이의 귀에 찔러 넣는다. 아이의 귀에서 피가 쏟아져 나오고 비명이 터져 나온다. 어머니는 아이를 달래며 반대편 귀에도 똑같은 시술을 한다. 너무나도 커다란 고통과 배신감에 아이의 눈에서 눈물이 쏟아져 내린다. 어머니가 아이의 눈에 손가락을 찔러 넣는다. 한 치의 머뭇거림도 없이 눈알을 뽑아내고 눈알에 들러붙은 시신경마저 거침없이 잡아 뜯는다. 흘러내리던 아이의 눈물은 피와 뒤섞여 피눈물로 변해 있다. 마지막으로 어머니가 기다란 집게를 꺼내 들어 아이의 혀를 쥐어튼다. 어머니의 팔뚝에 힘이 들어가자 아이의 혀가 기묘하게 부풀어 오른다. 기괴하게 변형되어 입안을 가득 채우는 혀가 아이의 비명을 틀어막는다. 길게 늘어난 혀를 어머니가 커다란 가위로 자른다.
 어머니가 목소리를 드높여 소리친다.
 "오직 자비로운 광기가 찾아오길!"
 사방에서 비슷한 일이 벌어진다.
 부모가 자식에게, 연인이 연인에게, 자식이 부모에게, 주인이 노예에게, 노예가 주인에게. 광기에 사로잡혀 있는 게 고문관인지 고문 대상인지 쉽사리 분간되지 않는다.
 이 모든 광기 어린 이중주의 끝은 다마스쿠스강(鋼)으로 만들어진 샴쉬르를 든 압드 알 카디르에 의해 마무리되었다.
 사람들이 내실 바닥을 힘겹게 기어 압드 알 카디르에게 다가가 자비를 간청한다. 그들의 청을 받아 목을 자르는 압드 알 카디르의 시선은 나른하고 동작은 권태롭다. 분노에 찬 나의 외침은 누구의 귀에도 가닿지 못하고 공허하게 내실 안을 맴돌았다. 무엇을 해야 할지, 누구를 제지해야 할지 도무지 판단되지 않았다.

결국 내가 선택한 건 나의 오랜 친구 압드 알 카디르였다. 그가 내게 칼을 휘두르지 않기만을 바라며 조심스럽게 압드 알 카디르의 양어깨를 감싸 쥐고 소리쳤다.

"이보게! 이게 무슨 비이성적이고 사악한 짓거리란 말인가? 당장 멈추도록 하게!"

그는 나의 말을 듣고 있는 것처럼 보이는 동시에 나의 말이 들리지 않는 것처럼 행동했다.

눈과 귀와 입에서 피를 흘리는 거구의 흑인이 압드 알 카디르를 잡은 나를 밀쳐 내고 그에게 간청했다.

"오직 자비로운 광기가 찾아오길!"

압드 알 카디르의 칼이 또 한 번 무심한 궤적을 그리자 거대한 몸뚱이가 풀썩 쓰러졌다. 압드 알 카디르와 나를 제외한 내실 안 모든 이가 목이 잘린 시체가 되어 바닥에 나뒹굴기까지는 그리 오랜 시간이 필요하지 않았다.

그제야 압드 알 카디르는 고개를 들고 긴 한숨을 내쉬며 나를 바라보았다. 그의 한숨에는 묘하게 해야만 하는 일을 이제 막 끝마친 자의 만족감이 묻어났다.

"아아…… 자네 왔는가? 참 꼴들이 말이 아니지?"

평소 내가 알던 것보다 더 뒤틀린 조소를 가득 담은 그의 얼굴을 바라보자니 알 수 없는 슬픔이 밀려왔다.

"이게! ……이게 도대체 무슨 일이란 말인가?"

"우습지? 그토록 오랜 시간 나의 지성의 불빛에 감화를 받았음에도 알라가 자신을 구원해 줄 거라 믿고 있던 머저리들이 이번엔 광기가 자신의 유일한 성소이자 구원처가 될 거로 생각했다네. 얼마나 우매하던지…….."

이 지독한 광기의 현장 한가운데서도 압드 알 카디르의 이성은 한 치도 흐트러짐이 없어 보였다. 그래서 그의 빈정거리는 말이 더 기괴하고 섬뜩하게 느껴졌다.

뭐라 말을 이어 가야 할지 고민하는 나를 바라보며 그가 길게 혀를 찼다.

"일단 마실 것이라도 내와야 할 텐데 집 안 꼴이 이 모양이라서 말이지……."

압드 알 카디르는 거대한 흑인 시체를 훌쩍 뛰어넘더니 아이를 품에 안은 채 기다란 소파를 차지한 어머니 시체를 바닥으로 밀쳐 내고는 그 위에 털썩 주저앉았다.

"자! 자네가 원하는 건 무엇인가? 광기인가? 이성인가? 해명인가? 변명인가? 아니면 저잣거리의 바보들이 좋아하는 소위 정의를 원하는 건가?"

"……자네는 자네의 친구인 나를 뭐라 생각하는 건가? 옛 사산 왕조 마기의 결사를 따르고 이성의 불을 지피고 있는 자로서 내가 자네에게 원하는 건 하나뿐이지 않겠는가?"

충혈되고 이상한 광채가 번득이는 그의 눈에 나를 향한 애정의 빛이 감돌았다.

"……내가 자네에게 진실을 이야기하면 자네 역시 이자들처럼 광기를 갈망하게 될 걸세. 어쩌면 할리파의 법정에 나를 데려가는 게 자네에게는 더 올바른 해결책처럼 여겨질지도 모르겠군."

"내가 원하는 건 오직 진실 그 자체뿐일세!"

나의 말이 격정에 사로잡혀 출렁이는 그의 이지의 우물을 고요하게 만들었다. 압드 알 카디르는 어깨를 축 늘어뜨리고 눈을 감더니 말을 이어 갔다.

"과거에 내가 자네에게 시간의 축을 건너뛰어 미래를 여행하는 사하룬의 완성을 눈앞에 두고 있다고 이야기했던 거 기억나나?"

내가 기억하기로 그건 사흘 전 이야기다. 아무리 강대하고 뛰어난 마기인 압드 알 카디르라도 말이 안 되는 이야기라 생각하는 동시에 어쩌면 가능할지도 모르겠다는 기대를 품었던 기억이 났다.

"그 이야기를 들은 건 사흘 전일세."

"……그래, 나에게는 그게 벌써 수십 년 전 일이라네."

나는 그의 말뜻을 바로 알아들을 수 있었다.

"그럼. 성공했단 말이군!"

그가 고개를 끄덕였다.

"처음에는 가까운 미래를 혼자서 여행했다네. 내심 미래인이라면 지금의 개미 떼 같은 머저리들보다 낫지 않을까 기대를 품고 있었지만, 이내 나 역시 머저리들이나 할 법한 기대를 했다는 걸 알 수 있었지."

내실을 가득 채우고 있는 피와 내장과 인분과 체액의 향기도 그의 말에 담겨 있는 짙은 유혹의 향기를 가릴 수는 없었다.

"내가 가지고 있었음을 자각하지도 못했던 인류에 대한 기대치를 조금씩 낮추며 점점 더 먼 미래로 가 보았네, 실망은 더욱더 커지기만 했지. 물론 미래인들이 보유한 기술 수준은 지금 우리의 지성으로는 순간에 이해해 내기 힘들 정도로 발전하긴 했다네. 사실 그렇기라도 하지 않았다면 더는 미래를 여행하고자 하는 마음도 들지 않았을 걸세. 하지만 이 머저리 같은 개미 떼들의 본질은 전혀 변하지 않더군. 개미 떼가 날아다니고, 스스로 할리파를 뽑고, 우주와 바닷속 심연의 비밀을 엿보게 되었다 해서 개미 떼가 아닌 건 아니지 않은가? 고대인의 이성과 지혜를 비웃으며 스스로 만들어 낸 허상과 거짓된 개념들에 심취해 과거보다 더 나아졌다고 으스대는 꼬락서니가 어찌나 역겹던지."

그의 말투와 입꼬리에 익숙한 빈정거림이 돌아오자 조금은 마음이 놓였다. 세상 모든 미덕과 관념, 위대한 이들을 깔보고 비웃을 수 있는 자격을 갖춘 유일한 사람이 있다면 참으로 강대하다는 표현이 더없이 어울리는 압드 알 카디르밖에 없지 않은가?

"어쩌면 그쯤에서 그만두어야 했을지도 모르겠네……. 하지만 미래의 기술과 그 기술이 가져다주는 쾌적함이란 도저히 뿌리칠 수 없을 정도로 매혹적이었다네. 미래에서 여전히 결사의 유지를 이어가고 이성의 불을 지피는 자들을 만날 수 있었던 것도 어쩌면 내 자만심을 부채질했을지도 모르겠고……."

그는 탁자에 놓인 주전자에서 정체 모를 액체를 컵에 따라 목을 축였다.

"일단 그 여정에 자네를 빼놓은 건 결코 고의가 아니었다는 것을 알아주게나. 친우들과 종복들에게 미래 세계의 쾌적함과 매혹적인 광경들을 누리게 해 주겠다고 결심한 건 단순히 나의 자만심을 충족시키고자 한 것만은 아니었다네. 결국, 내가 마기로서 이성의 불을 지피는 건 더 많은 이에게도 그 온기를 나누어 주기 위함이 아니던가?"

광기에 사로잡혀 온기를 잃은 시체로 변해 버린 내실의 모든 이들을 데리고 미래로 떠날 만큼 그의 사하룬은 강력했단 말인가?

나는 이 정신이 아득해지는 광기의 현장 한가운데에서도 그에 대한 존경과 질투의 불길이 타오르는 것을 억누를 수가 없었다.

"나의 여정에 함께했던 모두가 미래에 다 잘 적응한 것은 아니었다네. 한편으로는 나의 탐구열이 한곳에 머무르지 말고 더욱더 먼 미래로 떠나라고 재촉하고 있었다네. 개미 떼들은 말이지⋯⋯ 점점 우리 같은 현인들의 상상력조차 아득히 초월하는 수준으로 변해 갔다네. 내가 애써 발전이란 표현을 쓰지 않고 '변했'다고 표현한 걸 명심해 주게. 아까도 말했듯이 이성의 불을 지펴 보지 못한 개미는 결국에 개미일 수밖에 없지 않겠는가? 하지만 말이지, 미천하고 우둔하고 머저리 같은 개미라도 시간의 세례를 중첩해서 받는다면 꽤 봐 줄 만한 성취를 쌓아 올리기도 하더란 말이지."

"그래서 얼마나 멀리 가 보았단 말인가?"

"멀다는 것과 가깝다는 것 모두 도착지와 출발지의 간극에 따른 상대적인 개념이 아닌가. 하지만 나는 도달했다네. 절대적이고 유일한 그곳. 모든 인류가 향해 가는 궁극의 종착지. 우리 별과 우주와 자연의 법칙이 끝을 맺고 새로운 시작을 하는 곳. 미천한 개미 떼들이 생을 부여받은 이유. 그게 얼마나 머냐고? 자네가 상상할 수 있는 모든 수리적 개념의 가장 큰 숫자로도 설명할 수 없을 걸세."

"그곳에서 무엇을 보았나?"

"자네는 나를 믿는가? 내가 아무리 허황하게 들리는 이야기를 하더라도 나를 여전히 자네가 아는 그 위대한 압드 알 카디르라고 생각해 줄 텐가?"

"믿는다고? 나는…… 전 인류를 통틀어 오직 자네 하나만은 어떤 상황에서든 흐트러지지 않는 상(像)의 본질을 보고 진실만을 이야기한다는 걸 알고 있다네!"

압드 알 카디르의 입에 미소가 맴돌았다. 내가 그에게 바치는 찬사에 대한 조롱은 아니었을 것이다.

"처음에는 내가 잘못된 시간과 장소에 도달했다고 생각했다네. 나 자신의 선입견에 견고하게 둘러싸맨 이성의 갑주가 오히려 나의 인지를 가로막고 있었던 거지. 우습게도 저잣거리의 개미 떼들에 비견할 만한 수준의 이성을 겨우 갖춘 나의 종복들과 친우들이 먼저 사태를 파악했다네."

그와 어울리며 단 한 번도 본 적이 없는 감정의 표현이 압드 알 카디르의 몸을 통해 흘러나왔다. 그건 고뇌와 회의에 가득 찬 머뭇거림이었다.

"그곳은 모든 광인의 영혼이 정화되는 곳. 영원토록 맑은 정신으로 고통받을 수 있도록 우매한 이들의 이성과 감각이 깨어나는 곳. 아름다웠던 것이 더럽혀지고 추해지는 동시에 우리가 경멸하던 모든 추악함이 지고의 미로 승격하는 곳. 미덕이 악덕이 되고 악덕이

미덕이 되는 곳. 물리법칙이 왜곡되고 세상의 이치는 조롱받는 곳. 젊음과 싱싱함은 시들고 늙고 원숙한 것은 경멸받는 곳. 모든 사랑하는 이로부터 영원히 배신당하고 모욕당하는 곳. 개인의 의지와 인과율은 외면당하고 줏대 없고 기준 없는 우연에 의해 움직이는 곳이라네."

힘겹게 말을 이어 나간 압드 알 카디르는 다시 한번 탁자에 놓인 음료를 성마르게 들이켰다.

"광기 어린 도피를 처음 시도한 건 나의 시종장이었다네. 하! 적어도 처참하고 끔찍하기 짝이 없는 유일한 진실로부터 도망칠 곳이 물리적인 거리에 있지 않음을 정확히 알고 있었다는 데에서 나의 가장 신뢰하는 종복이 될 자격이 충분했던 자이지. 시종장의 약혼녀를 기억하나? 그 젊고 아름답고 화사했던 여인을? 그곳에서 목도한 압도적인 진실이 가져다주는 공포에 사로잡혀 다리가 풀려 있는 그녀에게 시종장이 다가갔다네. 그리고 고통을 가하기 시작했지. 나는 그의 주먹질 실력이 그렇게 훌륭한지 미처 몰랐다네. 그의 주먹이 관자놀이에 내려앉을 때마다 그 아름답던 여인의 얼굴은 흉물스럽게 일그러졌고 고통에 찬 비명은 곧 마주해야 할 진실로부터 눈을 돌릴 수 있다는 깨달음에서 오는 쾌락의 교성으로 변해 갔다네. 그 모든 폭력의 동기에는 사랑, 오직 자신의 연인을 지키고 보호하기 위한 순수한 사랑밖에 없었다네. 그 광경을 지켜보던 영민한 자들은 바로 깨달았지. 눈앞에 펼쳐진 압도적인 공포에서 도망갈 수 있는 안식처는 광기의 심연뿐이라는 걸 말이지. 곧 자네가 좀 전에 감상했던 광대극이 내 눈앞에서 똑같이 펼쳐졌지."

'오직 자비로운 광기가 찾아오길!'

나는 속으로 나지막이 되뇌었다.

"그때 일련의 개미 떼들이 벌인 소란을 '그' 존재가 깨달았다네. 관념적이고 실재적인 모든 공간을 지배하고 냉엄한 물리법칙조차 초월하는 그 존재, 인간에 대해 지치지도 않고 절대 마르지도 않을 무한한 악의에 둘러싸인 그 존재 말일세. 내 몸 안의 모든 감각이 외치고 있었지. 도망쳐야 해! 하지만 어디로 도망친단 말인가? 어디를 향해 가든 어디로 내달려 도망치든 우리의 종착점은 결국 그곳일 수밖에 없는데. 늦든 빠르든 결국 우리가 도달해야 할 궁극의 목적지에 이미 도착했는데. 모든 이가 태어나면서부터 부여받은 목적이라는 게 결국 다 똑같은 것인데. 개미지옥으로 끌려들어 가는 개미처럼, 결국 자석에 끌려오는 쇳가루처럼 우리 존재의 유일한 이유와 가치는 오직 그곳에서 영원토록 고통받는 데에 있는데?"

압드 알 카디르는 어깨를 떨며 오열하기 시작했다. 처음 보는 위대한 친구의 나약함이 나의 마음을 사로잡았다.

"자네……"

그는 손을 내밀어 나의 접근을 저지했다.

"나는 나를 믿고 따르는 모든 이를 기만하고 배신했네. 차마 내가 다루는 말로도 담아 낼 수 없는 그 존재가 나를 보았을 때, 그리고 내가 그를 보았을 때, 나는 그 즉시 알 수 있었지. 도망칠 곳은 어디에도 없다는 걸. 결국에 죽음이 찾아오면 광기는 치유되고 안식처라 믿었던 성소에서 차가운 이성의 세계로 축출될 것이라는 걸. 우리의 감각과 이성과 이지의 발달은 유일한 종착지에서 영원토록 고통받기 위한 방향으로 흘러간다는 걸. 하지만 나는 순간의 위안과 안녕이라도 얻을 수 있길 바라며 그들을 속여, 광기의 늪에 빠져들어 가도록, 그 속에서 잠시나마 '구원은 있다'는 거짓 위안을 즐길 수 있도록 내버려 뒀다네."

"하지만 우리 생의 목적지는 죽음이 아니던가? 만인에게 평등한 죽음이 결국에는 안식을……"

"아직도 모르겠나! 죽음은 끝이 아니라 새로운 영원의 시작이라네! 죽음으로써 우리는 불멸성을 얻게 되는 걸세! 죽음으로 영원히 고통받고 괴로워하기 위한 불멸의 존재로 다시 태어난단 말일세! 내가 거기서 어떻게 도망쳐 올 수 있었는지 아직도 모르겠나? 그건 도망이 아닐세! 예견된 유일한 앞날에 대한 전망으로 더 고통받고 괴로워하도록 그 존재들이 나를 내버려 둔 걸세! 그곳에는 개미 떼들과 양을 치던 목수의 아들과 어머니의 겨드랑이에서 태어난 왕자와 선현들이 평등하게 고통받고 있다네. 나는 돌아가신 우리의 스승 압드 알 라흐만이 벌거벗은 채로 우매한 말들로 고문당하는 걸 보았다네, 거기에는 돌아가신 우리 어머니가…… 아! 차마 내 입으로 그 광경을 말하지는 못하겠군……"

"나도…… 나도 거기에 있었나?"

압드 알 카디르가 고개를 들어 나를 보았다. 좀처럼 대답하기 힘든 듯 그의 입은 굳게 다물어져 있었다. 친구의 붉어진 눈동자와 격렬하게 떨리는 어깨를 보며 나는 그가 내뱉지 못한 대답을 짐작할 수 있었다.

"아직도 내가 진실만을 말하고 있다는 걸 '알고' 있는가? 아니면

이 모든 게 미쳐 버린 압드 알 카디르의 광기가 빚어낸 상상이라고 '믿는'가?"

어느새 눈물이 앞을 가려 소파에 누운 그의 모습이 흐릿하게 보였다.

"내 사랑하는 친구여⋯⋯ 그 모든 이의 기대를 저버리고 배신한 와중에도 나는 도피처를 발견했다네. 나의 수십 년 여정에도 내 모습이 전혀 변하지 않은 걸 눈치챘는가? 미래 여행에서 돌아와 보면 항상 이 시간 이 장소였다네. 나의 육신에 쌓아 올린 세월의 흔적은 어느샌가 날아가 이때의 젊음을 유지할 수 있게 하지. 오직 늙고 쇠락하는 건 나의 정신뿐이라네⋯⋯."

압드 알 카디르의 모습은 점점 더 흐릿해져 갔다.

"사실 내게도 도피처란 건 없다네. 영원한 도피행만이 있을 뿐이지. 아이가 괴롭히는 개미 떼 중 한 마리 한 마리에 각별한 관심을 기울이지 않듯 나 역시 그들 관심의 영역 밖에 영원토록 머물러 있기만을 바랄 뿐이네. 이런 이기적인 나를 부디 용서해 주게나. 우리는 앞으로 생에서든, 죽음 이후에서든 영원토록 만나지 못할 테고 그래야만 할 것이네. 그게 나의 미력한 저항이 먹히고 있다는 유일한 증거일 테니⋯⋯."

눈물을 닦고 집중해서 압드 알 카디르가 누워 있던 소파를 바라보았지만, 그의 모습은 더는 보이지 않았다.

압드 알 카디르의 내실에 홀로 서 있으니 눈앞에 펼쳐진 지옥도가 도무지 현실처럼 여겨지지 않았다. 어쩌면 할리파의 법정에 서는 건 내가 될지도 모르겠다는 생각이 떠올랐다.

그게 무슨 상관이 있을까? 우리의 종착지가 이미 예견되어 있다면, 그곳에서 우리를 기다리고 있을 운명이 정해져 있다면 그게 빠르든 늦든 무슨 상관이 있을까?

나는 바닥에 주저앉았다. 입에서는 영문 모를 웃음이 끊임없이 흘러나오고 있었다. 아비가 맨손으로 찢어 놓은 배에서 흘러나온 어린아이의 내장을 모아 들고 입으로 가져갔다.

'오직 자비로운 광기가 찾아오길!'

내가 열지 않았어

하필 기록적인 폭염이 찾아왔던 2018년도가 내가 가장 열심히 바이크 투어를 다닌 해라는 게 기이하긴 하다. 낮 기온이 38도를 넘어서는 날 안성의 '바우덕이 사당'을 찾아갔는데 늘 닫혀 있던 내당의 문이 열려 있었다. 그 기온에 1.5밀리미터가 넘는 두께의 가죽 슈트를 입고 주행풍 정도로는 도무지 식을 생각을 하지 않는 대형 바이크의 엔진 열과 햇볕에 몇 시간을 시달린 사람의 감각이 제대로 기능했다면 그게 오히려 이상하지 않은가?
보통 열린 문을 넘어서는 걸 마다하지 않는 성격인데 그날은 내당 안으로 들어서는 게 너무나 두렵게 느껴졌다.
순식간에 식은땀에 오한이 올라와 몸이 덜덜 떨렸다는 것만 기억난다. 그날 내가 집에 어떻게 돌아왔는지도 잘 기억이 나지 않는다.
현대 문명이 가져다주는 에어컨의 쾌적함에 몸의 기능이 회복되고 나서도 한동안 (별일도 아니었던) 그때 일에 대해 생각을 하기가 두려웠던 거 같다.
요새도 가끔 '바우덕이 사당'을 찾아가긴 하는데 그때와 같은 기분은 전혀 들지 않는다.
아…… 내당의 문도 갈 때마다 항상 닫혀 있다.

엔진 시동을 끄고 왼발을 땅에 내디딘다.

소음이 사라지자 산으로 둘러싸인 분지에 기묘한 정적이 내리깔린다.

손으로 만져질 듯 두텁고 무거운 정적이다.

딱 차 두 대를 세울 수 있는 주차장에 바이크를 밀어 넣는다.

'둘만을 위한 공간이다.'

의미 없는 문장이 머릿속을 스쳐 지나간다.

사당의 문은 처음부터 열려 있었다.

내부와 외부를 연결하고 차단하는 공간이 환영하듯 경고하듯 나를 바라본다.

문 너머에 보이는 건 또 다른 문이다.

단 한 번도 열리지 않았던 듯 이음새가 보이지 않을 정도로 굳게 닫힌 문이다.

헬멧을 벗어 바이크에 걸어 둔다.

농밀하고 두터운 공기가 정수리를 짓누르며 열기를 몰아낸다.

고개를 들어 하늘은 본다.

구름의 흔적조차 보이지 않을 정도로 시퍼런 하늘이다.

사당을 중심으로 산과 공기와 하늘이 두꺼운 벽을 치고 있는 것만 같다.

길게 자란 풀을 헤치며 활짝 열린 사당의 문까지 걸어간다.

그 흔한 관광 안내 푯말 하나 보이지 않는다.

문 앞에서 보이지 않는 벽이라도 마주친 듯 발걸음이 멈춘다.

알 수 없는 본능이 몸을 뒤로 잡아 뺀다.

모든 산이, 하늘이, 문 너머의 공간이 나를 주시하고 있다.

'도대체 무슨 생각을 하는 거야······.'

듣는 사람 하나 없지만 보란 듯이 과장된 코웃음이 터져 나온다.

다리에 힘을 주어 간신히 높은 문턱을 넘어선다.

무릎 아래까지 올라오는 딱딱한 부츠의 밑창 아래에서 자갈들이 갈려 나가는 소리가 들려온다.

담벼락으로 둘러싸인 작은 공간에 들어섰을 뿐인데 공기의 밀도는 한결 가벼워진다.

나를 환영하듯 어루만지는 공기의 흐름에 짧은 숨을 토해 낸다.

사당 내부는 지극히 평범하다.

스무 평이나 될까 싶은 작은 내당과 그걸 둘러싼 자갈 마당이 전부다.

밖에서 보았을 때 문이라 생각했던 건 내당에 달린 창문이었다.

문고리도 경첩도 없어 밖에서는 열 방법이 전혀 없어 보인다.

온통 땀과 열기에 짓무른 가죽 슈트 안 피부에서 기묘한 냉기가 흐른다.

어디선가 나를 바라보는 시선이 느껴진다.

애써 기분을 환기하려 팔과 목을 크게 돌리며 내당 주변을 따라 걷는다.

몇 걸음 걸은 것 같지도 않은데 내당을 한 바퀴 돌아 처음 들어온 문에 다다른다.

기묘한 위화감이 들어 다시 한번 내당을 둘러본다.

아무리 유심히 살펴보아도 내당에는 문이 보이지 않는다.

내부에 있는 무언가를 밀봉하듯 굳게 닫힌 창문뿐이다.

내당 너머 맞은편, 내 시야가 닿지 않는 곳에서 자갈이 갈리는 소리가 들려온다.

다른 누군가의 발소리일 리는 없다.

어쩌면 작은 들짐승이 지나가며 내는 소리일 것이다.

차가운 기운이 등골을 훑고 내려간다.

이마를 타고 흘러내리는 땀방울에 흠칫 놀라 몸서리를 친다.

발아래에서 요란하게 자갈들이 갈려 나간다.

화답하듯 발소리가 내 쪽을 향해 다가온다.

뛰지 않으려 애쓰며 보폭을 크게 해 사당 입구로 향한다.

활짝 열린 사당 문밖이 다른 세계처럼 느껴진다.

그곳은 내가 있어야 할 곳이 아니다.

여기가 나의 세계다.

오직 둘만을 위한…….

머릿속을 헤집어 놓는 상념에 흠칫 놀라 사당 밖으로 내달린다.

언제라도 저절로 사당의 문이 '쾅!' 하고 닫힐 것만 같다.

그런 일은 일어나지 않는다.

문턱을 넘어서자 자갈이 갈리는 소리는 더 이상 들려오지 않는다.

뒤를 돌아보지 않으려 애쓰며 몇 걸음 더 내디딘다.

텅 빈 주차장에 덩그러니 세워진 바이크를 바라보고 있으니 바쁘게 뛰던 심장이 조금은 진정이 된다.

괜한 헛웃음이 터져 나온다.

이제 막 악몽에서 깨어나 부모의 얼굴을 확인하고 안도의 웃음을 짓는 아이처럼 마음이 놓인다.

몸을 돌려 주차장을 향해 뒷걸음질 치며 사당 안을 바라본다.

그 누구의 모습도 보이지 않는다.

오직 안으로부터 반쯤 열린 내당의 창문만이 무심하게 나를 바라볼 뿐이다.

사람의 흔적을 찾을 수 없는 임도를 몇 분이나 내달려 지방도에 들어서니 온통 뒤틀리고 왜곡되어 있던 현실감이 되살아난다.

도로를 나란히 달리는 차들의 소음이 알 수 없는 이유로 나를 책망하는 것만 같다.

아직도 내가 사는 도시라는 실감이 나지 않는 지방 도시에 들어선다.

아직도 시연이와 내가 사는 집이라는 실감이 나지 않는 텅 빈 공터에 흉물스럽게 늘어서 있는 아파트 단지로 들어선다.

투박한 나무 벽을 대충 덧대 놓은 엘리베이터 안은 온갖 배달음식점과 인테리어 업체의 명함이 빼곡히 붙어 있다.

아직도 정돈되지 않은 짐으로 가득할 집을 떠올리니 한숨이 절로 터져 나온다.

19층에 도착한 엘리베이터 문이 둔중하게 열린다.

오후 4시밖에 되지 않았는데 복도는 기묘할 정도로 어둡다.

이사 온 지 일주일도 되지 않은 시연이와 나의 집 대문은 활짝 열려 있다.

가슴팍에 무언가 덜컥하고 떨어져 내려오는 소리가 들려온다.

내가 나갈 때 설마 문을 열어 두고 나갔던가?

불가능한 일이다. 문 아래 고임목을 세우지 않는 한 저절로 닫히는 구조의 현관문이다.

누군가 문을 열고 집에 들어왔다는 이야기다.

시연이는 아직 한창 회사에서 일하고 있을 시간이다.

인테리어 업자들도 아닐 테다. 며칠 전에 공사가 끝나 비밀번호도 바꿔 두었다.

초대받지 않은 누군가가 시연이와 내 집에 들어왔다.

심장이 빠르게 뛰며 손에 힘이 들어간다.

묵직한 헬멧을 방패처럼 왼손에 들어 세우고 한 걸음씩 천천히 집 안으로 들어간다.

아직 풀지 않은 이삿짐 박스들의 탑이 내 시야를 가로막는다.

부츠를 벗지도 않고 소리를 내지 않으려 애쓰며 조심스럽게 마룻

바닥을 내디딘다.

몇 시간 동안 공들여 닦아 놓은 마루에 진흙과 마른풀이 묻어난다.

이름 모를 사당에서 묻혀 온 흙과 풀이다.

나의, 우리들의 집에서 불청객처럼 행동하고 있다는 생각에 불쑥 울화가 치밀어 오른다.

내가 사용하는 현관 앞 방은 굳게 닫혀 있다.

고개를 길게 빼 안방과 시연이 방 쪽을 바라본다.

역시나 두 개의 방문도 굳게 닫혀 있다.

집에서 나올 때 환기를 위해 모두 활짝 열어 둔 방문이다.

굳게 닫힌 방문이 이름 모를 사당 내당의 창문처럼 보인다.

더 이상 이곳이 나의, 우리들의 집이라는 생각이 들지 않는다.

지금이라도 당장 떠나야만 할 것 같다.

집이 내 생각을 듣기라도 한 듯 안방 문이 천천히 열린다.

안방에서부터 둔중한 발소리가 들려온다.

이를 모를 사당에서 자갈들을 짓밟던 그 발소리다.

긴장감에 마른침을 삼키며 왼손에 든 헬멧을 조금 더 높게 쳐들어 올린다.

시연이의 모습이 불쑥 마루로 들어서자 절로 안도의 한숨이 터져 나온다.

"뭐야! 집에 있었어? 오늘 반차 쓴 거야? 왜 현관문은 열어 두고······."

"······거기 왜 갔어?"

"뭐?"

"거기 왜 갔냐고?"

"어딜 말하는 거야?"

문득 시연이도 나와 마찬가지로 양복도 벗지 않은 채 구두를 신고 있는 게 눈에 띈다.

시연이가 내 질문에 대답하듯 양팔을 들어 올려 내 손에 들린 헬멧을 가리킨다.

"……말했잖아. 오늘 3주 만에 비번이라서 낮에 바이크 타고 올 거라고……."

또다시 시작이다.

분명 그럴 시간에 이삿짐이나 좀 풀라는 등 되지도 않는 비난이 뒤따라올 게 뻔하다.

애당초 이 염병할 '혁신도시' 어쩌고 하는 곳에 이사 온 것도 시연이의 연구소 이전 때문이다.

나는 매일같이 왕복 세 시간이 넘는 시간을 도로에 버려 가며 밤낮없이 일하고 있는데……

시연이가 내 생각을 듣기라도 한 듯 고개를 내젓는다.

"아니. 왜 '거기'를 갔냐고?"

불현듯 시연이가 내가 낮에 들른 이름 모를 사당을 말하고 있다는 생각이 든다.

"어디…… 거기 사당 말이야? 나는 말한 적도 없는데……."

내 시선을 의식한 듯 시연이가 주섬주섬 구두를 벗는다.

"……피곤해서 먼저 잘게. 저녁 혼자 먹어."

대답을 기다리지 않고 안방 문이 굳게 닫힌다.

그제야 나 역시 부츠를 벗지 않았다는 게 떠오른다.

* * *

가죽 소파가 늪이라도 되는 양 몸을 아래로 잡아끈다.
몽롱한 와중에 거실 벽에 붙은 시계를 보니 밤 9시다.
샤워를 하고, 흙바닥이 된 마루를 치우고 잠시 드러누워 쉰다는 게 깜빡 잠이 들었던 모양이다.
문뜩 현관문이 아직도 열려 있을 거란 생각이 든다.
억지로 몸을 일으켜 보려 해도 꼼짝을 할 수가 없다.
시선이 닿지 않는 현관문까지 알 수 없는 감각이 확장되어 맞닿아 있는 듯하다.
둔중하게 움직이는 엘리베이터의 모터 소리까지 피부에 느껴진다.
그래 조금만 더 누워 있자.
시연이는 아직도 자는 듯 굳게 닫힌 안방 문은 열릴 생각을 하지 않는다.
아까 시연이의 행동과 알 수 없는 질문을 떠올리자 팔 끝에서부터 소름이 돋는다.
분명 이사 스트레스 때문일 거다.
내가 밤낮없이 특근해 가며 벌어들이는 소득의 세 배를 더 버는 시연이의 직장을 놓칠 수는 없었다. 그래도 평생 살면서 이름 한번 들어 본 적 없고 저녁 TV 프로그램에서 가식적인 앵커들의 소개말로나 간신히 접해 본 도시로 집을 옮기는 건 내게도 시연이에게도 쉽지 않은 일이었다.

문득 둘 다 아직 저녁을 먹지 않았다는 게 떠오른다.

조금만 더 누워 있다가 엘리베이터 안을 빼곡히 채운 명함 가운데 하나를 골라 오면 될 거다.

냉장고에 가득 채워 둔 맥주와 함께 피자라도 먹으며 멍하니 TV를 보고 공허한 웃음을 함께 터뜨리다 보면 언제나처럼 풀어질 거다.

때마침 안방 문이 천천히 열린다.

잠깐의 반가움 뒤에 알 수 없는 두려움이 뒤따라온다.

낮에 이름 모를 사당에서 원인 모르게 열려 있던 내당의 창문이 떠오른다.

습기 가득한 마룻바닥에 살가죽이 질척하게 달라붙었다 떨어지는 소리가 들려온다.

시연이는 집에서 절대 맨발로 돌아다니지 않는다.

깨어 있는 걸 들키면 안 될 것만 같다.

가늘게 실눈을 뜨고 천천히 발을 끌며 나오는 시연이를 바라본다.

아직도 낮의 양복을 벗지 않은 채다.

잠깐 냉장고 앞으로 가는 듯하더니 천천히 내게로 다가온다.

시연이가 같이 살아온 4년의 세월 동안 한 번도 본 적이 없는 표정을 한 채 나를 바라본다.

길바닥에 나뒹구는 돌멩이를 바라보듯 권태롭고 감정 없는 시선이 내 몸에 내리꽂힌다.

시연이 바짝 내게 얼굴을 들이민다. 아침까지만 해도 푸르스름하던 시연의 턱에 거뭇하게 수염이 올라와 있는 게 보일 정도다.

4년 동안 싸우고 화해하고 사랑한 연인의 얼굴이 생전 처음 보는 타인의 얼굴처럼 느껴진다.

시연이가 눈치채지 못할 정도로 천천히 눈을 감는다.

어둠이 눈꺼풀에 내려앉자 다른 감각들이 한결 예민해진다.

익숙한 담배 냄새와 달곰한 향이 시연이의 입과 코에서 흘러나오는 게 느껴진다.

한숨을 내쉬기라도 한 듯 서늘한 공기의 흐름이 내 얼굴 위를 쓰다듬는다.

"……안 자고 있다는 거 알고 있어. 내가 내가 아니라는 거 눈치챘다는 것도 알고 있어."

갑작스럽게 귓가를 파고드는 나지막한 목소리가 채찍처럼 나를 후려친다.

두려움에 몸을 떨지 않으려 애쓰며 잠을 가장한다.

흥미롭다는 듯 작은 코웃음이 거실에 맴돌아 다닌다.

대답을 하면 안 돼…… 눈을 뜨면 안 돼…… 현관문…… 현관문을 닫아야.

맥락 없는 깨달음이 홍수처럼 머릿속으로 밀려온다.

"……둘만을 위한 공간이었어야 했어. 네가 그걸 깨뜨렸어. 문을 열었고. 더 이상 둘을 위한 공간이 아니야."

아니다. 여기는 나와 시연이의 집이다. 나는 문을 열지 않았다.

"네 집. 너의 둘. 더 이상 담은 들어오고 나가는 걸 막지 못해. 문이 활짝 열렸어. 담 밖의 모두가 너를 바라볼 거야. 네가 숨을 곳은 어디에도 없어."

가늘고 긴 손가락이 작게 떨리며 내 눈꺼풀 위를 쓰다듬는다.
"너의 집은 이제 어디에도 없어."
눈꺼풀이 활짝 열린다. 어둠이 망막에 쏟아져 들어온다. 이름 모를 사당의 내당 창문들이 안에서부터 활짝 열린다.
알람 소리에 몸이 절로 반응한다.
몇 년 동안 귓가를 괴롭히던 알람 소리가 너무나도 반갑게 느껴진다.
커튼을 쳐 둔 거실 창밖으로 은은한 새벽 햇살이 들어온다.
언제나처럼 새벽 5시다.
출근할 시간이다.
갑작스럽게 나를 때리는 깨달음에 현관으로 달려간다.
현관문은 굳게 닫혀 있다.
발소리를 내지 않으려 살금살금 안방으로 걸어간다.
안방 문도 굳게 닫혀 있다.
조심스럽게 방문을 열어 본다.
시연이는 어제 보았던 모습 그대로 침대에 누워 있다.
혹시라도 어제의 나처럼 눈을 감은 체하고 있는지도 모른다.
"자? 자고 있는 거야?"
시연이의 눈꺼풀이 활짝 열린다.
초점이 맞지 않는 한 쌍의 눈동자가 천천히 움직여 날 응시한다.
"그래. 자고 있어."
시연이가 미동도 하지 않고 감정 없는 목소리로 내게 대답한다.
"……나 출근할 거야. 이따가 봐."

"문 잘 닫고 나가."
말하지 않아도 그럴 생각이었다.

* * *

"그래서 어제 비번일에는 뭐 했어?"
점심시간이 되자 꿈속에 갇힌 듯 몽롱한 나를 깨우듯 작업반장이 은근히 말을 건네어 온다.
"아…… 제가 쉬는 날 바이크 타는 거 말고 뭐 하는 거 있나요."
"이사한 데가 어디라고 했지? 안성? 제천? 그 촌구석도 구경 다닐 만한 데가 있어?"
작업반장의 질문이 떠오르기 싫은 장소를 머릿속에 그려 준다.
"……뭐, 있더라고요."
시연이는 오전 내내 전화를 받지도, 문자에 대답하지도 않는다.
밤새 꿈에 시달리고 대답 없는 전화기에 신경을 곤두세우다 보니 좀처럼 일에 집중할 수가 없다.
오후 6시가 될 때까지 시연이로부터는 어떤 소식도 없다.
작업반장에게 되지도 않는 변명을 늘어놓으며 잔업을 제치고 집으로 달려간다.
끝도 없이 막히는 지방도로에서 시달리다 흉물스러운 아파트 단지에 들어서니 저녁 8시가 훌쩍 넘어 있었다.
엘리베이터는 불길하게 덜컥거리며 위로 올라간다.
또다시 현관문이 활짝 열려 있을 거라는 예감이 든다.

예상을 배신하듯 현관문은 굳게 닫혀 있었다.

며칠 전에 바꾼 복잡하고 길디긴 비밀번호를 바쁘게 입력한다.

문은 열리지 않는다.

몇 번이나 시도해 보지만 현관문은 굳게 닫힌 채이다.

두려움과 분노가 뒤섞인 감정이 몸을 사로잡는다.

"시연! 안에 있어? 문 열어!"

몇 번을 고함쳐 봐도 굳게 닫힌 현관문 안에서는 어떤 대답도 들려오지 않는다.

감정의 저울추가 기울어진다.

분노에 사로잡혀 현관문에 발길질을 해 댄다.

두꺼운 금속이 떨리는 소리가 복도에 울려 퍼진다.

여전히 현관문 안에서는 어떤 대답도 들려오지 않는다.

등 뒤에서 이웃집 현관문이 열린다.

의심과 공포가 가득한 낯선 눈동자가 나를 바라본다.

처음 이사 오는 날 시연과 내게 의심과 경멸의 시선을 보내던 바로 그 눈동자다.

이곳은 더 이상 나의, 우리들의 집이 아니다.

무력감에 사로잡혀 엘리베이터 호출 버튼을 누른다.

지하층을 누르고 닫힘 버튼을 누르자 엘리베이터 문이 천천히 닫힌다.

문틈으로 이웃집 현관문이 천천히 닫히는 게 보인다.

* * *

몇 번 지나다녀 익숙해진 지방도가 차창 밖으로 스쳐 지나간다.

목적지를 정하지 않았지만 내 몸이 알아서 차를 몰아 나간다.

하늘을 가득 메운 만월이 어제 낮에 본 임도로 나를 인도한다.

가늘고 위태로운 바이크의 두 바퀴로 힘들게 지나갔던 길을 두툼한 네 바퀴가 수월하게 짓이기며 나아간다.

드문드문 보이던 인가의 불빛들이 사그라진다.

달빛은 한층 강해진다.

높다란 담처럼 길을 둘러싼 산봉우리가 점점 높아져만 간다.

한 번 와 봤을 뿐이지만 어느새 익숙해진 주차장이 눈앞에 나온다.

덩그러니 외로워 보였던 주차장 한 자리에는 시연이의 자동차가 세워져 있다.

내 SUV를 옆에 세워 두고 내린다. 주차장에는 이제 빈자리가 보이지 않는다.

둘을 위한 공간이 완전해졌다.

사당의 문은 어제처럼 활짝 열려 있다.

서두르지 않고 천천히 걸어가는 내 발걸음을 격려하듯 풀들이 스쳐 지나간다.

달이, 산봉우리가, 사당의 활짝 열린 문이 나를 지켜본다.

어제 같은 망설임 없이 문턱을 넘어선다.

내당의 창문은 모두 열려 있다.

그 안에서 기다리고 있는 게 무엇인지 나는 이미 알고 있다.

내당 맞은편에서 부드럽게 자갈이 갈려 나가는 소리가 들려온다.
등 뒤에서 사당의 문이 닫히는 소리가 들려온다.
오직 둘만을 위한 공간이다.

웃겨 봐요, 울어 줄 테니

입에서 입으로 전달되며 조금씩 더 강한 생명력을 부여받는 이야기 들은 어디서, 어떻게 시작되는 걸까? 난 늘 궁금했다.
만우절 전날 아이들이 펼치는 조금은 낭만적인 분위기의 이야기 대결 또는 거짓말 대결에 관한 이야기를 쓰고 싶었는데, 개인적으로 여태껏 썼던 글 중 가장 좋아하는 글이다.
이야기의 무대가 되는 흉가는 창신동에 실제로 있었던 곳을 떠올리며 썼다.
아이들의 이야기 속 등장하는 아파트와 터널 등도 상도동과 동대문 일대에 실재하는 장소일 것이다. 아마도…….
글에 등장하는 택시 기사는 지독한 정체에 시달리는 와중에 청하지도 않은 내게 자기가 아는 이야기들을 끝도 없이 전해 줬던 분을 모티브로 삼았다.
왜 서울 시내 한복판에서 뜬금없이 손님을 상대로 대구와 부여 지방의 괴담들을 이야기해 준 것인지는 지금도 알 수 없지만.

"저기 혼자 불 꺼진 집 보이지?"

아이들의 시선이 혁수의 손가락을 따라 움직인다.

모두 혁수의 손가락에 정신이 팔린 참에 건네받은 떡을 입에 대지도 않고 왼쪽에 앉은 아이에게 건넨다. 아까 공원에서 만난 애 중 한 명인데 이름을 열 번도 넘게 물어보았지만, 도무지 기억나지 않는다.

"병신아. 네 손가락 향한 곳에 불 꺼진 집이 한둘이야? 제대로 좀 짚어 봐."

"아 씨…… 대충 저 중 하나라고 생각해. 가 볼 것도 아니고. 아무튼, 그 집이 원래는 이 동네에서 제일 유명한 흉가였어. 여기가 흉가 되기 전에."

혁수가 분위기를 잡는다고 활짝 열어젖힌 창문으로 차가운 가을 바람이 들어온다. 온통 쓰레기투성이인 2층 거실을 가득 메운 떨 냄새가 조금 옅어진다.

"그래서? 거기서 무슨 일이 있었는데?"

수연이(얘 이름은 뚜렷이 기억난다.)가 눈을 반짝이며 혁수를 재촉한다.

"어? 저기 그 집이 흉가였다고. 여기처럼."

"뭐야? 그게 끝이야? 그리고 흉가였다니? 지금은 흉가가 아니라는 거야? 옛날엔 흉가였다가? 사람이 다시 들어와서 살기라도 하는 거야?"

"아니, 여전히 버려져 있지. 그런데 이제 여기가 더 유명하잖아. 다들 이 집을 제일 무서워하니깐……."

"흉가는 무슨 동네에 하나만 있어야 한다는 법이라도 있나……."

수연이가 예쁜 얼굴을 찡그리며 실망한 듯 중얼거린다. 혁수 바보 놈. 너는 탈락이다.

"이런 거 말고 다른 이야기 없어? 너희들 진짜 너무 시시하다."

혁수의 왼쪽에 앉은 철현이가 기다리고 있었다는 듯 목을 가다듬는다.

혁수에게 건네받은 떨을 한 모금 깊게 빨아들이고 어깨를 털며 이야기를 풀어놓을 준비를 한다.

제발 저놈의 떨 좀 나한테 오기 전에 다 타 없어져라. 이제 손가락 한 마디보다 더 짧아진 개비를 철현이가 왼쪽에 앉은 수연이에게 건네준다. 어쩌면 내 차례까지 한 번 더 안 돌아올지도 모르겠다.

"내가!"

떨 기운 때문인지, 술기운 때문인지 철현이의 목에서 높고, 찢어지고, 새된 목소리가 흘러나온다. 거기에 화답하듯 2층에 둥그렇게 둘러앉은 우리 모두의 입에서 웃음이 터져 나온다. 철현이는 민망한 듯 다시 한번 흠흠 목을 가다듬는다.

"내가 들은 이야기는 조금 이상한 이야기야. 이게 무서운 이야기인지는 모르겠지만 아무튼 수연이 너한테는 무서울 수도 있으니 일단 이야기해 볼게."

철현이의 목소리는 노래하듯 부드럽고, 근사하다. 수연이가 호감을 감추려 하지도 않고 철현이를 바라본다.

"너희들도 지나다니면서 터널 근처 덕산 아파트는 한 번씩 봤지? 그 아파트가 지어진 지 벌써 40년도 더 지났다고 하더라. 그런데 옛날 아파트들은 미신 때문인지는 모르겠지만 4층이 없다는 거 알고 있어?"

"4층이 없다는 게 무슨 소리야? 3층까지밖에 없다는 거야? 아니면 3층과 5층 사이 공간을 비워 두고 사용하지 않는다는 거냐?"

"아니. 실제로는 4층이 있는데 4층을 5층이라고 부르더라고."

"아하!"

흥미롭다는 듯 탄성을 지르는 수연이의 얼굴을 보고 있으니 알 수 없는 패배감이 밀려온다.

"원래대로라면 복도를 따라서 늘어서 있는 집들 호수도 401호, 402호, 이런 식이어야 하는데 붙여 두기는 501호, 502호, 이렇게 붙여 두었다고 하더라고."

수연이가 고개를 끄덕이고 하얀 손을 들어 내 어깨를 가볍게 툭

톡 친다. 이야기에 빠진 듯 시선은 철현이에게 고정해 둔 채 이제는 엄지손톱 두 개 길이 정도로 짧아진 꽁초를 내게 건넨다.

지금 이걸 나보고 피우라고? 지독한 떨 냄새 때문에 구토가 날 것 같다. 그래…… 그래도 좀 전까지 수연이의 입술에 닿았던 거니깐…….

한 번도 마셔 본 적 없는 고급 와인을 음미하듯 가볍게 입술을 가져다 대고 한 모금 빨아들인다. 퀴퀴한 냄새가 식도를 타고 내려가 배 속에 가득 찬 술을 공처럼 감싸 안는 느낌이다.

명치 부근에서 불쾌한 향의 공이 마구 굴러다니는 기분이 든다.

"떨은 이제 끝이다."

"야야! 걱정 마라 몇 대 더 가져왔고 본드도 있어. 내가 준비성 하나는 끝내주잖냐!"

"혁수야 너 여름 방학 동안 정성껏 화분 키웠다고 자랑하더니 그게 떨이었냐…….

"본드는 무슨……. 나 그런 거 안 해. 그것보다 자꾸 철현이 말 끊지 말자, 우리, 응? 한참 궁금해지려고 하는데."

철현이가 꾸민 듯 엄숙한 태도로 수현이를 보며 고개를 끄덕인다. 여자애들한테 잘 보이려고 지랄을 한다, 아주.

"덕산 아파트 복도가 옆으로 좀 길잖아? 당연히 501호, 502호, 이렇게 가다 보면 504호가 나왔겠지? 그런데 504호가 실제로는 504호가 아니라 404호인 거잖아?"

"응응. 그런데? 거기서 무슨 일이 있었던 거야?"

"음…… 들어 봐. 수십 년 전부터 404호에는 들어와 사는 사람이 아무도 없었대. 그런데 옆집에는 사람이 살았겠지? 403호랑 405호."

"야. 우리도 숫자는 셀 줄 아니깐 그냥 빨리 좀……."

혁수가 철현이를 재촉하며 가방에서 새로 한 개비를 끄집어내서 불을 붙인다. 제길…….

"403호랑 405호 사는 사람들 말로는 그 텅 빈 404호에서 소리가 들리더란 거야. 때로는 아이가 소곤소곤 속삭이는 소리 같기도 하고, 때로는 수많은 사람들…… 그러니깐 그 25평 아파트에 도저히 다 들어갈 수 없을 것 같은 인원수의 소리가 들리더래."

"오, 이제 좀 재미있어진다."

"403호 여자애가 혼자…… 그러니깐 그 집 아빠는 직장 가고 엄마는 잠깐 애 내버려 두고 아파트 앞 슈퍼, 너희도 거기 알지? 아무튼, 거기 다녀오는데. 404호에서 어떤 애가 벽 너머로 말을 걸더래. '너희 엄마 이제 두 번 다시 못 볼 거야.'라고."

다시 한번 가을바람이 열린 창문을 타고 들어와 텅 빈 거실을 휘감는다. 나는 자리에서 일어나 창문을 닫으러 간다.

"왜? 그냥 열어 놔. 그리고 그거 창문 몇 개 깨져 있어서 닫아 봐야 별 차이도 없어. 추워? 나 아빠 등산할 때 입는 오리털도 몇 개 가져왔는데 그거 줄까?"

그래, 혁수, 너 준비성 진짜 좋다. 혁수가 건네준 오리털 파카를 몸에 두르니 한결 추위가 덜하다.

"그래서 걔 엄마 어떻게 되었는데?"

"슈퍼에서 우유 두 팩이랑 오뎅이랑 깻잎 사 오다가 사이드 브레이크 채워 두지 않고 세워 둔 택배차가 굴러 와서 그 자리에 깔려서 즉사했대."

의식하지도 못하는 사이에 입에서 비웃음이 터져 나온다. 의아한 표정의 수연이와 상처 입은 표정의 철현이를 보니 미안함이 밀려온다.

"왜? 내 이야기가 뭐가 이상해?"

"아니…… 그저 떠돌아다니는 이야긴데…… 도대체 그런 디테일들은……."

"너는 꼭 그런 거 따지고 들더라?"

"어…… 미안해…… 술이랑 떨이 좀 과했나 보다. 난 이제 떨은 더 안 할게."

참 좋은 핑계지?

"그래서? 그걸로 끝이야? 404호에서 들리는 많은 사람 소리는?"

수연이가 철현이를 다시 재촉한다.

"이건 몇 호 사람이 겪은 일인지 모르겠어. 403호 아니면 405호겠지? 아무튼 밤에 수많은 사람이 웅성거리는 소리가 들려서 시끄럽다고 항의하려고 404호 초인종도 누르고 문도 두들겼대. 그런데 그럴 때는 또 쥐 죽은 듯이 조용해지더란 거야. 다시 집에 들어오면 또 웅성웅성 시끄럽게 굴고. 결국엔 못 참아서 경찰을 불렀는데 역시나 문을 두들기고 초인종을 눌러도 조용하기만 하더란 거야. 그래서 그 옆집 사람이 너무 답답해서 경찰을 자기 집으로 들여서 들려줬대. 404호가 얼마나 시끄럽게 구는지 들어 보라고. 그런데 경찰관 한 명이 그랬다더라. '이거 꼭 몇만 관중이 가득 찬 축구 경기장에 들어와 있는 거 같네요?'"

"오! 그런데 404호는 비어 있었던 거잖아?"

"비어 있었지! 자, 이야기 조금 더 남았어. 이건 덕산 아파트 경비 아저씨한테 내가 직접 들은 이야기야. 밤에 순찰 돌다 보면 분명 사람이 살고 있지 않은 404호에 불이 켜질 때가 있대. 이야기 끝!"

무언가 허무한 기분이 든다.

거실 바닥에서 새로 맥주 한 병을 들어 뚜껑을 여니 왼쪽에 앉은 여자애(그래, 아직도 얘 이름을 모르겠다.)가 날 보며 병을 들어 올린다.

아무튼, 짠!

"음. 조금 아쉽지만 나쁘진 않았던 거 같아. 허술한 구석이 있는 게 더 진짜 같기도 하고. 그럼……."

수연이가 고개를 돌려 나를 빤히 바라본다. 원래 주인공은 항상 마지막에 오는 법이지. 아직도 남아 있는 떨 기운을 떨치려 고개를 휘휘 내젓고 최대한 천천히, 아주 천천히 맥주를 한 모금 들이마신다.

거실에 둘러앉은 모두가 말없이 나만 바라본다.

"나는 두 개 할게. 살짝 섬찟한 이야기 하나랑 여기, 우리 앉은 이곳에 대한 이야기 하나."

"야야! 그건 반칙이지. 너만 왜 두 개 해?"

이야기 같지도 않은 거로 수연이를 실망시킨 혁수 네가 반칙 운운할 건 아니지.

"그런 규칙 말한 적 없잖아. 난 오늘 제일 무서운 이야기를 해 주는 사람이랑 자겠다고 했지, 한 사람당 하나씩만 해야 한다고는 안 했어."

수연이가 깔깔 웃으며 내 편을 들어준다. 혁수가 투덜대며 고개를 떨구더니 혼잣말하듯 뭐라고 중얼거린다.

바보 같은 놈! 건프라 하나 제대로 완성해 본 적이 없는 놈이 지금 새로 이야기 하나 지어내 보려고 하는구나!

"하나는 택시 기사 아저씨한테 들은 거야. 저번에 야구 보고 시간이 늦어 차 끊겨서 택시 타고 집에 온 적이 있었거든. 아까 철현이가 말한 덕산 아파트 옆 터널, 너희도 알지? 거기 지나오는데 택시 기사 아저씨가 갑자기 몸을 부르르 떨면서……."

"그거 오줌 마려워서 그런 거 아냐?"

혁수의 한심한 농담에 내 왼쪽에 앉은 여자애가 자지러질 듯 웃음을 터뜨린다. 나는 다른 아이들에게 웃음이 전염되기 전에 단호한 표정으로 잽싸게 이야기를 이어 나간다.

* * *

"학생 이 근처 살지? 여기…… 이 터널 주변은 밤에 비 오고 바람 불 때 절대 지나다니면 안 돼! 괜히 겁주려고 하는 소리가 아니라 진짜 조심해야 해!"

누구라도 그런 소릴 들으면 뒷이야기가 궁금해지기 마련이다. 이런 밤중에 괜히 무서운 이야기를 듣고 싶지는 않았지만, 호기심을 억누르기 힘들었다.

"왜요? 뭐 때문에요?"

택시 기사는 잠깐 머뭇거리는 척하더니 내 질문을 기다리고 있었다는 듯 목소리를 낮추고 이야기를 시작했다.

"택시 기사들 사이에서는 유명한 이야기거든. 비 오고 바람 불 때 여기 터널 옆 인도를 검은 머리에 검은 옷 입은 여자가 맨발로 뒷걸음질 쳐서 내려온다고……."

"어우……."

"여자가 치렁치렁 긴 옷을 입고 있는데 항상 맨다리랑 맨팔을 드러내거든. 그런데 그 피부가 진짜…… 너무 하얀 거야. 항상 밤중에만 나타나서 알아보기도 힘들 텐데도 시커먼 옷이랑 너무나도 대비되게 피부가 하얀 거야. 그리고 그 뒷걸음질 치는 게…… 저기 터널 경사가 꽤 심하잖아? 거길 천천히, 한 걸음 한 걸음, 꾹! 꾹! 눌러 밟으며 내려오는 거야."

"꼭 본 것처럼 말씀하시네요?"

"봤지! 몇 번 봤지! 다행인 건 이쪽 차선이 그 여자 등만 보는 방향이라 얼굴을 볼 필요가 없었다는 건데……."

택시 기사의 말이 한참 멈추었다. 조금만 더 가면 집이다. 더 듣기 싫은 동시에 이야기의 결말이 궁금해 미칠 것만 같다.

"그래서요?"

"보통 다들…… 다른 택시 기사들은 그 여자 보면 앞만 보고 빠르게 그냥 지나쳐 가거든. 그런 거 누가 괜히 얼굴 확인해 보고 싶겠어?"

"아저씨는 확인해 보신 거겠네요."

"그랬지…… 그날…… 그 여자가 또 뒷걸음질로 천천히 꾹! 꾹! 내려오고 있는데…… 나도 뭐에 홀린 듯 그날은 차 속도를 줄였단 말이지. 그래서 그 여자는 꾹! 꾹! 내 쪽으로 다가오는데 나는 더 천천히…… 이렇게…… 천천히……."

택시 기사가 속도를 늦추자 내가 걸어가는 듯한 속도로 창밖 풍경이 스쳐 지나간다.
"아…… 아저씨…… 이런 것까지 굳이 재현하실 필요는 없고요…… 그래서요?"
"그 여자랑 내 차랑 딱 마주치는 그 순간이 올 거잖아? 그때를 기다리고 있다가 차를 세웠어. 이렇게."
택시가 멈추어 선다.
"그 여자는 신경도 안 쓰고 계속 뒷걸음질로 내려가더라고. 학생이 앉아 있는 조수석 창 옆으로 천천히."
괜히 신경이 쓰여서 창밖을 한번 내다보게 된다.
"그 여자가 이제 학생 앉은 뒤편으로…… 뒷좌석 옆을 꾹! 꾹! 지나갈 때쯤 가속 페달에 발을 올려 두고 있었단 말이지? 여차하면 냅다 달려서 도망가려고. 그런데 아, 도저히 앞모습 볼 용기가 안 나더라고. 그런데 그 여자가 이 차 뒤로 한 5미터쯤 갔을 무렵…… 잠깐 사이드미러로 얼굴만 확인하고 바로 확 달려 나가면 지가 어쩌겠어? 이런 생각이 딱 드는 거야!"
흥분해서 고함을 지르듯 설명하는 택시 기사의 모습이 조금 안쓰럽게 여겨진다.
"어…… 그래서요? 그런데 차는 이제 출발을 좀……."
"그래서 내가 고개를 돌렸지! 사이드미러를 봤어. 그러면 안 되는 건데…… 사람 마음이라는 게 어찌 그렇게 돌아가나. 하면 안 되는 거 알면서 꼭 하고…… 응? 그래서 사이드미러를 보는데 눈이 딱!"
택시 기사가 내 얼굴 앞으로 불쑥 얼굴을 들이민다. 몇천 년은 묵힌 듯한 쾌쾌한 담배 냄새가 내 코를 찌른다.

"딱! 마주친 거야. 으…… 그 허연 얼굴에…… 시커먼 입술에…… 눈은 흰자위 하나 없이 검은자위만 가득하고…… 너무 놀라서 가속 페달을 확 밟는데 언덕길이고 비 오는 날이라 바퀴가 헛도는 거야. 도로에 타이어 미끄러지는 소리는 요란하게 울려 퍼지고…… 그렇게 앞으로 못 나가고 있는데 그 여자 입이 쭉 찢어지면서 웃는 거야! 나를 보면서! 어휴! 내가 그때! 어찌나 놀랐던지!"

"으으…… 그래서요?"

"어! 그래서 차가 막 멈칫멈칫하다 앞으로 나가는데…… 그 뒤로 걷던 여자가…… 뒷걸음질로 꾹! 꾹! 걷던 여자가 앞으로! 내 차 쪽으로 막! 진짜 미친년처럼 막! 달려오는 거야!"

* * *

"어우 야…… 이건 좀 괜찮았다."

게임 끝.

바보 같은 혁수 놈 이야기는 말할 것도 없고 시시한 아파트 괴담보다야 내 것이 훨씬 낫지!

내 어깨가 하늘로 솟구쳐 오른다. 최고의 공연을 막 끝마친 연주자인 양 자부심이 가득 담긴 미소를 띠고 수연이를 바라본다.

"나머지 하나는?"

"응?"

"두 개 해 준다고 했잖아. 이 집에 관한 이야기 그거……."

"아 그거. 그건 이거보다는 좀 약해."

"그건 내가 들어 보고 결정할 테니까 마저 해 줘."

내가 지금 무언들 못 하겠냐.

"이 집 원래는 흉가가 아니었어."

"야! 이건 누구한테 들은 이야긴데?"

바보 같은 혁수 놈이 이상한 트집을 잡는다.

"뭐? 그건 왜?"

"너희들 아까는 누구한테 들은 이야기라고 말하고 시작했잖아? 이번 이야기는 누구한테 들은 건데?"

"어? 몰라. 그냥 알게 된 거야. 엄마한테 들었나? 엄마 친구 중에 그 공인중개사 하시는 아줌마가 이야기해 줬던가? 아무튼, 그냥 들어 봐."

물기가 가득한 맥주병을 집어 들고 한 모금 들이켠다. 불쾌한 떨기운이 아직도 명치께에서 사라질 생각을 하지 않는다.

"네 식구가 살았대. 엄마랑 아빠랑 여자애…… 아마도 우리 또래? 하나랑 몸 안 좋은 할머니. 1층은 할머니랑 엄마 아빠가 쓰고 여자애는 우리 있는 거실 저 옆에 보이는 방 있지? 거기 썼대. 그런데 여자애가 밤마다 시달렸던 거야."

"뭐에 시달렸는데?"

"그거 이야기해 주는 거잖아. 처음에는 그냥 취객이 장난을 친 게 아닐까 하고 생각하다…… 음…… 그러니깐 나한테 이야기해 준 사람은 그렇게 생각했다는 거야. 저 아래 담 있잖아. 멀찍이서 달려와 그걸 차고 올라 저 창문 높이 근처로 점프하면서 이상한 소리 지르는 거지. 아! 무서운 가면 같은 것도 쓰고. 누가, 왜 그런 장난을 했는지는 모르겠지만…… 뭐 별 생각 없이 했겠지? 술김에 재미로 그랬을 수도 있고. 그런데 여자애가 좀…… 아니 많이 놀랐나 봐. 막 거품 물고 쓰러지고 그랬대. 괜히 창문 열어 놓고 있다가 이상한 놈이 이상한 짓 한 거 보고 귀신이라는 둥. 요새 같았으면 CCTV도 많이 깔려 있고 해서 그런 거 딱 걸렸을 텐데……."
"야! 그건 그거대로 무섭겠다?"
"어?"
"그거 취객 장난인 줄 알았는데 CCTV 뒤져 봐도 아무것도 안 찍혀 있고 하면 더 무섭겠다고."
"그렇기도 하겠네. 아무튼, 그래서 여자애는 막 울고불고 했지, 자기 이 집에서 못 산다고, 귀신 나온다고. 애 엄마 아빠가 애 달래 주려고 같이 방에서 잠도 자 주고 했는데, 귀신을 한번 본 사람들은 계속 귀신을 보게 된다잖아?"
"그거 귀신 아니었다며?"
"그러니깐 비유적으로 말이지. 막 머릿속으로 상상하고 그랬겠지? 그러다 밤에 또 뭘 봤는지, 그러니깐 자기 머릿속에서 봤겠지? 놀라서 도망가다 저기 앞에 보이는 테라스에서 뛰어내렸대."
내 손가락을 따라 아이들의 시선이 테라스로 집중된다. 바보 같은 혁수야 보았느냐? 무서운 이야기는 이렇게 하는 거야.
"1층에 몸 안 좋은 할머니가 살고 있었다고 했지? 그 할머니가 자기 손녀가 떨어지면서 다리가 부러지는 걸 본 거야. 여기…… 정강이 옆으로 뼈가 살을 찢고 뚫고 나왔대."

"어우씨! 지는 뭐 디테일이 어쩌고 하면서 비웃으면서…… 야 이런 이야기는 좀 그냥 넘어가."

"그래그래. 아무튼, 할머니…… 몸도 안 좋은 할머니가 얼마나 놀라셨겠어. 자기 눈앞에서 그런 걸 봤으니. 할머니 머릿속에도 그 순간 귀신이 들어온 거지. 2층 테라스, 그러니깐 아직도 너희들이 바라보는 거기를 손가락으로 가리키면서 귀신! 저기 귀신! 이렇게 소리 지르다 까무러쳤다는 거야."

다시 한번 바람이 거실에 휘몰아친다. 혁수의 오리털 파카가 가려주지 못하는 목덜미를 차가운 손길이 쓰다듬는 것 같다.

"할머니가 굿을 해야 한다고…… 이러다가 자기 손녀딸뿐만 아니라 온 집이 귀신한테 잡아먹힐 거라고…… 그런데 너희들 이 집 봐도 딱 알다시피 좀 사는 집 같잖아? 돈이 있는 집에 날파리? 뭐 그런 게 꼬인다고, 무당들이 와서 또 한바탕 분위기를 잡은 거지. 보통 독한 귀신이 든 게 아니라고. 존재하지도 않는 귀신을 보고 도망가다 다리를 다친 손녀딸은 이제 진짜 귀신에…… 어, 그러니깐 비유적으로 말이지…… 사로잡혀 버린 거지. 거기에 할머니까지. 이제 두 명 보고 두 명 남았잖아? 두려움은 전염성이 강하대. 그냥 평범한 사람들…… 정신에 문제가 없는 사람들도 식구들 중 두 명이 그렇게 되고, 한 명은 다리병신까지 되고 말이지…… 집에서 맨날 굿을 한다 어쩐다 하면서 요상하게 생긴 무당들이 와서 막 공포 분위기 조성하고 하니 어느 순간 귀신을 받아들이게 돼 버린 거야."

"어…… 난 이 이야기 좀 지루한데……."

아…… 바보 같은 혁수야. 수연이가 완전히 몰입해서 내 입에서 눈을 못 떼고 있는 것도 안 보이니?
"아니야. 이런 것도 좋네! 계속해 봐."
이름 모를 여자애가 재촉한다. 술기운이 돌아서인지 수연이만큼은 아니더라도 얘도 제법 예쁘다는 생각이 든다.
"네 식구가 사는 집에서 귀신을 보는 사람이 넷이 되었어. 집이 어떻게 되었겠어? 사람들이 귀신을 받아들이면 집도 귀신에게 문을 열어 주는 법이거든. 굿도 하고, 무슨 기도도 하고, 진짜 온갖 이상한 걸 다 했다더라. 동네 사람들은 좀 기괴한 구경 하듯이 그걸 바라만 보고 있었고. 그러다 어느 날 하다 하다 도저히 안 되겠다 싶은 가족들이 결심을 한 거야. 누구는 약을 먹었다 하고, 누구는 연탄불을 피웠다 하고, 누구는 집에 불을 질렀다고 하는데…… 보다시피 집은 깨끗하고."
"아, 그런데!"
"어?"
"나 이런 이야기 들으면 좀 화난다. 그 사람들은 왜…… 아니 네 명이나 되면서, 같이 있으면서 서로 좀 위해 주고…… 아니, 하다못해 그렇게 죽을 거면 우리도 귀신 돼서 우리 괴롭힌 귀신 너한테 복수한다! 뭐 이런 거라도 있었으면…… 그냥 좀 불쌍하고 화나잖아."
아니 혁수야…… 이건 귀신 이야기가 아니라고…….
"그랬을지도 모르잖아?"
옆자리에 앉은 여자애가 혁수에게 질문을 던진다. 의식하지도 못한 새에 그 애의 얼굴을 흘긋 보게 된다. 그래, 얘도 예쁜 거 같아.
"어? 그게 무슨 말이야?"

"죽어서 귀신 되어서 이 집 떠돌아다니면서 복수하고 있을지도 모른다고."

"누구한테? 이 이야기에서 나쁜 놈은 그 술 취한 놈이랑 사기꾼 놈들밖에 없잖아?"

"그 사람들한테 했을 수도 있고."

옆자리 여자애가 팔뚝을 걷어 올리며 맥주병을 집어 들고 한 모금 마신다. 참 하얗고 깨끗한 피부다.

"자! 그래서 승자는? 수연이 너는 누구랑 할…… 잘 건데?"

"뭐? 아……."

뭐가 그리 웃긴지 수연이의 입에서는 깔깔 소리가 사그라질 생각을 하지 않는다.

"하하! 내가 제일 무서운 이야기 해 준 사람이랑 자겠다고 했잖아? 그런데 아직 이야기 안 한 사람도 남았는데? 내가 직접 이야기하고 내 이야기가 제일 무서웠다고 하면 난 혼자 자는 건데?"

쳇! 이럴 줄 알았다.

혁수는 물론 놀랍게도 점잖은 철현이까지 작은 소리로 구시렁거린다. 그래, 너도 기대하긴 했구나.

"그럼, 이제 내 차례인가?"

옆자리 여자애가 입을 연다. 왠지 거실 기온이 한순간에 내려가는 듯한 기분이 든다.

"음. 그 전에 나 화장실 좀."

변명하듯 말하며 몸을 일으키려는 나를 옆자리 여자애가 빤히 바라본다.

"거기 안 가는 게 좋을 텐데?"

"왜?"

"이런 이야기에서 혼자만 화장실 가는 사람은 꼭 안 좋은 일 겪더라고. 귀신을 보거나."

옆자리 여자애의 갑작스러운 만류가 우리 모두의 말문을 틀어막는다.

"야야! 걱정하지 마! 내가 부적도 챙겨 왔거든? 그거 품에 지니고 가. 그럼 될 거야."

하여간 혁수의 준비성은 알아줘야 한다.

"그거 아까 내가 다 치워 버렸어. 하나씩 다 찢어서 쥐 떼한테 나눠 줬어."

"어? 야 너 왜 그래, 기분 이상해지게."

수연이가 표정을 굳히며 말한다.

"에이. 갑자기 이상한 농담 하고 그래. 그럼 이거 가지고 가. 내가 염주도 챙겨 왔거든."

혁수가 여자애 둘의 눈치를 살피더니 가방에서 염주를 꺼낸다.

"그것도 소용없어. 아까 내가 염주 알 개수를 바꾸어 놨거든."

"뭐? 그럼 어떻게 되는 건데?"

여자애가 으스스한 미소를 짓는다.

음…… 어쩌면 수연이보다 얘가 더 이쁠지도 모르겠다.

혁수가 조금은 다급한 손길로 가방을 뒤적인다. 설마 뭐가 또 더 있냐?

"그럼 십자가 이건……."

"예수상이 얼굴 말고 뒤통수가 보이지?"

혁수가 경악하며 십자가를 바닥에 내팽개친다. 수연이의 얼굴에서 눈물이 흘러내린다.

"그럼. 이제 내가 이긴 건가? 수연이는 나랑 자는 거야?"

팔뚝 끝에서부터 소름이 타고 올라온다.

"농담이야! 왜 농담에 울고 그래!"

여자애가 꾸며 낸 듯 밝은 목소리로 수연이를 위로한다. 혁수가 떨리는 손으로 가방에서 새 개비를 한 대 끄집어내 깊게 한 모금 빨고 철현이에게 건넨다.

이제까지 꼴도 보기 싫던 떨이 너무나도 간절하다.

"나도 한 모금 하자."

수연이를 거쳐 내게 온 떨을 깊숙이 빨아들인다. 세상이 살짝 빠른 속도로 회전한다.

여자애가 하얀 손을 들어 내 어깨를 툭툭 친다.

"나도 줘."

옆자리 여자애에게 떨을 건네주는 손이 걷잡을 수 없이 떨린다.

"왜 그래 진짜. 미안하게. 그래! 우리 웃기는 이야기로 다시 대결하자. 아직 밤은 길잖아? 재미있고 웃기는 이야기. 누구부터 할래?"

어쩌면 나는 사랑에 빠진 걸지도 모르겠다.

종로의 개

좀 전까지 눈부시도록 찬란하게 느껴지던 겨울 오후의 햇살도 이제는 잠식해 들어오는 공포의 그림자를 더 길게 드리우는 광원처럼만 느껴진다.

인사동 앞 종로 2가 사거리의 보행 신호에 맞추어 길을 건너는 수많은 사람은 '그것'이 보이지 않는다는 듯 무심히 바쁜 발걸음만 놀리고 있다.

'코스프레 같은 거일 거야. 대낮이잖아. 아니면 낮술 한잔해서 취기가 올라와 헛것이 보이는 걸 수도 있지…….'

아직은 제 할 일을 다 하는 이성적인 뇌가 비합리적인 광경에 대한 합리적인 해답을 내놓고 있다.

하지만 한밤중에 영문도 모른 채 억눌린 비명을 내지르며 깨어나 닭살이 돋은 양팔을 문지를 때 다시는 잠이 들면 안 된다고, 이대로

뜬눈으로 해가 뜨기를 기다리라고 속삭여 주는 뇌는 다른 답을 들려준다.

'그것'에 시선이 사로잡혀 탑골공원 앞 신호등에 못이라도 박힌 듯 좀처럼 발을 뗄 수가 없다. 사거리 신호의 파란불이 짧게 점멸하기 시작하며 인파가 줄어든다. 강추위가 기승을 부리는 날이라 하더라도 종로 2가가 이 정도로 한산한 건 흔한 일은 아니다.

'그냥 나도 보이지 않는 것처럼 행동하면서 무시하고 길을 건너자⋯⋯ 아무 일 없을 거야. 분명 헛것⋯⋯ 아니, 요새 유튜브 같은 데서 이상한 행동하는 거 중계하면서 돈 버는 애들 많다고 했잖아. 분명 그런 사람일 거야.'

보행자가 물러나고 차들이 점령해 버린 사거리 한복판에 여전히 서 있는 그것의 모습은 분장으로 가능한 수준은 아닌 듯 보였다.

목의 절반이 잘 들지 않는 칼로 억지로 썰린 듯 투박하게 잘려 왼쪽 어깨 아래로 축 늘어진 얼굴과 무방비하게 벌어진 입안에 송곳 같은 이빨이 빽빽이 들어찬 게 망막에 새겨지듯 선명하게 보인다.

'⋯⋯그리고 얼굴이⋯⋯ 저거 다혜잖아⋯⋯.'

내 생각을 읽기라도 한 듯 그것이 몸을 돌린다. 늘어진 얼굴에 눈동자가 있었던 구멍에서 피처럼 보이는 시커먼 액체가 흘러내린다.

'⋯⋯나 바라보는 거야⋯⋯.'

한밤중에 속삭이는 뇌가 지금 당장이라도 도망치라고 경고해 준다. 그것의 행동에 동조하기라도 하듯 의식하지도 못하는 사이에 눈에서 눈물이 흘러내린다.

그것의 벌어진 입이 쭉 찢어지고 무수히 많은 이빨이 중첩되며 기괴한 미소를 그려 낸다. 턱이 저절로 벌어지며 억제할 수 없는 신음이 새어 나온다.
 내 신음을 듣기라도 한 듯 그것의 응시 목표가 명확해진다.
 속삭여 주는 뇌가 그것이 나를 보았다고, 이제 곧 나에게 다가올 거라고, 그것이 자기만의 방식으로 다가오는 걸 내가 바라본다면 그 자리에서 공포에 사로잡혀 비명만 지르고 있을 거라고 경고해 준다.
 '……아직은 내 존재 모르고 있어…… 개가 냄새에 이끌리듯 내 공포에 이끌린 거야…… 내가 놀라서 달려가기 시작한다면 그 순간 내 존재를 알게 될 거야…….'
 누가 가르쳐 주지도 않고, 경험으로 얻을 수도 없는, 오직 닥치고 나서야 알 수 있는 종류의 깨달음이 내게 밀려온다. 천천히 몸을 돌려 종로 2가 파출소 방향으로 걸어서 그것의 시야, 인지 범위 밖으로 벗어나면 괜찮을 것 같다. 하지만 좀처럼 그것으로부터 시선을 떼기가 힘들다.
 고개를 돌리는 순간, 내 등을 그것의 피 웅덩이처럼 보이는 눈동자에 내주는 순간, 순식간에 거리를 좁혀 온 그것이 나를 뒤에서 덮칠 것만 같다. 더 이상 바라보고 싶지 않은 마음과 계속 눈에 담아 두고 지켜보아야만 한다는 마음이 동시에 머릿속에서 충돌한다.
 나는 너무 정면으로 그것을 응시하지 않으려 애쓰며, 조금씩 뒷걸음질 치며 파출소 방향으로 나아갔다. 가끔 오가는 행인들은 내가 뒷걸음질을 치거나 말거나 무심히 나를 스쳐 지나갔다.
 다행히도 전 여자 친구의 얼굴을 가진 그것 역시 내게 별다른 관심을 드러내 보이지는 않았다.
 '……그래, 그냥 이상한 경험 한번 한 거야. 아까 점심 먹으면서 술도 너무 많이 마셨고…… 다혜랑 헤어질 때 썩 기분 좋게 헤어진 것도 아니잖아? 죄의식 같은 게 남아 있어서…….'
 다혜와 헤어진 건 벌써 3년도 더 된 일이다. 그것의 충격적인 모습이 아니었다면 다혜의 얼굴을 내가 떠올릴 수나 있었을까 싶을 정도의 세월이다.
 이제 그것의 모습은 사거리에서 신호를 기다리는 사람들 무리에 가려져 보이지 않는다.
 좀 전까지 온몸을 옭아매던 공포감이 조금은 사그라진다. 꺼끌꺼끌한 점퍼 소매로 흘러내린 눈물을 대충 닦으며 몸을 돌리려는데 그것의 모습이 사거리 중앙이 아니라 탑골공원 앞 신호등 앞에서 보인다.
 바삐 사거리를 건너가는 사람들 사이에서도 고여 있는 피가 흘러넘치는 그것의 눈두덩이 나를 바라보고 있는 걸 똑바로 알 수 있었다. 나는 비명을 내지를 새도 없이 몸을 마저 돌려 전속력으로 내달리기 시작했다. 언제라도 내 등에, 어깨에, 머리에 그것의 손아귀가 얹힐 것만 같았다.
 '젠장…… 도대체 이게 뭐야…… 내가 왜…….'
 언제까지, 어디까지 달려야 하는지도 모른 채 숨이 차도록 내달리다 보니 눈앞에 종로 2가 파출소와 탑골공원 담벼락을 낀 골목이 보였다.
 혹시라도 그것을 따돌릴 수 있지 않을까 하는 바람 때문인지, 보이지 않는 손길의 인도에 이끌린 것인지 알 수 없지만 나는 골목 안으로 뛰어들어 가쁜 숨을 가라앉혔다. 파출소 안 경찰들이 나의 모습을 의아한 눈초리로 바라본다.

'파출소에 들어가서 사정을 말해 볼까?' 하고 잠시 고민해 보았지만, 경찰이 그것으로부터 나를 지켜 줄 수는 없을 거란 확신이 들었다. 뒤를 돌아보아도 탑골공원 담벼락에 막혀 이제까지 내달리던 길이 보이지 않는다.

금세라도 그것이 골목 초입에 불쑥 고개를 들이밀 것 같은 예감에 잠깐의 뜀박질로도 철근처럼 무거워진 다리를 억지로 놀려 골목 안쪽으로 계속 걸어갔다. 발을 바삐 놀리며 걸어가는 와중에도 수시로 뒤를 돌아보았지만, 그것의 모습은 보이지 않는다.

"어이, 아저씨!"

갑작스러운 목소리의 주인은 탑골공원 담벼락에 주차된 차들 사이에서 비닐 차양을 치고 간이의자에 쪼그리고 앉아 사주나 관상 따위를 봐 주는 꾀죄죄한 노인이었다.

"지금 더러운 것한테 쫓기고 있지? 일단 들어와. 내가 아저씨 하나쯤은 지켜 줄 수 있어."

무시하고 목적 없는 도피를 계속하려는 내게 노인의 말이 주는 이끌림의 중력이 너무나도 강렬했다.

"영감님⋯⋯ 뭐 알고 계신 거예요? 제가⋯⋯."

"일단 들어와. 밖에 있으면 그것 눈에 더 띄기 좋으니까. 이 안 따듯해."

머뭇거리며 골목 입구 방면을 몇 번 더 흘긋거리고 보다가 한숨을 내쉬며 차양 안으로 들어갔다. 노인이 붉은색 간이의자를 내 쪽으로 밀어 준다.

"앉지는 않을 겁니다…… 그보다 아까 하던 말씀……."

노인이 어깨를 으쓱하며 간이의자를 다시 뒤로 빼고 형형한 눈빛으로 나를 올려다본다.

"그게 아는 사람 얼굴을 하고 있나?"

"네……. 이전 여자 친구……."

"언제 어디에서 처음 마주쳤어?"

"좀 전…… 한 10분 전쯤 저기 인사동 앞 사거리에서요……."

대답을 하는 와중에도 계속 차양 밖 골목 방향으로 시선이 가는 걸 억누를 수가 없다.

"온…… 종로 천지에 역한 기운이 가득해서 이상하다고 생각했는데 아저씨가 그 원인이었구먼."

"네? 저 아무 짓도 안 했어요. 기분 좋은 일이 있어서 낮술 조금 마시고……."

"이런 대낮에 위세 좋게 돌아다니며 패악 떠는 거 보니 보통 낮도깨비가 아니야."

"그럼 제가 뭘 어떻게 해야 하나요? 부적 같은 거 사라면 살게요. 빨리 좀……."

다급한 내 태도와는 대조적으로 노인의 행동은 느긋하기만 하다.

"서두를 거 없어. 그런 낮도깨비들은 발이 빠르지도 않고, 눈이 그리 좋지 못하거든. 자네가 골목 들어와서 내 지붕 아래 있는 동안은 쉽게 찾지 못할 거야."

노인의 단호한 말투에도 좀처럼 마음이 진정되지 않는다. 조바심에 발을 구르며 계속 차양 밖을 기웃거리는 내 모습을 보며 노인이 작게 한숨을 내쉰다.

"그리고 부적 같은 건 소용없어. 그걸 불러낸 게 아저씨인데 어떤 부적인들 그걸 물리칠 수 있겠어? 아저씨가 불러냈으니 아저씨가 돌려보내야 해."

"제가 그걸 불렀다고요? 아까 말씀드렸잖아요. 외근 나왔다가 그냥 낮술 한잔한 게……."

"그 이전에 마음에 짚이는 건 또 없어?"

"네? 그냥 오전에 외근……."

"도대체 낮에 술은 왜 마신 건데?"

"말했잖아요. 기분 좋은 일이 있었다고……."

"원인 없는 결과는 없는 법이잖아? 그 기분 좋은 일이 뭐였는데?"

인사동 골목을 지날 때였다.

시시껄렁한 관광객 대상의 잡동사니 가게들이 점령해 버린 골목에 명패를 내건 가정집이 여전히 남아 있는 게 신기해서 유심히 바라보았는데 대문에 5만 원권 두 장이 붙어 있었다.

'분명히…… '발견하신 분이 가져가서 기쁘게 써 주세요.'라고 쓰여 있었잖아……. 그게 왜…….'

혹시나 하는 마음에 지갑을 열어 보았지만 이미 사용해 버린 5만 원권이 돌아올 리가 없다. 입을 열어 조금 전 일을 이야기하려는데 돌연 노인의 어깨가 긴장으로 굳으며 검지를 입가에 대었다.

"가만…… 가만…… 조용히 있어 봐."

비좁은 가림막 안을 가득 메운 침묵보다 더 큰 침묵이 바깥세상에 내리깔리는 게 느껴진다.

"……난…….."

노인이 고개를 돌려 흐릿한 반투명의 차양 너머로 골목 입구를 바라본다. 충격을 받은 듯 잠시 말을 못 잇더니 어깨를 움츠리며 벌벌 떤다. 눈에서 눈물이 흘러내린다.

"난…… 맙소사…… 저런 걸 어떻게 감당해…… 신명님…… 스승님……."

길게 목을 빼어 골목 입구를 보니 그것이 다리를 절듯 천천히 내 쪽으로 다가오고 있었다.

"안전하다면서요! 나 지켜 준다면서!"

"……어서 가! 여기 있지 말고 썩 나가!"

윽박지르는 듯한 말투와 달리 공포에 사로잡힌 노인의 목소리는 나약하고 초라하기만 하다.

"제발…… 그냥 가…… 나한테 저런 것 데려오지 말고……."

눈과 귀를 가리고 얼굴을 무릎 사이에 처넣고 울고만 있는 노인에 대한 실망보다 그것에 대한 공포가 더욱 강렬하게 내 다리를 내몬다.

"젠장! 지켜 준다며!"

악다구니를 쓰고 차양 밖으로 내달리는 나를 향해 노인이 무언가를 외친다.

얼핏 '종묘', '개', '스승님'이라는 단어들을 들은 것도 같지만, 시야 밖에서 내 등 뒤를 압박해 오는 그것의 존재에 정신이 사로잡혀 머릿속에 안착하지는 않는다.

차마 뒤를 돌아볼 엄두가 나지 않아 맹목적으로 앞만 보고 골목길을 내달리는 내 눈앞에 종로 3가역의 모습이 보였다. 의미 없이 머릿속을 표류하던 노인의 말이 나침반처럼 내 다리를 이끈다.

등 뒤에서 노인의 처절한 비명이 들려온다. 사람의 목에서 나온 소리라고는 도저히 믿어지지 않는 처절하고 쇠된 소리다. 뒤를 돌아 그것이 어디까지 왔는지 확인해 보고 싶은 마음이 급격히 사그라진다.

숨이 턱까지 차올라 심장이 터져 버릴 것만 같다.

눈앞에 차들이 바삐 오가는 넓은 사거리가 나왔고 그 너머 멀리 종묘의 담벼락이 보였다. 발을 구르며 신호가 바뀌길 기다리다 뒤를 돌아보았다. 저 멀리서 그것이 천천히 발을 끌며 내게 다가오는 모습이 보였다.

자신만만하게 내뱉던 노인의 말이 떠올랐다.

'……발이 그리 빠르지는 않다고 했지…….'

쉴 틈 없는 내달리기에 항의하듯 두근거리는 심장을 가라앉히며 그것이 다가오는 장면을 홀린 듯 바라보았다. 노인의 말대로 그것이 움직이는 속도는 성인들이 느긋하게 걷는 속도 정도였다.

'이 정도면 그냥 택시 잡아타고 도망가면 되겠네…… 그런데 어디로?'

그 어느 곳에 가든 그것은 느리지만 꾸준한 속도로 나를 쫓아올 거란 확신이 든다.

'아까 그 돈을 지금이라도 찾아서 어떻게 처리해야 하나? 찾을 방

법도 없을 것 같은데…….'

그것이 가져다주는 압도적인 공포감을 비집고 기묘한 위화감이 치솟아 오른다.

'아무리 한적한 거리라도 왜 이렇게 사람이 안 보이지?'

신호가 바뀌자 나는 빠른 걸음으로 종묘를 향해 걸어갔다. 길거리에 제멋대로 세워진 차들 사이에 누워 있는 떠돌이 개와 낮술이라도 했는지 저 멀리서 비척거리고 걸어오는 중년 남자 말고는 거리가 텅 빈 듯 조용하다.

떠돌이 개는 내 발소리에 잠이 깨었는지 길게 기지개를 켜고 몸을 털더니 나를 유심히 바라본다.

평소라면 곰인지 개인지 구분을 하기 어려운 덩치에 더러운 털이 제멋대로 엉겨 붙은 떠돌이 개와 마주치는 순간 몸이 굳어 꼼짝도 할 수 없었겠지만 지금 내 뒤에서 나를 따라오는 것에 대한 공포에 압도당해 신경도 쓰이지 않는다.

사거리를 지나 뒤를 돌아보는데 그것이 다가오는 속도가 이제까지와는 다르다. 딱히 다리를 움직이는 것 같지도 않은데 시야 끝 저 멀리에서부터 순식간에 거리를 좁혀 오고 있다.

징그럽게 겹쳐진 이빨과 눈두덩에 고인 피가 그것의 감정을 얼굴에 그려 낸다. 냉기가 손가락 끝에서부터 머리끝까지 온몸을 훑고 지나간다. 주변의 공기가 멈추기라도 한 듯 날 선 감각이 피부를 찔러 온다.

내 오른쪽 허리에서 나를 감싸 안기라도 하듯 그것의 창백한 손이 쑥 눈앞으로 올라온다.

공포가 내 발을 땅바닥에 못 박아 둔다.

공포가 나를 옭아매어 팔을 뿌리치고 내달리지도, 입을 열어 비명을 지르지도 못한다.

어느새 사거리를 건너 내 눈앞에 얼굴을 들이민 그것의 입이 크게 벌어진다. 무릎에 힘이 풀려 땅바닥으로 주저앉는 내 몸을 따라 그것의 목이 주욱 늘어나며 얼굴이 떨어져 내려온다.

나는 웅크린 어린아이처럼 곧 내게 일어날 일을 필사적으로 거부하며 눈을 감고 귀를 틀어막는다. 한 번도 경험해 보지 못한 촉감의 뾰족한 손가락이 내 눈꺼풀을 억지로 잡아 올린다.

그것의 벌어진 입 사이로 수많은 사람이 속삭이는 듯한 소리가 들려온다.

'……그냥 돈 주워서…… 썼을 뿐인데…… 왜…….'

멍!

틀어막은 귓구멍 사이로 떠돌이 개가 우렁차게 짖는 소리가 들려온다.

원망과 체념과 공포가 뒤섞인 감정 사이로 기이한 감정이 꿈틀거린다.

축축하지만 살아 있는 생명체의 온기가 가득한 콧김이 내 뺨을 간지럽힌다.

그것의 입에서 위협적인 쉭쉭 소리가 새어 나오고 거기에 화답하듯 떠돌이 개의 입에서 으르렁대는 소리가 터져 나왔다.

억지로 눈을 떠 보니 어느새 내 옆에 다가온 떠돌이 개가 몸을 낮추고 그것을 향해 이빨을 드러내 보인다.

그것의 얼굴에 곤혹스러운 표정이 스쳐 지나간다. 떠돌이 개가 제 멋대로 자라서 엉켜 있는 털을 휘날리며 그것에게 덤벼들었다.

떠돌이 개가 그것의 목을 물고 늘어지자 단 한 번 듣는 것만으로도 죽을 때까지 악몽 속에서 나를 괴롭힐 게 분명한 비명이 터져 나왔다.

그것의 목을 물고 있는 떠돌이 개의 어금니 사이로 검은 안개 같은 것이 빨려 드는 듯하더니 그것의 형체가, 존재가 완전히 사라졌다. 등 뒤에서 나를 압박하고 있던 기운이 사라지고 종묘 방향으로 중년 남자의 모습을 한 형체가 멀어져 갔다.

떠돌이 개는 지체하지 않고 중년 남자를 뒤쫓아 가더니 크게 뛰어올라 목을 물고 땅바닥에 함께 나뒹굴었다. 좀 전에 보았던 그것의 최후와 비슷한 광경이 또다시 벌어졌다.

중년 남자의 모습을 한 형체가 사라지자 떠돌이 개는 기운이 달리는지 길게 콧김을 한번 내뱉고 다시 차들 사이로 들어가 몸을 누였다. 좀처럼 감정이 정리되지 않는 와중에 억제할 사이도 없이 눈에서 눈물이 흘러내렸다.

머릿속에서 속삭이는 목소리가 이제는 다 끝났다고 이야기를 전해 주었다.

* * *

며칠이 지나 마음이 진정되고 처음 돈을 주웠던 인사동 주택을 찾아가 보았지만 좀처럼 어디였는지 기억이 나지를 않았다. 탑골공원 담벼락에서 관상을 보던 노인의 모습도 찾을 수가 없었다.

파출소에 들러 혹시 근처에서 관상 보던 노인이 어디 갔는지 아느냐고 물어봤지만 그런 사람들은 오가는 게 제멋대로라는 대답만 돌아왔다.

그날 오후 경험의 유일한 목격자인 떠돌이 개는 여전히 종묘 근처를 누비고 다닌다.

근처 상인들 말에 의하면 주인이 있는 개는 아니지만, 상인들이 돌아가며 밥을 주고 가게 문 닫을 때 들어가 잠자는 장소도 따로 있다고 한다.

아…… 이제는 이름도 알게 되었으니 더는 떠돌이 개라 부르면 안 되겠지.

상인들 말에 따르면 누가 지어 줬는지는 몰라도 모두가 그 개를 '사부'라고 부른다고 한다.

이제는 제법 친해져서 내가 간식거리를 사 들고 종묘 근처로 가서 큰 소리로 '사부'라고 외치면 어디선가 모습을 드러내 꼬리를 흔들며 종종 내게 다가오곤 한다.

사부를 집에 데려가서 키울까 하는 생각을 안 해 본 건 아니다. 그런데 무슨 수로?

답례로 병원에 데려가 건강검진이라도 받게 해 주려 몇 번 간식을 주며 꼬드겨 보았지만, 녀석은 좀처럼 종묘 근처를 떠나려 하지 않았다.

가끔 장난치듯 녀석의 몸을 안아 들려 할 테면 손자의 재롱을 점잖게 나무라는 할아버지 같은 태도로 나를 빤히 바라봐 무안하게 만들기도 한다.

사실 종묘 근처 상인들도 나도 사부가 단순한 떠돌이 개라고 생각하지는 않는다. 굳이 입 밖에 내지 않을 뿐이다.

글쎄, 종묘 입구 계단참에 가면 원래는 커다란 동물상 같은 게 놓여 있던 자리가 휑하잖아?

혹시 알아? 사부가 종묘 일대의 수호신 같은 존재일지도 모르는 일이지.

내가 하고 싶은 말은 이거다.

당신이 뜻하지 않게 횡재를 맞았다고 생각해도, 그러니깐 사람 오가는 길에 보란 듯이 돈이 놓여 있는 걸 발견해도 함부로 줍지는 마시라.

하지만 물욕 때문에 나 같은 실수를 저질러서 두 번 다시 떠올리기도 싫은 존재에게 쫓기게 된다면?

어떻게든 종묘에서 사부를 찾아보시라. 정 안 되면 동네 떠돌이 개한테라도 의지를 해 보시라.

사부 같은 개들이 세상에 꼭 한 마리만 존재하는 건 아닐 테니까.

이
화
령

1미터. 자전거가 도로에서 차지하는 폭은 단 1미터뿐이다.

지금 내 옆을 나란히 달리며 연달아 경적을 울려 대는 무쏘 승용차가 나를 앞질러 가는 데 필요한 공간은 단 2미터면 충분하단 이야기다. 운전자가 운전대를 잡은 손을 살짝만 틀고 발목에 아주 미약한 힘만 더해 주면 수 초 내에 나는 무쏘 승용차 뒤에 아른거리는 점으로 사라질 일이다. 밤 10시가 넘은 3번 국도에는 오가는 차량도 없어 추월을 위해 필요한 공간도 널찍했다.

무쏘 운전자의 생각은 나와 좀 달랐던 모양이다. 수안보에서 연풍면 방향으로 3번 국도를 따라 5킬로미터쯤 달려왔을 때 따라붙어 벌써 2킬로미터가 넘는 구간을 동행 중이다. 이제는 조수석 창문을 내리고 욕설까지 퍼붓는다.

"야. 쫄쫄이 변태 새끼야. 왜 자전거로 길 틀어막고 지랄이야!"

얼핏 바람결에 술 냄새가 풍겨 오는 것도 같다.

"우리나라는 너 같은 새끼들 때문에 안 되는 거야. 알아?"

국가의 기강을 바로잡기 위해 애써 수고하시겠다는데, 더는 어울려 줄 수가 없을 것 같다.

애당초 2톤이 넘는 쇳덩어리 안에서 시원한 에어컨 바람을 쐬며 발목만 까딱거려도 사람 한둘 치어 죽이는 건 일도 아닌 운전자에게 심장 박동과 허벅지 근육을 엔진 삼아 고되게 달리는 자전거가 대적할 길은 없지 않은가? 나는 자전거를 세우고 페달에 고정된 발을 풀었다. 무쏘 운전자도 옆에 나란히 차를 세우더니 열린 조수석 창으로 나를 쳐다본다.

자전거용 저지 뒷주머니에서 휴대전화를 꺼내 들어 운전자의 얼굴을 촬영하는 시늉을 하고 다이얼을 누르는 척하자 무쏘 운전자는 욕설과 함께 떠나갔다.

"개새끼 내가 이화령 터널에서 너 마주치면 갓길로 밀어서 죽여 버릴 거야!"

컴퓨터가 장착된 자전거 속도계에 표시되는 내 심박 수는 어느덧 분당 170회를 넘어서고 있었다. 아직 250킬로미터는 더 달려가야 부산에 도착할 수 있다. 심박 수가 높아지면 근육에 쌓이는 피로도가 증가한다. 진정하고 심박 수를 낮추어야 한다.

몇 모금의 물과 토사물 맛이 나는 전해질 용액을 뜯어 마시자 심박 수는 다시 분당 100회 정도로 안정되었다. 무쏘 운전자가 사라진 도로는 적막감이 감돌았다. 도로 위 불빛이라고는 내 자전거 전조등과 후미등뿐이었다.

'차라리 쌍욕 들으며 나란히 달리는 게 나을 뻔했나?'
 충동적으로 무박 국토 종주를 나선 건 좋았지만 출발한 시간대가 너무 애매했다. 그래도 이 정도 페이스를 꾸준히 유지한다면 내일 저녁에는 부산에 도착할 수 있다는 게 다행이었다. 곱창을 안주 삼아 소주 한 병 비우고 고속버스 타면 모레 새벽에는 다시 집에 들어와 월요일 출근하는 데에도 무리가 없을 것이다. 일단은 10킬로미터쯤 떨어진 연풍면에서 물통의 물도 다시 채우고 가볍게 요기를 하기로 마음먹었다. 새벽이 되면 도로의 차량도 더 줄 것이고 기온도 많이 내려갈 것이다. 다시 해가 뜨기 전 마지막 불빛과 온기를 즐길 필요가 있었다.

 연풍면의 편의점에서 라면과 간단한 주전부리들과 물을 사고 휴대전화를 들여다보니 배터리가 바닥나 있었다.
 '완전히 충전된 상태에서 열 시간 정도 지났다지만 통화를 하거나 인터넷을 하지도 않았는데 왜 이렇지?'
 범인은 자전거 속도계였다. 최신 자전거 속도계답게 GPS와 컴퓨터가 내장된 모델이었는데 휴대전화 블루투스와 연동되어 실시간으로 내 위치를 인터넷상의 불특정 다수에게 공지하느라 배터리를 몽땅 써 버렸다.
 '동네방네 국토 종주하고 있다고 소문내고 다닌 셈이군…….'
 이래서 사람은 매뉴얼을 꼼꼼히 읽어 보아야 한다.
 "휴대전화 충전 좀 하고 싶은데요. 고속 충전기 없나요?"
 "저희 가게는 그런 거 없는데요……. 제 것 충전기로 잠깐 충전 도와드릴까요?"

아르바이트생의 친절은 고마웠지만, 라면 먹느라 15분 넘게 소비했는데 또 휴대전화 충전을 위해 수십 분을 까먹기는 싫었다. 달아오른 몸의 근육이 식어 버리는 것도 곤란했고 하루 정도라면 날 찾을 사람도 딱히 없을 거 같았다.

"아, 괜찮습니다. 가다 날 밝으면 다음 편의점 한번 들러 볼게요."

아르바이트생에게 인사를 건네고 3번 국도를 타고 문경 방면으로 다시 나아가는데 무쏘 운전자의 저열한 협박이 떠올랐다.

"이화령 터널에서…… 마주치면……."

11시가 넘어가는 시간에 이런 지방 국도의 터널 안은 대단한 적의를 품은 운전자가 아니더라도 위험요소가 많기는 했다. 인적도 없는 도로에서 규정 속도를 지키는 운전자가 몇이나 되겠으며 갑자기 속도가 빨라지는 터널 안에서 자전거는 금방 눈에 띄는 존재가 아니었다. 생각해 보면 문경을 가기 위해서 꼭 3번 국도를 고집해야 할 이유도 없었다.

유유자적한 자전거 여행을 즐기는 이들은 이화령 옛길 구간을 더 선호한다. 문제는 이화령 옛길을 통해 문경으로 가려면 약 5킬로미터 구간의 오르막길을 지나가야 한다는 것이었다. 평균 경사도 6퍼센트 정도로 그리 가파르다고 할 수는 없는 오르막이었지만 그 거리 때문에 국토 종주를 즐기는 자전거 초심자들에게는 거대한 관문처럼 여겨지는 구간이었다.

'……그리고 나는 인터넷 구간 기록상으로 대한민국에서 이화령 옛길 오르막 구간을 가장 빨리 올라간 사람이기도 하지.'

대단한 자랑거리는 아니겠지만, 대다수의 자전거 여행객들이 40분에서 길게는 두 시간은 소모해야 통과할 수 있는 구간을 13분 만에 올라갈 수 있다는 건 꽤 대단한 업적 아닌가?

물론 최고 기록을 세웠을 때보다 세 살이나 더 먹고 몸무게는 5킬로그램이나 늘긴 했지만, 지금은 기록을 갱신하기 위해 올라가는 게 아니다.

'절반 정도, 아니 3분의 1 정도 페이스로 천천히 올라가도 40분이면 정상에 도착할 거야.'

생각하면 할수록 터널에서 차들의 매연과 위협에 고생하느니 10~20분 더 소비하고 체력은 더 소진할지 몰라도 안전하고 운치 있는 길 쪽이 더 나은 선택처럼 보였다. 무엇보다 5킬로미터 오르막을 오르고 나면 다시 5킬로미터 정도 내리막을 즐길 수도 있다는 게 매력적이었다. 잃는 게 있으면 얻는 것도 있는 법이다.

나는 자전거를 돌려 이화령 옛길로 나아갔다.

옛길의 시작은 그리 높지 않은 경사도에 굽이굽이 산을 끼고 돌아 펼쳐진 2차선 도로였다. 낮이었다면 드문드문 등산객들이나 자전거 여행객들을 만날 수도 있었겠지만, 자정이 가까워진 시간에 이 길을 지나가는 건 나처럼 정신 나간 놈 정도일 것이다. 구름에 달이 가려져 어둠에 잠긴 도로는 자전거 전조등이 닿는 부분만 훤히 드러나 보였다.

시간이 안 좋기는 했다. 날 위협할 차량도, 내 앞길을 가로막을 자전거도 없었지만, 문제는 소리였다. 오직 들려오는 소리라고는 체인이 기어에 부드럽게 맞닿아 돌아가는 자르륵 소리, 타이어의 고무와 도로가 마찰하며 내는 소리, 내 입에서 나오는 규칙적인 날숨의 소리뿐이다. 그 사이로 가끔 도로 옆 풀숲의 부스럭거리는 소리가 들려오면 심박 수가 순간적으로 10회가 훌쩍 넘게 치솟아 오르곤 했다. 어쩌면 들짐승이 은밀히 움직이며 내는 소리일 테고, 어쩌면 바람에 나뭇가지가 나부끼며 내는 소리일 거다.

그리고 등 뒤에선 콧노래 소리가 들려왔다.

'콧노래?'

글쎄…… 환청이라기에는 너무 뚜렷하다. 소리는 점점 더 커져 왔다. 다가오는 소리였다. 곧 뒤편에서 자전거의 전조등 불빛이 나타났다. 조금은 마음이 놓였다.

'쓸데없는 생각을…….'

이 시간에 이화령을 넘어가는 사람이 또 있다는 게 의아하긴 했지만 그건 상대방에게도 마찬가지일 거다.

속도계를 보니 시속 22킬로미터를 넘어가고 있었다. 심박 수는 분당 140회 정도로 적당한 운동 강도였지만 콧노래를 부를 여유 따위는 내게 없었다. 평범한 사람이라면 이 정도 경사에서 시속 20킬로미터가 넘는 속도를 내는 건 꿈도 꾸기 힘든 일이다. 뒤편 자전거 운전자가 지금 내 페이스를 한참 능가하고 있다는 건 분명해 보였다. 아마 곧 나를 스쳐 지나갈 것이다.

잠깐의 마주침일 테지만 이 산길에 또 다른 누군가가 있다는 것만으로도 마음이 한결 편안해졌다. 이제 뒤편 자전거 운전자는 얼굴이 보일 정도로 바짝 따라붙었다. 남자와 눈이 마주치자 난 묵례를 하였고 남자는 가볍게 손을 들어 보였다. 남자가 나를 앞질러 가기 좋게 도롯가로 자전거를 붙이며 속도를 조금 더 떨어뜨렸다. 남자는 여전히 내 뒤에 바짝 따라붙어 있다. 조금 더 속도를 떨어뜨려 보았다. 여전히 일정한 간격을 유지하며 콧노래를 부르고 있었다.

'2미터…… 피 빨겠다는 소리군.'

앞선 자전거와 2미터 이내의 간격을 유지하면 뒤따라가는 자전거는 공기 저항으로부터 자유로워져 한결 적은 에너지 소모로도 항속을 유지할 수가 있다. 내 뒤에 따라붙어 손쉽게 이화령을 올라가겠다는 남자의 의도가 명확해 보였다. 알지도 못하고 나보다 페이스도 좋은 사람에게 피를 빨리기는 싫었다. 손을 들어 나를 앞질러 가라는 신호를 보내 봤다.

남자는 여전히 나를 무시하며 콧노래를 부르고 있었다. 부아가 치밀며 심박 수가 분당 160회까지 치솟아 올랐다. 나는 자전거를 급정지한 후 페달에서 발을 풀고 도로에 내려섰다. 남자도 같이 멈추더니 나를 뚫어지게 쳐다봤다.

"뭡니까? 먼저 지나가세요."

"같이 가요. 한밤에 이런 길 혼자 가면 무섭거나 심심하잖아요?"

"난 누가 내 뒤에서 피 빼는 거 안 좋아합니다. 보아하니 잘 타시는 분 같은데 먼저 치고 나가세요."

자전거 전조등에 얼핏얼핏 비쳐 보이는 남자는 190센티미터가 훌쩍 넘는 키에, 딱 달라붙는 타이즈를 입었음에도 군살 하나 드러나지 않는 근육질 몸매였다. 나는 남자의 얼굴에 맴도는 웃음기가 보기 싫었다.

"……건데."

남자가 고개를 떨구고 웅얼거리듯 내뱉었다.

"뭐라고요?"

"그쪽 쫓아가서 죽이려고 그러는 건데 내가 먼저 가면 어떡합니까?"

남자의 투정 부리듯 친근한 말투에 온몸의 털이 곤두서는 듯했다.

"뭐래…… 미친놈이?"

남자가 저지 뒷주머니에서 무언가를 꺼내 들고는 전조등 불빛에 비춰 보였다. 전조등 불빛을 반사하는 칼날의 빛이 섬뜩했다.

"예쁘죠? 다마스커스 칼이에요. 이걸로 목이나 옆구리 찌르고 아저씨 자전거에서 쓸 만한 부품 뗀 다음에 아저씨랑 자전거 풀숲에 던져 넣을 거예요."

남자의 얼굴에는 여전히 웃음기가 가시지 않는다.

나는 자전거에 올라타 올라왔던 방향의 반대로 페달을 밟아 나갔다. 남자의 말이 거짓말인지 아닌지는 몰라도 이런 으슥한 장소에서 저런 덩치의 협박을 듣는다면 일단 도망치고 보는 게 현명한 방법 아닌가?

지금쯤이면 연풍면은 어둠에 잠겨 인적 하나 없을 테지만 파출소는 열려 있을 것이다. 전속력으로 2킬로미터만 도망쳐 경찰에 신고하고, 날이 밝으면 버스 타고 서울로 돌아가면 그만이다.

속도계를 보니 시속 56킬로미터가 넘어가고 있었다. 이 속도를 유지하면 앞으로 2분이면 연풍면에 도착할 수 있다. 순간 묵직한 물건이 공기를 가르는 소리가 나더니 왼쪽 어깻죽지에 망치로 얻어맞은 듯한 통증이 몰려왔다. 나는 균형을 잃고 달려가는 속도 그대로

도로에 미끄러졌다. 미처 페달에서 발을 분리하지 못해 자전거에 고정된 채로 미끄러져서 그나마 다행이었다.

도로에 머리를 기대고 멍한 채로 누워 있는데 전조등 불빛이 눈을 찌를 듯 쏟아져 왔다.

"말도 안 끝났는데 왜 도망가? 그리고 그쪽 방향 아니야. 이화령 같이 넘어가자니깐?"

페달에 고정된 발이 여전히 떨어지지 않아 몸을 일으킬 수가 없었다. 남자가 그 모습을 보더니 내게로 다가왔다.

"아저씨 클릿 못 빼서 그러는구나. 내가 도와줄게요."

또각거리는 신발 소리가 다가오더니 남자가 나를 일으켜 세워 준다. 신발을 페달에서 분리하고 자전거에서 내려 땅을 디디고 서니 그제야 갈려 나간 왼편 어깨에 불타는 듯한 통증이 밀려왔다.

"와, 더럽게 아프겠네. 어깨가 아주 씹창이 나 버렸네요?"

남자가 내 눈앞에 뭔가를 들이민다. 500원짜리 동전만 한 지름의 쇠구슬과 커다란 콘돔처럼 생긴 물건이었다.

"포켓슛이란 거예요. 이렇게 고무 안에 쇠구슬 넣고 당겼다 놓으면…… 슉. 자전거 타고 쫓아가면서 두 손 놓고 쏘려면 연습은 좀 필요하지만, 아저씨같이 말도 없이 도망치는 사람들 잡기에는 최고지."

'사람들?'

남자의 말에 숨어 있는 의미가 한순간 와 닿았다. 내 경악하는 표정을 보고 남자가 크게 웃었다.

"뭘 놀라고 그래요. 저기 내 자전거 보이지?"

남자의 손가락질을 따라 고개를 돌려 자전거를 보았다. 분홍색 안장 뒤에 분홍색 인형이 매달려 있었다.

"얼마 전 죽인 년 자전거에서 떼어 온 거예요. 예쁘죠? 염병할 년이 어찌나 반항하는지 저지도 하나 버리긴 했는데……."

"나한테…… 사람들한테 왜 이러는 거요?"

남자가 순간 멍한 표정을 짓더니 자신의 자전거로 걸어가 올라타고 다시 내 곁으로 다가왔다.

"아저씨가 스트라바 이화령 구간 1위 하는 '이천 로드 별따기'죠? 이화령 5킬로미터 구간 13분 3초에 완주하는."

내 아이디를 어떻게 알았을까?

"난 스트라바 이화령 구간 5위 '이화령의 별'입니다. 만나서 반가워요."

남자가 과장스럽게 경례를 해 보였다.

"씨팔. 그래도 내가 아이디도 그렇고 나름 이 동네 터줏대감인데 나보다 기록 좋은 놈들이 이렇게 많아서야 가오가 안 서잖아? 그래서 나보다 기록 좋은 놈들 지나갈 때마다 한 놈씩 잡아 죽였죠. 죽인 놈 자전거에서 부품 떼서 자전거 업그레이드도 하고 좀 꾸미기도 하고. 앞에서 페이스메이킹 하게 하면서 연습도 좀 하고. 사람이 죽을 때 되면 누구든 죽을 둥 살 둥 하잖아요?"

남자는 자신의 마지막 말이 대단한 농담이나 되는 양 또다시 웃음을 터뜨렸다. 순간 휴대전화 배터리 방전의 주범인 자전거 속도계가 떠올랐다. 동네방네에 내가 곧 이화령 구간으로 접어든다고 광고를 해 댔을…….

어쩌면 경찰에 이 상황을 알릴 마지막 보루가 되어 주었을 휴대전화 배터리를 이 미친놈에게 자기 먹잇감이 지나가고 있다고 알려 주는 데 써 버렸다니.

"아 씨팔! 뭔 말도 안 되는 농담에 놀라고 그래요! 무슨 고삐리들 전교 1등 죽이는 괴담도 아니고! 그게 말이 되는 소리야?"

남자가 손가락을 튀기며 고함치듯 말했다.

"아저씨 아이디는 내가 팔로우 하고 있어서 여기 지나가는 거 보고 쫓아서 나온 건데, 딴 놈들은 그냥 밤마실 나왔다 혼자 여기 지나가는 놈들 보이면 그때그때 죽인 거예요. 아무튼, 다시 올라타고 이화령 올라갑시다. 연풍면 쪽으로 내려가면 그땐 진짜 내 손에 죽어요. 뭐 이화령 넘어 내리막길 구간에서 나한테 따라잡히면 그때도 죽겠지만, 그래도 몇십 분은 더 살아 있는 게 좋잖아?"

남자가 나를 격려하듯이 손뼉을 쳤다. 나는 홀린 듯이 자전거에 올라타 다시 이화령을 올라가기 시작했다.

오르막 초입의 1킬로미터 정도 구간은 아까와 비슷한 속도로 올라갔다. 이화령의 별은 내 왼쪽 옆에 바짝 따라붙어 콧노래를 부르고 있었다. 조금 전과 같은 속도였지만 심박 수는 분당 170회가 넘어서고 있었다. 피가 흐르고 있는 어깻죽지 때문일 수도 있고 죽음에 대한 두려움 때문일 수도 있을 것이다. 문제는 이런 심장 박동을 계속 유지한다면 근육에 피로가 축적되어 몇 시간 못 가 다리를 움직일 수 없게 된다.

'그 전에 죽을 가능성이 더 크지만······.'

어떻게든 도망갈 방법을 찾아야 했고 그 전에 심박 수를 안정권으로 떨어뜨려야 했다. 나는 자전거 뒤쪽 기어를 가볍게 바꿔 속도와 다리에 가해지는 부하를 줄였다.
"이 아저씨 수 쓰네? 왜 기어가고 그래?"
"숨이 차서 속도를 높일 수가 없어서 그래."
이화령의 별은 흐음 하는 콧소리를 내더니 나를 따라 기어를 낮추었다.
"아저씨 지금이라도 연풍면 쪽으로 튀려고 그러는 거 아니지? 아까 봐서 알겠지만 내 자전거 에어로 타입이야. 아저씨 거 같은 올라운드 타입이 아니라. 오르막에서는 아저씨 게 더 빠르겠지만, 내리막이나 평지에 가면 나한테 금방 따라잡혀."
굳이 이 미친놈의 친절한 설명이 아니더라도 내 상황은 잘 알고 있었다. 비단 자전거뿐만 아니라 자전거 기어 톱니 수도 문제였다. 같은 페달 회전수라면 적어도 시속 10킬로미터 이상 미친놈의 자전거가 빠르다. 거기에 미친놈의 무게와 엄청난 근육을 고려해 보면 평지나 내리막의 가속에서 나같이 작고 가벼운 체구를 따라잡는 건 일도 아닐 게 분명하다. 하지만 어떻게든 도망갈 수를 내기는 해야 했다.
순간 뒤에서 폭발하듯 터져 나오는 음악 소리에 놀라 나는 자전거에서 떨어질 뻔했다.
"아…… 깜짝이야. 뭐 이렇게 소리가 커. 이거 저번에 죽인 애 블루투스 스피커 뺏어 온 건데 아직도 쓰는 법을 잘 모르겠어서……."
이화령의 별은 미안하다는 듯 중얼거리며 음악의 볼륨을 줄였다.
"아저씨 빅뱅 노래 좋아해요? 너무 노땅이라 요새 노래는 잘 모르려나?"

'미친놈⋯⋯ 빅뱅이 언제 적 빅뱅인데. 촌구석에 처박혀서 사람이나 죽이는 촌놈이⋯⋯.'

순간 미친놈의 말에서 나는 이 상황을 벗어날 수 있는 작은 단서를 떠올렸다. 휴대전화 배터리를 지속적으로 소비시킨 자전거 속도계에는 지나가는 지역의 구간 기록을 실시간으로 이전 기록과 비교해 보여 주는 기능이 있었다.

나는 속도계에서 이화령 구간의 기록표를 로딩했다. 여전히 1등은 내 기록이 차지하고 있었다.

'13분 3초.'

그리고 5등은 미친놈의 말처럼 '이화령의 별' 차지였다.

'13분 20초.'

만약 내가 예전의 내 기록을 다시 달성할 수 있다면 이화령 정상에서 미친놈은 나보다 최소 17초 뒤처지게 된다는 이야기다. 그리고 바로 쉬지 않고 내리막길을 달려 내려간다면 우리 둘의 거리는 더 벌어지게 된다.

물론 갈림길 없이 5킬로미터 넘게 이어지는 이화령 내리막 구간의 특성상 결국에는 이화령의 별이 나를 따라잡을 것이고 내 목구멍에 칼을 쑤셔 넣든가 쇠구슬로 내 머리를 부수든가 할 것이다. 그래도 17초의 차이⋯⋯. 내리막길에서 몇백 미터의 거리를 벌려 주기에 충분한 17초라면⋯⋯.

나는 속도계를 경쟁 모드로 바꾸고 예전의 내 최고 기록을 로딩

한 후 현재 위치에 동기화시켰다. 경주가 시작되었음을 알리는 '삑' 소리가 지긋지긋한 빅뱅 노랫소리를 뚫고 산길에 울려 퍼졌다. 나는 순간적으로 자전거 기어를 3단 더 올리고 페달 회전수를 높여 치고 나갔다.

"어? 아저씨 이제 좀 해보려고? 땀 좀 뽑아 보겠네?"

'미친놈…… 네가 언제까지 떠들 수 있는지 두고 보자.'

경사도는 6퍼센트에서 8퍼센트 사이였다. 속도는 시속 25킬로미터. 심장 박동은 분당 180회 뛰고 있었다. 뒤를 돌아보았다. 이화령의 별은 여전히 2미터 이내의 간격을 유지하며 나를 뒤따라오고 있었다. 2미터. 이화령의 별이 내 수고의 덕을 볼 수 없게 간격을 더 벌려 놓아야만 했다. 나는 기어를 한 단 더 올리고 페달 회전수를 분당 10회 더 높였다.

"그래……. 좆나…… 잘 타기는 하네……. 씨팔……."

미친놈의 말 사이로 새어 나오는 날숨은 긍정적인 신호였다. 중력은 살인범에게나 나에게나 똑같이 작용하고 있다. 문제는 아직까지도 어느 정도는 여유가 있어 보이는 이화령의 별과 달리 나는 한마디 말도 입 밖으로 내뱉을 수가 없는 상태라는 거다. 그래도 다시 기어를 한 단 더 올렸다.

속도계에 표시되는 과거의 나는 지금의 내 위치보다 50미터를 앞서 나가고 있다. 어떡하든 과거의 나를 따라잡아야만 한다. 기어를 한 단 더 올렸다. 심장 박동은 이제 분당 210회를 넘어서고 있었다. 머리 쪽으로 흘러가야 할 피의 대부분을 허벅지 근육에 빼앗겨서인지 눈앞이 컴컴해진다. 내 뒤에서 고통스러운 숨소리가 점점 멀어져 가는 게 느껴졌다.

'그래, 개새끼야 너도 죽을 듯이 힘들지!'

이화령 정상까지는 이제 500미터도 남아 있지 않다. 여전히 과거의 나는 내 위치보다 20미터를 앞서 나가고 있었다.

나는 한꺼번에 기어를 두 단 더 올리고 안장에서 엉덩이를 떼었다. 자전거의 핸들 바를 규칙적으로 좌우로 흔들며 그 박자에 맞추어 체중을 내리 실어 페달을 꾹꾹 눌렀다. 더는 뒤돌아보거나 속도계를 볼 여유도 없었다. 심장을 내 손으로 뜯어내는 듯한 고통이 밀려왔다. 차라리 미친놈의 칼에 찔려 죽는 게 더 편안할 거란 생각도 들었다. 입가에 침이 고여 목을 타고 흘러내렸다. 아까 먹은 라면이 식도를 타고 거꾸로 올라오는 게 느껴졌다. 이대로 심장이 터져서 죽을 것만 같았다.

나는 페달의 회전수를 더 올렸다. '삐릭' 하는 속도계의 알람이 승리의 팡파르처럼 산길에 울려 퍼졌다. 속도계를 내려다보니 이전 기록을 4초나 더 갱신했다!

사람이 죽을 때 되면 누구든 죽을 둥 살 둥 하잖아.

'그래, 미친놈아 진짜 네 말대로더라고……'

승리를 만끽하며 한숨 돌리고 물 한 모금을 마실 여유도 없었다. 저 멀리 미친놈의 자전거 전조등이 산길을 가르고 올라오는 게 보였다. 나는 자전거의 기어를 가장 무거운 기어로 바꾸고 쉴 새 없이 내리막길로 달려 나갔다.

21초! 최소 21초는 여유가 있다.

내리막에 들어서자 순식간에 자전거 속도가 시속 50킬로미터까지 올라갔다. 아직 정상에 도달 못 한 미친놈과의 거리가 수백 미터는 더 벌어졌을 것이다.

몇 초 뒤 내가 원하는 장소가 나타났다. 나는 우측으로 크게 돌아나가 시야를 가리는 코너를 지나자마자 모든 체중을 뒤로 싣고 급브레이크를 밟았다. 브레이크를 잡는 손에 힘이 거의 없어 자전거는 한참을 밀려 나가다 정지했다.

'몇 초나 지났을까?'

머뭇거릴 시간이 없었다. 나는 페달에 묶인 발을 풀고 내려서 전조등과 후미등과 속도계 불빛까지 모두 꺼 버리고 절벽 맞은편 도로로 움직였다. 수십 분 같은 수 초가 지나자 완전한 어둠을 가르며 전조등 불빛이 내려오는 게 보였다.

'조금만 더…… 조금만 더.'

미친놈의 얼굴이 뚜렷이 보이는 거리까지 다가오자 내 자전거를 도로 한가운데로 밀어 넣었다. 미친놈의 머릿속에는 내리막길에서 나를 따라잡아야 한다는 생각밖에 없었을 거다.

최대치에 가깝게 올라간 심장 박동을 미처 진정시키지도 못하고 쫓아 내려와 시야도 좁아졌을 것이다. 이화령의 별의 앞바퀴가 내 자전거를 타고 넘더니 '어어' 하는 비명이 터져 나왔다. 얼핏 보아도 90킬로그램은 훨씬 넘어가는 이화령의 별의 무게와 시속 60킬로미터는 훨씬 넘었을 속도 그 자체가 미친놈을 죽일 무기가 되었다.

내 자전거를 점프대 삼아 도로에서 튀어 오른 이화령의 별의 자전거는 방향을 틀 수도 없이 내려오던 속도 그대로 가드레일을 들이받더니 공중에 떠올라 절벽 너머로 떨어져 내려갔다. 잠시 이화령의 별의 비명을 들은 것도 같지만 환청이었을 수도 있다.
　자전거 전조등을 다시 켜고 절벽 아래를 비추어 보았다. 수십 미터 아래 낭떠러지에 자전거에 고정된 기괴한 자세로 처박혀 있는 이화령의 별의 모습이 보였다. 목이라도 부러져 즉사했는지 미동도 없는 모습이었다. 이곳은 등산객도 거의 없고 간간이 자전거 여행객들만 지나가는 곳이다. 대부분 기나긴 오르막을 정복한 즐거움에 사로잡혀 내리막을 즐기거나 곧 도달할 정상에 대한 기대감에 스쳐 지나가는 구간이다.
　아마 며칠, 어쩌면 몇 달, 아니 몇 년이 지나도 이화령의 별의 시체는 발견되지 않을 거란 생각이 들었다. 발견이 된다 한들 어두운 밤길의 내리막에서 과속하다 죽은 게 잘못이지 누구를 탓할 수도 없을 것이다. 땀이 식으며 체온이 급격히 떨어져 오한이 들었다.
　다시 몸을 움직여야 할 시간이다.
　이대로 내리막을 따라가면 몇십 분 이내로 문경에 도착하게 된다. 문경에 도착하면 새벽 버스를 타고 서울로 곧장 올라가 두 번 다시 이화령 근처는 얼씬도 안 할 것이다. 나는 자전거에 올라타 이화령 옛길의 내리막을 내려갔다.

넷이 있었다

1판 1쇄 적음 2022년 2월 10일
1판 1쇄 펴냄 2022년 2월 17일

지은이 | 이시우
발행인 | 박근섭
편집인 | 김준혁
펴낸곳 | 황금가지

출판등록 | 2009. 10. 8 (제2009-000273호)
주소 | 06027 서울 강남구 도산대로 1길 62 강남출판문화센터 5층
전화 | 영업부 515-2000 편집부 3446-8774 팩시밀리 515-2007
홈페이지 | www.goldenbough.co.kr

도서 파본 등의 이유로 반송이 필요할 경우에는 구매처에서 교환하시고
출판사 교환이 필요할 경우에는 아래 주소로 반송 사유를 적어 도서와 함께 보내주세요.
06027 서울 강남구 도산대로 1길 62 강남출판문화센터 6층 민음인 마케팅부

ⓒ 이시우, 2022. Printed in Seoul, Korea

ISBN 979-11-7052-074-0 03810

㈜민음인은 민음사 출판 그룹의 자회사입니다.
황금가지는 ㈜민음인의 픽션 전문 출간 브랜드입니다.